キミと初恋、はじめます。

琴織ゆき

STARTS
スターツ出版株式会社

星漾学園への転校初日。
あたしは誰も知らない花園で、
“学園の王子様” に出会いました。

「そんなところで寝ていたら、風邪引いちゃいますよ？」
「あ、イイこと思いついたー。キミ、俺のカノジョにならない？」

学園の王子様は、
“のんびり、無気力、マイペース”
そんな言葉がぴったりで。

「俺だって、男だよ……？」
でも、たまに見せる意外な一面は……。

「っ……こっち、見ないで」
どこまでも溶けそうなくらい、甘い。

ねえ、どうしてキミは、
そんなにマイペースなの？

☆contents

Chapter 3

文庫限定＊番外編
ウサギなキミと旅します！

Chapter 1

マイペースな王子様

【詩姫side】

「詩姫！　準備できたのー!?」

「は、はーい！　今行くー……」

扉の向こうから聞こえてきた、お母さんのあきれた声にあわてて返事をして、あたしはもう一度、目の前の鏡に映る自分の姿を確認する。

肩下まで伸びたふわりとした黒髪は、白い肌によく映える。

幼い頃から、容姿はあまり変わらない。

世に言う、童顔だ。

小柄なこともあって、年齢より下に見られることがほとんど。

……やっぱり、はずかしい。

鏡の向こうの二重の目には、とまどいの色が浮かんでいる。

部屋を出ようとしては気になって、また確認して……もう何度繰り返しただろう。

青いチェックの短いスカートに、ブラウスの上からエンブレムが入った白いベストを重ね、胸もとにはスカートと同じ色の青いリボン。

この制服は、今日から通う“星凛学園高校”のもの。

アイドル衣装のように可愛い……けど、それが逆にはずかしさを煽っていた。

スカート短い……！

正式な制服だっていうのに、生足がこんなに出るなんて思わなかったよ。

星濼学園は、偏差値(へんさち)75以上という、都内では有名な進学校で、一般市民憧(あこが)れのお嬢(じょう)様高校でもあるらしい。

指定のスクールカバン(これまたムダにおしゃれな)を手に持ち、ため息をつく。

「詩姫！」

そうこうしているうちに、お母さんの「早くしろ！」というお怒(いか)りの声が飛んできて、あたしはあわてて部屋を飛びだした。

「百合(ゆり)に……えっと、星濼学園の理事長によろしく伝えてね。迷子(まいご)にならないでよ？　あんた、方向オンチなんだから」

方向オンチって言わないで、お母さん！

たしかにあたしは、慣れない道では必ず迷子になるほどの方向オンチだけれど、今日はそんな心配もないことくらい、お母さんだってわかっているくせに。

玄関先まで見送りにきてくれたお母さんに、あたしは心の中で言い返す。

「うん、ちゃんと伝えるよ！」

不安そうなお母さんを安心させるべく、おちゃらけてビシッと敬礼をしてみせると、その顔がフワッと和(やわ)らいだ。

「駅まで行けばお兄ちゃんが来てくれてるから、迷子になんてならないよ！　いってきますっ」

「いってらっしゃい！　気をつけて」

まだ少しばかり不安そうなお母さんに手を振り、夏が終わりきっていないジワリとした暑さの中に、思いきって飛びだすように身を投じた。
　9月1日。
　世間的には夏休みが明けて、今日から学校が再開する。
　今日はまぶしいくらいの快晴で、ちらりと青が広がる空を見あげて、思わず目を細めてしまう。
　あたし、華沢詩姫は今日が転校初日。
　それはつまり、今日から未知の世界でしかない、ここ東京の学校に通うということ。
　こっちに引っこしてくる前に住んでいたところは、本当の田舎だった。
　どこを見ても田んぼしかなくて、コンビニすら自転車で30分走らないとないような場所。
　親の転勤で小学校の頃から各地を転々としているあたしは、今回もまたこうして高校1年生の微妙な時期に、転校するはめになった。
　これまで何度も転校を繰り返しているあたしでも、都会の環境についていけるかどうか、不安が拭えない。
　今回あたしが通うことになった星濵学園の理事長は、お母さんの昔からの知り合いらしい。
　いわゆる、幼なじみという関係だ。
　転入を快諾してくれた理事長のおかげで、ただでさえ入るのが難しいとされる、この学園に転入できることになった。
　もちろん転入試験は受けて、無事に合格したから転入できるんだけどね！

だけど、あたしは甘かった。

東京という場所を知らなすぎたらしい。

家から少し歩いて、大通りに出たところで見た光景に狼狽(ろうばい)した。

横断歩道を含む駅までの道のりは、朝の通勤通学ラッシュで人があふれ返っている。

意思に反してその濁流(だくりゅう)のような流れに飲みこまれて、ただでさえ小柄な体は、今にも地面から離れそうだ。

なに、この人ごみ！

どこを見ても人、人、人!!

道がどこにあるのかもわからないし、進もうとしても押し返されて、ぜんっぜん前に進めない。

慣れない人ごみに、ギュウギュウと音がしそうなほど押しつぶされながらも、なんとか前に進もうと必死に足を踏(ふ)みだす。

が、突然(とつぜん)、横からドンッと突きとばされた。

「……っ……わぁっ！」

「おっと」

思いっきり体勢を崩(くず)したあたしを、ポスッと受けとめた、たくましくもしなやかな腕(うで)。

え？

だ、誰？

驚いて顔をあげると、ちょっぴりなつかしい、あたしの大好きな人の姿が目に飛びこんできた。

「お兄ちゃんっ！」

「朝からあぶなっかしいな、詩姫」
　サングラスをかけ、ニヤッと笑ってあたしを見おろすのは8歳年上の兄、詩音(しおん)だった。
　お兄ちゃんは、そのままあたしをヒョイッと横抱(よこだ)きにすると、人の少ないところまで慣れた様子で運んでくれた。
「大丈夫か？　この人ごみは、その小さい体じゃあぶないな」
「いいね、お兄ちゃんはそんなに背が高くて。……じゃないよ、久しぶり！　お兄ちゃん！」
　しばらく会えていなかった分、うれしさがこみあげてきて、あたしはお兄ちゃんに抱きついた。
　そんなあたしをしっかりと受けとめて、優しく頭をなでてくれる。
　変わってないな、お兄ちゃん。
　離れている間にあたしの知らない人になってたらどうしよう、なんて思ってたけれど、そんな心配はいらなかったらしい。
　サングラスで顔の半分が隠れてしまっているけど、それでもわかるこの端麗(たんれい)さ。
　あたしと本当に兄妹なのかなってくらいに、長身でスタイルも抜群(ばつぐん)。
　都会では髪を染(そ)めている人が多いけれど、お兄ちゃんは2年前、最後に会ったときと変わらず、サラサラな黒髪のまま。
　髪色だけは、そっくりなんだよね。
　あたしは若干(じゃっかん)クセがあるから、お兄ちゃんみたいにサラサラってわけではないんだけど。
　妹のあたしから見ても、お兄ちゃんはかっこいいと思うし、こんなにキラキラしたオーラを放っている人には会ったことがない。
　じつは、今若い女の子たちから大人気のファッションモデル“シオン”は、まぎれもなくあたしのお兄ちゃん……詩音だったりする。
　２年前まで、お兄ちゃんはあたしたち家族と暮らしていた。
　もちろん、そのときはごく普通の一般市民で、芸能人とはかけはなれた生活を送っていたわけだけど。
　２年前、お兄ちゃんは歌手になりたいという夢を追って上京した。
　お父さんの猛(もう)反対も振りきって、たったひとりで。
　忙(いそが)しかったのか、それともお父さんと顔を合わせたくなかったのかは定かではないけど、この２年間、一度たりとも家には帰ってこなかった。
　うちではお父さんの言うことは絶対で、わがままなんて言えないのに、耳も貸さずに出ていったんだもん。
　きっと相当な覚悟(かくご)だったんだろうな。
　お兄ちゃんが表紙のファッション雑誌(ざっし)が家に送られてきたときは、もう飛びあがるほど驚いたっけ。
　歌手になるために上京したけれど、今はモデルという仕事に生きがいを感じているらしい。
　今となっては、その顔を隠さずにこんな街中を歩いていたら、大騒(さわ)ぎになってしまうだろう。

サングラスをかけたくらいでは隠しきれていないこのキラキラオーラは、芸能人生活の中でさらに高まったのかもしれない。

なにをとってもお兄ちゃんはあたしの憧れで、頼(たよ)りになる自慢の兄だ。

「詩姫は２年も会ってなかったのに、まったく変わんねーな。今、身長いくつだ？」

ポンポンとあたしの頭をたたきながら、お兄ちゃんはククククッとこらえるように笑った。

「……146だけど。お兄ちゃんこそ、いくつなの？」

前に会ったときよりも伸(の)びてない？

見あげるあたしが疲(つか)れるんだけど。

その歳にして伸びるとか、いつまで成長期なの？という視線を向けながら、訝(いぶか)しげに尋(たず)ねた。

「相変わらず、詩姫は小せーな。俺は183だったかな、たしか」

「うわぁ、もうノッポの域(いき)に突入したね。こんなに差があると、あたしたちってホントに血の繋(つな)がった兄妹なのかなって不安になってくるよ」

「たしかに、身長はまったく似てねーけど、こんなに美人で可愛いんだから、正真正銘(しょうしんしょうめい)、俺の妹に決まってるだろ」

真顔でそう言ったお兄ちゃんに、少しあきれぎみにため息をついた。

こういう自信満々というか、素直すぎるところも変わらないよね。

　って、時間！　のんびり話してる場合じゃない！　遅刻しちゃう！
「お兄ちゃん、そろそろ行かなきゃ！」
「あぁ。星凜だろ？　あんな難しい高校の試験、よく受かったよな。さっすが俺の妹」
「お兄ちゃんが勉強しなさすぎなだけだと思うけど」
　２年という空白の時間をまったく感じさせないほど、あたしとお兄ちゃんは自然な会話をしながら改札を通りぬけた。
　ちょうどホームに停車した電車になんとか乗りこみ、あたしはお兄ちゃんという盾に守られながら、満員電車での窮屈な時間を過ごす。
　さすが都会だけあって、最新設備がそろった駅は、田舎からは考えられないくらいに、どこもとても広かった。
　きっとひとりだったら、あたしは電車になんか乗れないだろうな。
　そもそも、ホームにさえもたどり着けなかったかもしれない。
　お兄ちゃんが、方向オンチなあたしを心配して、学園まで送るとわざわざ電話してきてくれてよかった。
　あたしが言うのもなんだけど、お兄ちゃんの妹思いな優しい心には感謝しかない。
　そう安堵したのもつかの間、明日からどうしよう、という不安が頭によぎる。
　今日はたまたま、朝だけ仕事が休みで来てくれたけど。

　チラリとあたしを囲むように立っているお兄ちゃんを見あげ、ため息をつく。
　仕事で忙しいのに、毎日なんて送れるはずがないよね。
『……次は、星濠学園前、星濠学園前。おおりの方は……』
　どうしたものかと考えている間に、星濠学園の最寄り駅が車内アナウンスで流れてきた。
　まもなく電車は駅のホームにゆっくりと止まり、プシューという空気の抜けるような音を発しながら扉が開いていく。
　……と同時に、いっせいに人が流れるように出ようとするものだから、ドア付近にいたあたしはいうまでもなく邪魔者扱い。
　容赦なく弾きとばされた。
「わっ……ひえっ」
　思わぬ衝撃に、情けない声をあげる。
　押しだされるようにして倒れかけたあたしの体を、とっさにお兄ちゃんがうしろから抱えあげた。
「っ!?　お、お兄ちゃっ……」
「あぶなっかしくて見てらんねーの」
　あたしを抱えあげたまま、お兄ちゃんは駅のホームをダッシュ。
　揺れるなんてもんじゃない！
「お兄ちゃんっ！　おろして！」
　必死の叫びも聞きいれてもらえず、結局あたしが地面におり立てたのは、改札を出た、少しばかり人の少ない道路だった。
「……バカッ！」
　おり立つやいなや、キッとにらみつけたあたしに、苦笑いをこぼしたお兄ちゃん。
　まったく……いたずらっ子なんだから……！
「怒(おこ)るなよ、可愛い顔が台なしになってるぞ。ほら、あそこが星凜学園だから、ここからはひとりで大丈夫だろ？　俺、このまま仕事行くからさ」
　お兄ちゃんが指さした方向を見れば、200メートルほど先に見える門と、その奥には豪華(ごうか)な建物。
　あれが……星凜学園。
　こんなに駅から近かったんだ。
　それに、さすがという外観。
　お城(しろ)といっても過言(かごん)ではないほどのその外観は、どう見ても高校には見えない。
　放たれた門から、あたしと同じ制服の子たちが入っていくのを見て、胸が高鳴った。
「じゃ、気をつけろよ。なんかあったら連絡して」
　そう言ってポンッとあたしの頭に手を置いたお兄ちゃんに、先ほどまでの小さな怒りを忘れて微笑(ほほえ)んだ。
「ありがと！　お兄ちゃん。行ってきますっ」
　笑って手を振りつつ、胸の中で渦まくモヤモヤした気持ちを隠して、あたしはたくさんの人が行き来する横断歩道へと足を踏みだした。

「……というわけで、今日から転校してきた華沢さんです。自己紹介、お願いできるかしら？」

1年B組、そう書かれた教室にて。

教壇の横で、人生でもう何度目になるかわからない転校時のあいさつをする。

「はじめまして。華沢詩姫です」

そう言って、ぺこりと頭をさげる。

なぜか、ポカンと口を開けて固まっているクラスメイトたちに首をかしげていると、先生が優しく微笑んでくれた。

「はい、ありがとう。華沢さんの席は窓側の一番うしろだから、そこに座ってね」

「はい」

先生に微笑み返してから、あたしは指定された席に着く。

チラチラと好奇の目を向けられ、居心地が悪くどうも落ちつかない。

気にしないように、チラッと窓の外を眺める。

さっき見たときは気づかなかったけど……。

やっぱり学園内はものすごく、広い。

この教室は校舎の裏側に面しているらしい。

グラウンドや陸上専門の競技場、テニスコートやバスケットコートなどの広大な敷地が広がっていた。

あたしの予想以上。

だけど今日、あたしはこの広すぎる学校内に、落ちつける静かな場所を見つけなければならない。

それは、必要以上にクラスメイトと関わらないようにするための手段のひとつ。

なるべく人がいない、ひとりになれる場所を見つけることは、転校ばかりでひとつの場所にとどまることがないこの生活を続けるうちに、自然と身についた習慣のようなものだ。

「……今日は休み明け初日だからＨＲ(ホームルーム)だけだけど、明日から授業も始まるから、みんなちゃんと準備してくるように。それでは、今日はこれで解散とします」

伝達事項(じこう)などを言いおえた先生のその言葉で、みんな早々に帰る支度(したく)や部活の支度を始めだした。

星凜学園はすべてにおいて比較(ひかく)的自由な学校で、校則も相当ゆるいらしい。

ただでさえハデな制服なのに、金髪(きんぱつ)だったり、メイクの濃(こ)い人が目立つのもそのせいだろうと察する。

進学校だから、もっとマジメな雰囲気(ふんいき)の生徒たちを想像していたのだけれど。

これだけハデな見た目の生徒が多い中、メイクもいっさいせずに黒髪のあたしなんて"the地味部類"だろうな。

そっちの方が気が楽だけどね。

まぁでも、夏休み明け初日から登校できただけ、区切りがあってよかったのかもしれない。

何度も転入を繰り返している中には、中途半端(ちゅうとはんぱ)な時期に転入することも少なくなかった。

そうなると、居心地の悪さは倍増する。

どちらにしてもクラスになじむなんて、あたしには不可能なんだけれど。

このあとは理事長にあいさつに行くだけだ。

他にはとくに用事はない。

この豪華すぎる学園に、静かな場所なんてあるのかな、と立ちあがったときだった。

「あのっ」

突然呼びかけられ、「え？」と振り返れば、5、6人の男子たちが少し緊張(きんちょう)した面持(おもも)ちで、あたしを見ていた。

「えっと、はい……なにか……？」

「か、かかか、彼氏いますか!?」

まったく意図が理解できない質問に、あたしはパチパチと目を瞬(しばた)かせる。

彼氏？

そんなもの、いるわけがないじゃない。

彼氏どころか、友達すら微妙なのに。

ふと見れば、彼らだけでなくクラスメイトのほぼ全員の視線があたしに注がれていた。

これは、いったいどんな状況なの？

そもそも、初対面の人にそんなことを聞かれる筋合(すじあ)いはないと思うんだけど。

少しばかり胸の奥に嫌悪感(けんおかん)を覚えながらも、初日からイメージを壊(こわ)すのも嫌で、小さくため息をついた。

「……いません。あたし、これから用事があるので失礼します」

少し冷淡だったかな、と踵を返しながら思ったけど、まぁいいか。

きっとここでも、あたしに友達と呼べるほどの友達はできないだろうし、作る気もない。

あたしはそのままタッと教室を飛びだした。

「……それでは、失礼いたします」

ニコニコと手を振る百合さん……学園の理事長に、あたしはペコッと頭をさげて部屋を出る。

パタンと扉の閉まる音がして、ホッと息を吐いた。

理事長室。

あいさつのために訪れたはいいものの、入るときはだいぶ緊張してしまった。

予想に反して、ものすごく気さくでのんびりした人で、お母さんとの昔話まで聞いてしまったけれど。

「いい人だったな……理事長」

ポツリとつぶやいて、居場所を探して誰もいない長い廊下をひとり歩きだす。

この広い星瀼学園の敷地内なら、どこに行っても退屈はしないだろうけどね。

でも、あたしが行きたいのは……誰もいない、なにも考えなくていい静かな場所。

理事長に聞いたら、どうやらこの学園の裏には花園があるらしいんだ。

星瀼学園の敷地内だけど、普段は誰も行かない……そもそも、生徒でも花園の存在を知らない人の方が多い、とか。
花園なんて素敵な場所があるとは、思いもしなかった。
なんか楽しみ！
いったいどんな場所なんだろう。
あたしはわくわくしながら、花園への道を軽い足取りで走りだした。

「……はぁっ……ケホッ」
思ったよりも、花園までの道のりは険しかった。
狭い植えこみの間をくぐりぬけたり、ちょっと高めの柵を飛びこえたり……。
もはや道じゃない。
障害物競争でもしているようだった。
ご丁寧にも、途中から花園へ案内する看板があったから迷わずに来ることができたけれど。
……こんなところ、知っていたとしても、誰も来ようと思わないよ。
荒い息を整えるように、立ちどまって息を吐く。
喘息持ちで運動が得意じゃないあたしにとっては、結構きつい。
でも、最後に狭い道をカニ歩きで通りぬけた先に見えた花園の入り口は、予想していたよりもずっと魅力的で目を奪われる。
フラワーアーチで作られた道は、まるでおとぎの国の入り口のように、空から舞いおりる光で照らされて、そこだけ現実から離されたような別空間だった。

花のアーチをくぐりぬけ、見えてきたのは、コスモスやユリなど、たくさんの花が咲きみだれている花園。

花壇を囲むように流れている透明な水の上には、白や赤の睡蓮がふよふよと揺れていた。

そんな中、まっ先にあたしの瞳を吸いつかせるように引きよせたのは、この広い花園の中心にある……石の柱でできたあずま屋のようなもの。

わずか50センチほどの間隔で柱が８本、円形に立っていて、きっちりと屋根までついている。

その様子は、どこかギリシャ神殿を彷彿とさせた。

柱で囲まれて中は見えないけど、その柱の１本１本が光に反射して、キラキラしていてまるで大きな宝石のよう。

中はどうなってるんだろう、と引きよせられるように足を進める。

小さな隠れ家のようになっているその場所は、１ヶ所だけ人がふたりくらい通れるほどのスペースが空いていた。

入り口、かな？

興味本位でひょこっと中をのぞいたあたしは、そのままの体勢で固まった。

隠れ家の中は、地面ではなく大理石のような石でできた床が広がっている。

柱の隙間があるから、家としては使えないだろうけれど、花園の中心の憩いの場くらいにはなるかもしれない。

ベンチもなければ、水くみ場があるわけでもなく、もちろんキッチンなんかが置いてあるわけでもないから、今のままでは難しいかもしれないけれど。

柱で円状に囲われたその石の間は、直径でも３～４ｍほどしかないものの、頭上は石の屋根で覆われ、柱の隙間から流れこむ光だけの世界。

……外よりも幾分暗くて、ひんやりとした空気が漂っている。

でも、あたしが目を見開いて固まったのは、それが理由じゃない。

その石の間の中心に、なぜか人が寝ていたからだ。

人だよ？　人！　人間！

気持ちよさそうに、スースーと寝息が聞こえてくる。

……どうして、こんなところで？

あたしはとまどいつつも石の間にあがり、音を立てないようにそっとその人物に近づいた。

右腕を枕のようにして寝ているその人の顔をのぞきこむ。

「……っ」

その瞬間、息をのんだ。

体格から男性だということはわかっていたけれど、あたしの目に映ったその顔は、あまりにも現実離れしていた。

悪い意味ではなく、もちろんいい意味で。

男性らしからぬ、すきとおるような白い肌に、ふわふわの明るい茶色の髪。

それこそ、おとぎの国の王子様が、絵本から飛びだしてきたかのよう。

その整いすぎた顔立ちに、あたしはしばらく息をするのも忘れて見いっていた。

制服を着ているから、たぶんこの学校の生徒なのだろうけど。

この人、はっきり言ってお兄ちゃんと同じくらい……いや、もしかしたらそれ以上に、イケメンかもしれない。

お兄ちゃんと比べてしまうのはあたしの悪いクセだけど、この人も負けず劣(おと)らず……。

やっぱり人が多い都会には、こういう人がザラにいるのか。

さすが都会、とひとりで納得(なっとく)する。

しゃがみこむようにして、しばらくその顔を眺めていると、彼はピクッと動いた指先を合図に、「んー」と小さく身じろぎをした。

そして、ゆっくりとまぶたを開けた彼に、あたしはひょこっとのぞきこみながら一言。

「こんなところで寝ていたら、風邪引いちゃいますよ？」

ちょっと緊張。

でも、本当にこんなところで寝ていたら、風邪引いちゃうよ。

実際、ここは石に囲まれているからか、冷房(れいぼう)が効(き)いたようにひんやりとしているし。

９月のまだ暑さの抜けきらないこの時期でも、こんなところで寝てちゃだめだよね。

風邪引いたら困るのは、この人だもん。

寝ぼけているのか、ボーッとあたしを見つめてくる彼の瞳にドキッと鼓動が高鳴る。

かと思ったら……突然、彼の手があたしの腕をつかんだ。

「……へ？」

お、起きてたの……!?

グイッ！

「……はわっ！」

そのまま強い力でグイッと引っぱられ、気づいたときには彼の腕の中。

並んで石の上に寝っころがるような形で、そのしなやかな腕に抱きしめられていた。

……なんでこうなるの!?

こ、これは夢!?

ガチゴチに固まったままパニクるあたし。

知らない人……しかも、こんな王子様みたいな人に突然抱きしめられて、ドキドキしないはずがない。

いや、ドキドキする意味は別として。

なんかあたし、危険な状況だったりする!?

話しかけたの、まちがいだった!?

——ドクンッ……ドクンッ……ドクンッ……！

今にも心臓が口から飛びだしそうなくらいに、はげしく音を立てていた。

「ねえ、キミ名前はー？」

少しだけあたしから体を離した彼に、ホッとしたのもつかの間。

今度はコツン、とあたしの額に自分の額をくっつけてそう言った彼に、ボッと顔が熱くなるのを感じた。

ち、ちちち、近い……!!

整いすぎたその顔に、どこか艶(つや)やかさを含(ふく)んだ、甘くのんびりとした声。

さっきは目を閉じていたからわからなかったけれど、その瞳は青がかっていて、まるでガラス玉のようにすきとおっていた。

今にも吐息(といき)が触(ふ)れそうな距離(きょり)からその顔に見つめられ、身がすくむ。

「詩姫……です、けど……っ」

かすれた声で言ったあたしに、彼は優しく微笑んで額を離すと、仰向(あおむ)けに寝ころがった。

……片手であたしを抱きしめたまま。

それには納得がいかなかったけれど、とにかく離れてくれたことにホッと安堵する。

「詩姫ちゃんか、いい名前。……んー、でもこの学校に、そんな名前の子いたかなー」

え……?

学校内すべての生徒の名前を覚えている、とでもいうのだろうか。

あたしは目をぱちくり。

「あ、の……あたし、今日転校してきたばっかりで……」

今にもとぎれそうなほど小さい声で言ったあたしに、彼はなにか思い出したように、“あぁ！”という顔をした。

「華沢詩姫ちゃん、だっけ。そっかー、キミが転校生なんだ。じゃあ、俺のことも知らないのかな？」

あたしのフルネーム……なんで知ってるの？

俺のこと、って？

様々な疑問が渦巻く中、突然クルッとあたしに接近し、ふたたび額をくっつけてきた彼に、ビクッと体を揺らす。

「俺、トアっていうんだ。翔ぶ空って書いて、翔空」

「と、翔空……くん？」

フワッと天使が微笑むかのごとく笑った彼に、あたしの心臓はさらに高鳴る。

「うーん……」

突然なにかを悩みはじめた彼に、あたしはまたキョトンとする。

なんだろう、なんていうか。

……マイペースな、人。

とことん自分のペースを崩さない。

だからなのか、すごくのんびりしていて、一緒にいてなんとなく心地がいい……なんて、こんな状況なのに思ってしまう。

なんで抱きしめられているのかは、まったく、少しも、これっぽっちも、わからないけど!!

「あ、イイこと思いついたー」

なにを思いついたのか、のんびりと……でも楽しそうに、極めつけの天使のスマイルを向けてくる。

そして、あたしに爆弾を投下した。

「キミ、俺のカノジョにならない？」
　ニッコリと、今日のお昼ご飯、なににする？みたいなノリで。
　突然の衝撃すぎる言葉に、あたしは固まるどころか目も口も全部開けたまま、思考停止。
「……は？」
　なんとか絞りだした声は、もはや聞きとれないほどかすれていた。
「ごめんね、びっくりしたよね」
　あ、なんだ、冗談か。
　心臓に悪い。
　ホッと息をつく。
「でも、冗談じゃないよ」
「ひっ……!?」
　思わずギョッと体を引いたあたしの背中に手を回し、彼は自分の方にグイッと引きよせた。
「俺、キミが好きになっちゃった」
「……なっ!?」
　どうしよう。
　状況がわからない。
　それなのに、なぜか冴えわたってしまった頭で考えてみる。
　そもそも、この人とは“たった今”出会ったばかりで、あたしが唯一知ってるのは、彼から名乗ってきた名前のみだよね？
　言ってしまえば、名字すら知らない相手だ。

なのに、あたしが好き？

そんなのいったい、どこの誰が信じられるっていうの？

……うん、やっぱり冗談なんだ、これは。

そうもっともな結論に達し、ひとり納得する。

そんなあたしの心を読みとったのか、彼は困ったようにフッと微笑んだ。

「んー、はずかしいから言いたくなかったんだけど。信じてもらえてないみたいだから、やっぱり言うね」

……なにを？

あたしはまたもやキョトン。

「ひと目ボレ……ってやつ？」

「…………」

その言葉の意味を理解するまで、数十秒。

理解したとたん、ボッと音を立てそうなほど急激に顔が赤くなるのを感じた。

ぎ、疑問形で聞かないで!?

そして、はずかしいなんて、絶対これっぽっちも思ってないでしょう!?

こんな地味で可愛くもないあたしにひと目ボレなんて、断じてありえない!!

急激に沸騰したお湯みたいに、顔から湯気が出そうだよ!!

「む、無理です！　あたし、あなたのことなにも知らないし……っ」

いくら王子様みたいだからって、あたしは好きじゃない人と付き合えるほど器用じゃないし、心が広いわけでもない。

それに……あたしは、またいつ転校になるのかも、わからないんだから。

どちらにしたって、同じ場所にいられないあたしがそんな相手を作ること自体、許されないことなんだ。

気持がどうとかの問題じゃない。

「んー、わかった」

彼の言葉にホッと安堵したのもつかの間。

「なら、これから俺のこと知って？」

「はい!?」

彼はまたもや容赦なく爆弾を投下してきた。

「詩姫ちゃんが俺のこと好きになってくれるまで、あきらめないよ。これから少しずつ、いろんなこと知ってくれれば、それで俺は満足」

とんでもないことを、目の前の王子様は次々とあたしに放りこんでくる。

「でも、俺と一緒にいたらたぶん、ちょっとだけめんどくさいことになるから一……。うん、よし詩姫ちゃんのことは俺が守ってあげる」

「め、めんどくさいこと？」

思わず聞き返したあたしに、彼は困ったように首をかしげた。

「まぁ、たぶん明日になったらわかるよ」

「そんなぁ……」

めんどうごとは嫌いなのに。

情けない声をあげたあたしの頭を、彼はフワッと包みこむようになでてくるものだから、不安になりかけていた心が一瞬にして吹きとんだ。
　かわりに、ふたたびやってきた顔の熱に、動揺して目が泳いでしまう。
「あ、あの……っ！　翔空くん、は……何年生ですか？」
　いつまでこんな至近距離で、抱きしめられていないといけないんだろう……という疑問が頭の大半を支配している中、あたしはとりあえず気になっていたことを尋ねる。
「俺は２年生だよー。詩姫ちゃんの１個上」
「あ……先輩だったんですね。あの名字、教えてもらえますか？　それから、もう少し離れて……」
　もう、しゃべるのもとまどうほど近い。
　甘い顔が、今にも触れそうで……甘い匂いがフワッと漂ってきてくらっとめまいがした。
　追い討ちをかけるように、背中には逃がすまい、と手が回されている。
　いいかげん、起きあがりたいんだけど……！
　ぐるぐると頭の中はパニクったまま、あたしの顔は自分でもわかるほどにまっ赤。
　誰かに見られたら、たぶんその瞬間、あだ名が“ゆでダコ”か“トマト”になる。
　いや、現在進行形でこの先輩には見られてるんだけど。
　しかも、こんな至近距離で……！
「えー。名字教えたら、詩姫ちゃん、名前で呼んでくれなくなっちゃうでしょ？　だから嫌だ」

　な、なんか、わがまま?
「な、名前で呼びますから……！　翔空先輩、でいいですか」
「あ､先輩もやだ。ついでに“翔空くん”っていうのも禁止。翔空って呼んで？」
　……やっぱり、この人わがまま！
　本当に本当に、ほんっとうにあきれてしまうほど、マイペースな人だ。
　少しでも油断したら、このこのんびりと甘い雰囲気にのまれそうになってしまう。
「でも、あの……やっぱり先輩ですし！」
「嫌だ。敬語も禁止ね、ほら翔空って呼んで？　詩姫」
“詩姫”
　そう言った彼に、胸がキュッと締(し)めつけられた。
　……あれ、なんでキュッってなるの？
　あたしは、この人に恋をしているわけじゃないのに。
　かっこいいから……だよね、きっと。
「と、翔空……！　わかったから、あの、お願いだから、起きあがらせて！」
　自分でもわかるほど、今あたしは目が泳ぎまくっているけど、もうこの際どうでもいい。
　体をよじらせて、彼の体を押し返す。
「ん、よくできました。あ、俺が抱きしめてたから起きあがれなかったのか。ていうか俺、まだ寝っころがってたっけ」
　あれ？と頭をかく翔空。
　……無意識(むいしき)!?

あたしはこんなにドキドキしてたのに！
愕然としながら、解放された体を素早く起きあがらせる。
「詩姫ちゃん」
「……っ？　な、なに？」
自らも起きあがって、あたしを見て首をかしげる翔空に、ゴクリと息をのむ。
“詩姫ちゃん”に戻ってるし。
そして、マジメな顔であたしを見つめてきたかと思うと、複雑そうに口を開いた。
「あのさ、なんか誤解されてそうだから一応、言っておくけど。俺、女の子で遊んだりするタイプじゃないよ。そもそも女の子自体苦手だから、相手にもしないからね？」
「え……ウソだ」
思わず、心の声がぽとりと口からこぼれた。
これだけの容姿だったら、女の子なんていくらでも寄ってくるだろうし、初対面のあたしにこんなことをしたくらいだよ？
ものすごく遊び人なのかと……。
「ウソじゃない」
「じゃあなんで、あたしなんかに……」
「ん一、詩姫ちゃんが可愛くて仕方ないから。あ、それと温かいから」
それ、後者の方が強いんじゃないだろうか。
こんなひんやりしたところにいたら、温もりもほしくなるよ！というあたしの心の叫びは、むなしくも消えてしまう。

そんなことを言えるほどの度胸はなかった。

翔空はあたしの手を取って立ちあがると、フワッと笑った。

立ちあがって並んでみてわかったけれど、翔空って思った以上に背が高い。

お兄ちゃんと同じくらいあるんじゃないのかな？

「詩姫ちゃん、ちっちゃ」

手を繋いでいない方の手を、ポンッとあたしの頭にのせた翔空は、クスリと笑う。

「と、翔空が大きいんだよ！」

「えー、俺は普通だよ」

意地になって言い返したけど、のんびりとした笑顔で返された。

なんであたし……普通に話してるんだろ。

しかも手まで繋いじゃって(不可抗力だけど)、これじゃ本物のカップルじゃない。

そう思うと、また顔に熱が集まっていく。

「詩姫ちゃん、すぐ赤くなる。かわいー」

「なっ!?　そ、そんなことない！」

思わず繋いでいない方の手を頬に当てると、翔空はおもしろそうに肩を揺らして笑い、ゆっくりと歩きだした。

つられるように、手を引かれながら柱の隠れ家を出る。

「ここに人が来たの、はじめてだよ」

「えっ、そうなの？」

「うん、静かでいいところなのに、誰も知らないんだからびっくりするよね。俺はよくここで授業サボって寝てるんだー」
　翔空の言葉に、ふとこの状況があまり思わしくないものに思えてきた。
「あ……もしかして、翔空のお気に入りの場所だった？　邪魔しちゃってごめんね」
　眉尻（まゆじり）をさげて謝ると、翔空はふるふると首を振る。
「詩姫ちゃんがここに来てくれたおかげで、キミに出会えた。それにこの場所なら、ふたりっきりになれる。だから詩姫ちゃんがもし気に入ったなら、いつでもおいでよ」
　俺待ってるからさ、と笑った彼に、とまどいながらうなずく。
「あ、ありがとう。あたしね、静かな場所を探してて、ここに来たの。理事長に勧（すす）められて」
　あたしの言葉に、翔空は目を見開いた。
　え？と首をかしげると、翔空はなぜか苦笑い。
「そういうことか。母さん、俺がここにいることわかってて言ったな」
「母さん？」
「ん、そう。理事長、俺の母親なんだよねー」
　サラッと告げられた衝撃的な言葉に、あたしはポカンと口を開けた。
　ということは、翔空は、あの理事長の息子……!?
「びっくりした？」
「びっくりするよ！」
　あたしの反応を楽しんでいるのか、ずっと笑っている。

　失礼な……と口をとがらせると、翔空はあたしの顔をのぞきこんで天使スマイルを見せた。
「帰ろう、詩姫ちゃん」
「え？」
「俺、詩姫ちゃんの家まで送っていくから」
　突然そんなことを言いだした翔空に、また目を見開いてしまうあたし。
「そんな、悪いからいいよっ」
「いーやーだ。俺が送りたいのー」
　あ、なんとなくわかってきた。
　こうなった翔空は止められない。
「行こ？」
　首をかしげて言った翔空を、可愛い……と思ってしまったあたしは、どうにかなってしまったのだろうか。
「……うん」
　そんな自分自身に苦笑しながら、あたしはしぶしぶうなずいた。

恋に落ちるまで

【詩姫side】

「と、翔空？」

「んー？」

「あの、もう手……離してもいいんじゃない？」

　帰りの電車の中。

　目の前に立つ翔空に、チラリと視線を向ける。

　この時間はどうやら空(す)いているらしく、電車内はところどころ席が空(あ)いていた。

　ひとり分空いている席に、翔空に無理やり座らされたのはいいものの……どうして、まだ手を繋いでいないといけないのかがわからない。

「ダメだよー。離したら、詩姫ちゃん逃げていっちゃいそうだし」

「に、逃げないから！」

　なんでこんなにマイペースなんだろう。

　いや、わがままっていうのかな？

　いやいや、離れたがらない、さびしがり？

　……ううん、きっと全部だ……。

「あ、じゃあ離してあげるから、そのかわりに俺がそこに座って、膝(ひざ)の上に詩姫ちゃん座らせようか……」

「け、結構ですっ!!」

　あたしは翔空の言葉をさえぎるように声をあげる。

電車の中だし、極力おさえてだけれど。
「詩姫ちゃん、また赤くなった。可愛いなー、ホント」
「っ!?」
言い返そうとして、グッとこらえる。
だってきっと……認めたくないけど、今あたしが赤いのは事実だし、なにか言ったところで、またとんでもない答えが返ってくるにちがいないから。
……あたし、もうとっくに翔空の超マイペースにのまれてるじゃない……。
でも、これだけは言える。
翔空と一緒にいたら、あたしの心臓は一時も休まらない。
だって、自分の心臓の音がつねに聞こえてくるくらいに、ずっと高鳴ってる。
……翔空が、好きなんて言うからだ。
なんか、くやしい。
あたしが照れるところじゃないはずなのに、この人はなにも感じてないみたいに……。
そう考えたら、なぜかくやしくも悲しくなってきた。
「あ、今」
「え？」
ひょこっと身を屈めて、あたしの顔をのぞきこんできた翔空に、ビクッと体が揺れる。
「今、自分ばっかり照れてはずかしいって思ったでしょ？」
「えぇ!?」
ズバリと言いあてられた心に、あたしはとまどって飛びあがった。
　こ、この人、エスパー……!?
「俺、エスパーじゃないよ。詩姫ちゃんがわかりやすいだけ」
「わ、わかりやすいって……！　そ、そんなことないよ！」
　わからないけど！と、心の中で付けくわえる。
「ほら、詩姫ちゃん。わかる？」
　繋いだ手を持ちあげ、翔空は自分の胸へと持っていった。
「な、なにを……」
　制服の上から触れた翔空の体は温かくて、手に伝わってくる鼓動は、あたしと同じくらい……高鳴っていた。
　な、な、なにこれ？
　これ、どういう状況……!?
　驚いて翔空を見あげると、少し照れたように微笑んでその手をおろす。
「ね？　俺だって、ドキドキしてるの。誰かを好きになったの、はじめてみたいなもんなんだからさ」
「は、はじめて？」
　思わず考えるより先に聞き返した。
「さっきも言ったでしょ？　俺、恋愛とかに興味ないタイプだったから。好きな子もほとんどできたことないの」
「ほとんど？　ってことは、あるの？」
「ん、昔、一度だけある。そのときもひと目ボレだったけど、結局名前もわからずに、告白なんて夢のまた夢だったからほぼ、ないようなものだよ」
　そ、そんなにひと目ボレ気質なの？

　ポカンと口を開けたあたしに、翔空はクスリと笑って、こてんと首をかしげた。
「でも、あんまり可愛い反応されたら、俺が我慢できなくなっちゃうから……ね？」
　そんな王子顔の天使スマイルで首をかしげながら言われても、なにひとつ説得力がない。
　あたしはムッと口をとがらせて、赤くなった顔を隠すようにうつむいた。
『次は、潟白駅、潟白駅、おおりの方は……』
　え？　もう着いたの？
　流れてきたアナウンスに、目をぱちぱちさせる。
　こんなにすぐ着くっけ？
　……行きは混んでたから長く感じたのかな。
「あの、あたし次だから……」
「んー？　うん、俺も次だよ？」
「え!?」
　思いがけない返答に、あたしは翔空を凝視。
「案外、俺らの家近いのかもねー。近くなくても、家まで送ってくつもりだったけど」
　本当にこの人は……。
　わからない。
　つかめない人って言ったら、ちょっとちがうかもしれないけれど。
　とにかく、マイペースで自由人で……どこか無気力なんだ。
　翔空と話していると、あたしのペースが簡単に崩れていってしまう。
　ひと目ボレ……なんて信じられるわけないし、告白されたからって、あたしが翔空のことを好きになるわけでもない。
　それでも、なぜか……。
　翔空が、気になる。
　なんで!?
「あ、もう着いた。おりるよ？　詩姫ちゃん」
「う、うん！」
　翔空に手を引かれたまま、あたしは電車をおりて駅のホームを歩く。
　行きは人でなにも見えなかったけど、こうして見ると、やっぱりめずらしいものがたくさんある。
　全然知らない地名……へたに出かけたら、迷子になりそうだ。
「あたし、引っこしてきたばかりで……まだこの辺のことなにも知らないんだ」
　隣を歩く翔空をチラリと見あげながら、あたしは「えへへ……」と笑った。
「前はどんなところに住んでたの？」
　前……か。
　あたしは少し考えるように、顎に指を当てる。
「田舎だった。田んぼばっかりのところ。でも１年も住んでないから、あまり思い入れはないかもしれない。その前は、北海道の雪がすっごく多い場所で……さかのぼりきれないほど、あっちこっち住んでたよ」
　思い出すように過去の記憶(きおく)をさかのぼっていく。
「いろんな場所を知ってるってすごいね」
　優しく笑って言った翔空に、ふるふると首を振って、あたしは小さくため息をついた。
「友達とかもできないし、落ちつかないよ」
　あたしは、ひとつの場所に長く住める人に憧れるんだ。
　心を通わせる友達ができたり、彼氏ができたり……。
　そんなことすらできないんだから。
「友達？　俺ら、もう友達でしょー？」
「え？」
「俺的にはカノジョになってほしいんだけど、詩姫ちゃんにはまだその気がないみたいだからね」
　サラッと言った翔空を驚いて見あげると、クスリと笑った彼は改札を出て立ちどまった。
　友達、か。
　この友達という関係は、あたしがこの場所からいなくなったら……消えるのだろうか。
　もとからなにもなかったかのように、あたしの存在すら忘れて……こうやってふたりで帰った記憶すらもどこかに飛ばしてしまうんじゃないだろうか。
　あたしを、好きだと言った翔空でさえも。
　そんなことを思いながら、隣でキョロキョロとあたりを見まわす翔空をチラリと見あげた。
「詩姫ちゃんち、どこ？」

「え？　あたしんちはあっちだけど……」
「あ、俺んちと同じ方向だ。んじゃ、行こー。俺わかんないから、詩姫ちゃんが俺のこと連れてってね」
「あの、でも、翔空？　あたし、本当にひとりで帰れるから大丈夫だよ？」
「さっきも言ったでしょー？　俺が詩姫ちゃんを送りたいの。あ、詩姫ちゃんち知りたいって気持ちもあるー」
　それ、やっぱり後者が強いよね。
　あたしの家なんか知ったところで、翔空はなにも得しないのに……。
　やっぱり翔空はわからない。
　このマイペースさにはついていけないよ、あたし。
　手を繋いだまま、まだ覚えたての帰り道を翔空と並んで歩く。
　大通りから外れると一気に人の気配がなくなって、シーンとした静かな時間が訪れた。
　……き、気まずい。
「……と、翔空？」
「んー？」
　“んー？”って首をかしげられても、困る。
　なに話そう……。
　とにかく、この気まずい雰囲気はなんか嫌だ。
「と、翔空ってマイペースだよね！」
　結局なにも思いつかなくて、第一印象(いんしょう)を言ってみた。
　……だってあたし、人と話すのあまり得意じゃないんだよ。

人見知りってわけじゃなくて、話す話題がわからないんだよね。

お兄ちゃんなら普通に話せるけれど。

それなのに、こんな王子様みたいな人と一緒に歩いていて、しかも手まで繋いじゃっているこの状況って、いったいなんなんだろう。

「んー、俺は、自分の気持ちに素直に毎日生きているだけ。誰かに指図されて生きてるのって、疲れるでしょ？」

翔空の言葉に、それはわからなくもないと思った。

自分の気持ちに素直に生きていけたなら、どれほど幸せだろう。

それができたら、なにも悩みはしないけれど。

「……ま、でも、俺も本当は素直になれてないんだけどね」

ワントーン低い声でボソッと言った翔空に、弾かれるように顔をあげる。

「え？」

「なんでもないよ」

今、なにか隠した……？

ニコッと笑った翔空に、なぜか心にモヤがかかったようなわだかまりを覚える。

でも尋ね返す前に、いつの間にか自分の家の前に着いていた。

「あ……翔空、ここあたしんち」

ピタッと立ちどまり、翔空の手を引いて大きな一軒家(いっけんや)を指さす。

ここは、転勤族のうちにとっての本家らしい。
あたしの生まれは東京で、小学校にあがる前はこの家に住んでいたとか。
小さかったし、なにも覚えてないけどね。
お父さんの転勤で引っこす場所は、いつもアパートとかマンションが多かったけど、今回は都内……もとの家に戻ってきたってわけなんだ。
「ここ？　やっぱり、俺んちと近いね」
「えっ、そうなの？」
翔空はうなずいて前方を指さしながら、あたしを見て笑った。
「この道、まっすぐ500メートルくらい？」
ご、500メートル！
うわぁ、ご近所さんだ。
「そんなに近いんだ……翔空の家」
「ね、俺もびっくりした」
どこかうれしそうに笑っている翔空につられて、あたしの頬もゆるむ。
翔空の笑顔は、どうしてこんなに安心するんだろう。
さっき出会ったばかりなのに、こんなに自然に話せている。
こんなに心がおだやかになったのはいつぶりかな、なんて考えて、クスッと笑みをこぼす。
翔空が繋いでいた手をスッと離して、ポケットからスマホを取りだした。
「詩姫ちゃん、スマホ貸して？」

「スマホ……？」
　不思議に思いながらも、カバンからスマホを取りだして手渡すと、なにやらササッと操作して返してくれた。
「俺の連絡先、入れちゃったー」
「っ……あ、ありがと」
　画面を見ると、連絡先には“星宮翔空”の文字。
「翔空の名字、星宮っていうんだね」
「ん？　あ、バレちゃったー」
　バレちゃったーって……。
　全然気にしてないよね、それ。
　翔空はなんでもないように笑ったまま、あたしの頭に手を置いて優しくなでる。
「じゃあね、詩姫ちゃん。送らせてくれてありがと」
　えっ!?
　お礼を言うのはあたしの方なのに！
「あ、あたしこそ、送ってくれてありがとう！　またね！」
　あわててペコッと頭をさげてから、あたしは家に入るべく翔空に背を向けた。
　視界に翔空の姿がなくなって、離れた手の温もりがなぜか少し、恋しくなる。
　そんな自分にあきれながら、玄関の扉に手をかけた瞬間……。
　フワッと甘い香りに包まれた。
　……ギュッ。
「……っ、翔空!?」

　突然、うしろから抱きついてきた翔空の胸にすっぽりとおさまったあたしは、驚いて固まる。
「……ごめん、ぎゅーってしたくなった。詩姫ちゃん、いい匂いするね」
　ごめん!?
　それは、なにに対してのごめんなの!?
　頬に翔空の吐息がかかって、あたしの心臓は今にも破裂しそうなほどに鼓動を鳴らした。
「いっ、いいい、いい匂いって……っ」
　ダメだ、あたしテンパりすぎだ！
　頭の中がまっ白になるのと同時に、あたしの顔は対照的にまっ赤に染まっていく。
　……とたん、翔空がスッと離れる。
　驚いて振り返れば、なにもなかったかのように手を振った。
「明日、朝迎えにくるから」
「えっ!?」
「またね、詩姫」
「っ……!?」
　なんで、そんな……反則だよっ……！
　急にうしろから抱きついた上に、ふい打ちで呼び捨てなんて、あたしの心臓がもつわけがない。
　なにごともなかったかのように、のんびりと歩いていく翔空の背中を呆然と見つめながら、あたしはその場にへなへなと座りこんだ。

【翔空side】

……やばいんだけど。

可愛すぎて、どうにかなりそう。

耐(た)えていた衝動がおさえきれなくなって、つい離れていく詩姫ちゃんの背中に抱きついてしまった。

ひとり反省しながら先ほどのことを思い出す。

……いつものごとく、俺のお気に入りの場所で寝ていたら、ふいに人の気配がして。

女の子に見つかったかなー、なんて思いながら、目を開けた瞬間……。

俺は幻(まぼろし)のような天使を見た。

『風邪、引いちゃいますよ？』

鈴(すず)が鳴るような、すきとおった声でそう言いながら、俺をのぞきこんだその顔は……本当に可愛くて綺麗(きれい)で。

その瞳はどこまでも澄(す)んだ色をしていて。

どストライクだった。

着飾(きかざ)った様子はなく、肩下まで伸びたフワッとした黒髪。

メイクしていないのに、どこまでもすきとおりそうなほど白い肌。

二重の大きな瞳はうるうるしていて、どこか頼(たよ)りなさげな雰囲気をかもしだしていた。

自分でも無意識に、詩姫ちゃんを抱きしめていて……俺の心が彼女に惹(ひ)かれているって感じとるのには、十分だった。

追い討ちをかけるように、詩姫ちゃんのひとつひとつの反応がムダに可愛すぎて辛い。

あれは、無意識？

あんな顔でまっ赤になったら、男を誘(さそ)ってるようなものなんだけどな。

純粋(じゅんすい)の塊(かたまり)って感じで、目が離せない。

反応はいつも素直なのに、たまにツンッて言い返してくるし……。

そんな態度(たいど)も男を煽っているのに、そのことにすら気づいていないから天然って怖(こわ)いよね。

女の子に興味がなかった俺が、まさかの人生２度目のひと目ボレをするなんて、俺自身が一番びっくりだけど。

……どうやら、思った以上に重症(じゅうしょう)みたいだ。

今すぐ戻って、もう一回抱きしめたい。

なんとかその衝動をおさえて、振り返らずに歩く。

さすがにこれ以上しつこくしたら、嫌(きら)われるかもしれない。

カノジョにはなってないんだもんな。

それにしても、詩姫ちゃんの家がこんなに俺の家に近いなんて思わなかった。

歩いて６分くらいで自分の家に着いた俺は、そのままソファに寝っころがる。

そういえば、昔ひと目ボレした子もふわっとした黒髪だった。

たった一度、公園で見かけただけの女の子。

名前も知らないその子は、それ以来いつ公園に行っても会えることはなかった。

まだ俺が小学校にあがる前……６歳くらいのときだか

ら、もう10年以上も恋なんてしてなかったんだ。
　興味もなかったし。
　俺って、ひと目ボレ気質？
　……ま、どーでもいっか。
　とにかく、詩姫ちゃんに会いたい。
　今別れたばっかりだけど……。
　繋がれていた手の温もりに、ため息が出る。
　声が聞きたい。
　抱きしめたい。
　あれ？
　……俺、なんかヘンタイっぽい……？
　カノジョじゃないから、ある程度(ていど)はおさえないと、好かれるどころか嫌われる。
　……でも、詩姫ちゃんを前にして、おさえが効くかは自信がない。
　俺はまた深くため息をついて、クッションに顔を埋(うず)めるようにして目をつむった。
　こういうときは、寝るに限るね。

【詩姫side】
「あら、おかえり！　詩姫」
「た、ただいま、お母さん」
　まだドキドキする胸を押さえながら、あたしはリビングのイスに腰をおろした。

　キッチンでお皿を拭いているお母さんをチラリと見て、小さくため息をつく。
　主婦で内職をしているお母さんは、たいていは家にいるけれど、今日はあまりいてほしくない気分だった。
　だって、絶対……。
「どうだった？　今日」
　ほら、聞いてきた。
　なんて答えたらいいの？
　初対面の人に告白されましたって？
　……誰が言えるかっ!!
「な、なにもないよ。ＨＲだけだったし……」
「そうなの？　それにしては遅かったわね。あ、百合にちゃんとあいさつした？　ひとりで帰ってきたの？」
　ｏｈ……。
　お母さぁぁん。
　お願いだから、それ以上聞かないでぇぇ。
　心の中で情けない叫びをあげながら、あたしはなんとか笑顔を作り、質問に答える。
「あいさつはちゃんとしてきたよ。すごく美人で気さくな人だった。……帰りは、送ってもらった」
「あら、誰に？　お友達？」
　そこはスルーしてくれていいよ！
　お母さん、鋭すぎるのもよくないよ！
「う、うん。……あ、理事長の息子……」
「あら、翔空くん？」

「お、お母さん、知ってるの!?」
いや、待てあたし。
お母さんと理事長は幼なじみなわけで、お互い子供がいることも知ってるはずだよね。
……つまり、あたしと翔空に面識がなくても、お母さんは翔空のことを知っていて……。
って、あれ？
なんかわかんなくなってきた！
「そりゃあ知ってるわよ。百合の息子だもん。詩姫が生まれたときに一度会ったことあるのよ？」
「えぇ!?　それはあたしも!?」
「うん。でも詩姫は覚えてないわよね。可愛かったわぁ、１歳のときの翔空くん。もう天使みたいに」
そりゃあ、あの容姿なんだから、小さいときなんて天使そのものでしょう。
って、あたしと翔空、初対面じゃなかったんだ……！
なぜか複雑(ふくざつ)な気持ちになりながら、あたしはお母さんに尋ねる。
「そ、それからは会わなかったの？」
「百合、その頃学校を立ちあげるのに忙しかったから、なかなか会えなかったのよ。連絡は取っていたけど、詩姫と翔空くんはそれっきりかしらね？」
「そ、うなんだ……」
そんな小さい頃に出会っていて、高校生になって再会(？)するなんて……なんか、すごい。

翔空は知っているのかな？

……あの様子じゃ、知らなそう……。

あたしのお母さんと、理事長が幼なじみっていうことすらも。

ボーッと翔空のことを思い出していると、なにやらニヤニヤしたお母さんがあたしの目の前に座った。

「で？」

で？ってなんですか、お母さん！

「た、たまたま知り合って、送ってもらっただけだよ！」

ウソはついてないよ、ウソは……うん。

内心冷や汗をかきながら、あたしはお母さんに笑顔を向けた。

「ふーん」と怪しげな視線を向けたあと、お母さんはなつかしむように頬杖をついて目をつむった。

「詩姫が生まれたてのときに、病院までわざわざ百合が来てくれてね」

「う、うん」

「そのときに翔空くんを連れてきたんだけど、まだ目も開いていない詩姫のことがすごく可愛かったみたいで」

「う、うん？」

か、可愛い……そりゃ、生まれたての赤ちゃんは誰でも可愛いと思いますけど。

「そのとき翔空くんはまだ１歳だったけど、詩姫が泣いていると頭をなでてくれてね。すると、詩姫はすぐに泣きやんだの。翔空くんの指をギュッてつかんで、しばらく離さなかったのよ」
　なぜか異様(いよう)にはずかしさがこみあげてきて、あたしは両手で顔を包む。
　なんだこれ。
　なんかすごくはずかしいよ！　お母さん！
「そんな詩姫と翔空くんも、もう高校生だものね。早いわぁ」
　“早いわぁ”じゃ、ない！
　お母さん、あのね？
　その翔空くんに、あたしはいきなり“カノジョにならない？”なんて、サラッと言われたんだよ。
　そして追い討ちをかけるように、あたしのこと抱きしめて帰ったんだよ!?
　十何年かの間に、翔空くんはドキドキ魔に変わってしまったの。
　あたしは何度も心臓が破裂するかと思ったんだからね。
「あ、今度、翔空くん連れてきなさいよ、詩姫」
「っ!?」
「楽しみにしてるから」
　語尾に♡(ハート)でもつきそうな笑顔で言ったお母さんに、あたしは冷や汗がたらり。
「き、着替(きが)えてくるね」
　とにかく、ここから立ちさろう。
　そしてこの制服を早く脱(ぬ)いでしまおう。
　そう思ったあたしは、そそくさと自分の部屋に引っこんだ。

でもね、お母さん。
仲よくなったらその分、離れるのが辛くなるでしょ？
だからあたしは、今までも友達と呼べる人ができても、一線を引いて過ごしてきた。
親友なんて呼べる人は、いまだかつて、いない。
いつ引っこして、転校することになっても悲しくないように、そんな存在を作ることも避けてきた。
あたしが人と関わるのが苦手なのは、そういうこと。
１年と同じ場所にはいられない。
お父さんの仕事の都合だから仕方がないのかもしれないけど。
転校を繰り返すうちに、短い付き合いの人たちに心なんて開いてはいけないということを学んだ。
だからあたしは、翔空の気持ちには応えられない。
今少し、彼が気になってしまっている自分を……隠して消さなければいけないんだ。
心が近づけば近づいた分だけ、きっとお互いが傷つくのだから。

お気に入りのフードに耳がついた部屋着に着替え、ベッドに飛びこむようにダイブした。
まだ時刻はお昼過ぎで外は明るいけれど、あたしの心の中は複雑な色でいっぱいだ。
……あんなのって、ない。
いきなり抱きしめたり、頭なでたり、当たり前のように手を繋いだり。

　あたし、耐えられるの……？

　先が思いやられて、ため息をつく。

　スマホの画面を開いて、連絡先に登録された“星宮翔空”という名前を見つめる。

　星凜学園って、もしかして星宮から取ったのかな……なんて思いながら、あたしはなにげなくその名前を押した。

　とたん、画面に電話マークが表示される。

「……っ!?」

　で、ででで、電話かかっちゃってる!?

　あれ、あたし今もしかして２回、画面押した!?

「ど、どうしよう……！」

　今さら切るわけにもいかず、その画面をオロオロ見ていると、『……詩姫ちゃん？』という声が聞こえてきた。

　か、かかっちゃったよ！

「ご、ごごごめん！　まちがえた！」

　あわてて耳にスマホを当てて、精いっぱい謝る。

『あ、なんだー。びっくりした、俺の心の声が聞こえちゃったのかと思った』

　なぜか翔空の声は少しあわてていて、あたしはキョトンと首をかしげた。

「心の声？」

『詩姫ちゃんの声、聞きたいなって思ってたから』

　相変わらずのんびりした声だけど、その声はどこかうれしそうで……電話ごしでも、翔空が微笑んでいるのがわかった。
　本当に思ってくれてたんだ……。
　あたしは、翔空の気持ちには応えられないのに。
　そのことに少し胸を締めつけられていると、翔空の声がまた耳に流れてくる。
『詩姫ちゃん、なにしてたの？』
「えっ!?」
　翔空のこと考えながらスマホの連絡先見てた、なんて口がすべっても言えない。
　だって絶対ヘンタイって思われる……！
「え、えっと、着替えてた」
　……スマホの連絡先を見る前は。
『そっか、俺は詩姫ちゃんのこと考えながら寝ようとしてたー』
　な、なんでそんな素直に言えるの……!?
　自分が言い訳しようとしたことが小さいものに思えてきて、トホホと心の中でため息をつく。
　しかも、また寝ようとしてたのね、翔空。
　どこまでものんびりなんだなぁ……。
　そんなところが癒(い)やされるというか、安心するのかもしれないけれど。
「あの……翔空？」
『なにー？』
「寝るの、邪魔しちゃってごめんね。切るよ？」
『やだ。もっと声聞いてたい』

急に真剣な声が返ってきて、ドキンッと心拍数があがる。

『ねえ、詩姫ちゃん』

「え？」

『好きー』

「っ……!?」

ホントに、なんなんだろう……この人。

なんでそんなことサラッと言えるの？

はずかしい、とかないのかな。

それとも、あたしが異常なだけ？

『詩姫？』

黙りこくったあたしを心配したのか、翔空は不安そうに名前を呼ぶ。

“詩姫ちゃん”か“詩姫”か、どちらかにしてほしいよ！

突然、“詩姫”って呼ばれると心臓に悪い！

もう、今日だけで何度胸が締めつけられたかわからないくらい。

……なんか寿命縮んだ気がする。

「っ……翔空、ドキドキ魔を少しおさえてくれるとうれしいんだけど……」

『ドキドキ魔？　え、なに？』

「あ、えっと、あたしの心臓がドキドキするようなこと、あんまりしないでっていうか……言わないでほしいっていうか……」

あきらかにキョトンとした翔空に、あわててしどろもどろで言うと、しばらくの沈黙のあと、クスッと笑い声が聞こえてきた。
『なにそれー。詩姫ちゃんってホント天然だよね。なら、俺からもお願いいい？』
「う、うん？」
　決してあたしは天然ではないよ！と心の中で叫びながら、聞き返す。
『俺のこと、早く好きになって』
　うっ!!
　そうきたか！
　でも惑(まど)わされないよ、あたし。
　さっきダメだって、自分に言いきかせたばかりなんだから。
　翔空のことは好きになってはいけない。
　それは、あたしも……そして翔空も、傷つかないため。
　辛いだけの気持ちなんていらない。
「……む、りです!!」
『詩姫のケチ』
「ケチ!?」
　いや、この際ケチでもいい。
　早くあきらめてもらわないと、あたしがもたないよ。
　ひとり、コクコクとうなずいていると。
「詩姫ー？　あんた、昼ご飯食べたのー？　お腹(なか)空いてるならなにか作るけど」
　と、扉をたたくお母さんの声。
　……ちょうどよかった！
　このまま翔空の声を聞いているなんて、あたしにとってはもう苦しいだけだ。

……名残(なごり)おしくなんかない！

そう自分に言いきかせ、あたしは翔空に伝える。

「翔空、あたしお昼ご飯だから……き、切るね！」

『そっか、なら仕方ないね。ちゃんといっぱい食べるんだよ？』

「う、うん！」

早く大きくなれよって言われている気しかしないのだけれど、それはもう置いておこう。

『ん、いい子いい子。電話ありがと、声聞けてうれしかったよ。また明日ね？』

「ううん……あ、あたしも翔空の声聞けてよかった！　また明日ね！」

“また明日”

その言葉が、すごく温かくて。

やっぱり、どうしても感じてしまう名残おしさを打ちけして、あたしは電話を切った。

ホント、もうダメだ……あたし……。

はぁぁぁと深くため息をついて、枕に顔を埋める。

「詩姫？　どうするの？」

あ、そういえば、お母さんに答えてなかった！

「食べるー！」

とりあえずそれだけ答えて、あたしはまだ耳に残る翔空の声に、ギュッと締めつけられたままの心臓を押さえた。

こんなの、まるで……。

認めない。

認められない。

認めたくなんかない……けど。

……恋、みたい。

あたしの友達

【詩姫side】

……翌朝。

「あー、もう詩姫！　遅刻してもお母さん知らないからね！」

「ご、ごめんなさーいっ」

そんなに怒らないで、お母さん。

寝坊っていっても10分だけなのに……とひとりで泣き言を言いながら、昨日と同じ制服を身にまとい、朝ごはんのパンを口に突っこんだ。

「ひ、ひっへひわふっ」

「こら！　ちゃんと飲みこんでから行きなさい！　これお弁当ね！」

玄関から飛びだそうとしたあたしを引きとめて、お弁当を渡してくれたお母さんにお礼を言う。

「気をつけてね」

「うんっ！」

カバンを持って玄関の扉を開けた。

そして、踏みだそうとした足がピタッと、止まる。

「あら、イケメン」

お母さんが横から顔を出して、ペシペシとあたしの背中をたたいた。

いつもだったら、それに「痛い」とか「やめて」とか言うだろうけれど、今はそんなこと言ってられない。
　あたしは驚きすぎて、目を見開いたまま固まった。
「……っと、翔空!?」
「おはよー、詩姫。あ、詩姫のお母さんも、おはよー」
　家の前でふわぁ……と大きなあくびをする翔空。
　そ、そういえば、昨日迎えにくるって言ってたっけ!?
　もしかして、あたしってば待たせてたんじゃ……。
「俺も今来たところだから、だいじょーぶ」
　あたしの心を読んだかのごとく、翔空は笑ってそう言った。
　朝から読心術(どくしんじゅつ)が最高ですね、翔空くん。
「そう、彼が翔空くんなのね！　あらあら、ずいぶんイケメンになっちゃって……翔空くん、詩姫のことよろしくね」
「うん、よろしくされるー」
　やめて、お母さん！
　勝手によろしくしないでぇぇぇ！
　翔空もよろしくされるんじゃない！　バカ！
　あぁ……あたし、なんかキャラが崩れてきているような気がするのだけれど。
　知らない、もう。
「と、翔空、行こ！」
「ん。あ、詩姫のお母さん……詩織(しおり)さん。俺の母さんに、今度お茶でもしようって伝えてくれって言われたー」
「百合が？　そうね、久しぶりに会いたいわね〜。ありがと、翔空くん」
　なんでこんなに親しげに話してるの、お母さんと翔空。

話に置いていかれたあたしは、ため息をついてひとりで歩きだす。

というか……。

「詩姫、待って」

あわてて追いかけてきた翔空を見あげて、あたしは首をかしげた。

「翔空……知ってたの？　お母さんと理事長が幼なじみってこと」

「昨日、母さんから聞かされたんだよ。まさかそんな繋がりがあるなんて知らなかったから、びっくりした」

あ、やっぱり知らなかったんだ。

それにしても翔空って、初対面の人となじむのが得意みたい。

お母さんとも普通に話してたし……。

それよりも、呼び名がまた“詩姫”になってる。

統一（とういつ）してくれた方がありがたいけど、これはこれで、呼ばれるたびに胸の奥がツンとなって……。

「詩姫ー」

「っ……え？」

やっぱり、心臓に悪い。

「手、繋ご？」

手を差しだして、こてんと首をかしげた翔空に、ボッと顔に火がともる。

「つ、繋がなくてもだいじょ……」

「あれ、見ても？」

翔空が指さした先。

大通りは、朝の通勤ラッシュの人ごみが……。

昨日あれに潰(つぶ)されたんだった、あたし。

「ね？」

……そんなの、もう「はい」って言うしかないじゃないですか。

「や、やっと、おりられた……」

星濃学園の目の前の駅の改札口にて。

あたしは体力の半分以上を使いきりながら、やっとのことで人であふれ返る駅から抜けだした。

「お疲れさま、詩姫」

「うん……疲れた」

でも、あたしが今無事にここにいられるのも、翔空が守ってくれたおかげなんだよね。

電車内では潰されないように、翔空はあたしのうしろに立っていてくれた。

離れないように手を繋いでくれていたのも、やっぱり助かったとしか言いようがない。

……翔空を見る電車内の女の子たちの目がハートになっていたのは言うまでもないけれど、翔空はまったくもって無視だった。

……特別扱いしてくれてるんだって思ったら、あたしはまた赤くなってしまったのだけれど。

「翔空、ありがと。おかげで生還(せいかん)できた」

あたしが翔空に向かって笑うと、プッと噴きだして優しく頭をなでてくれる。
「詩姫にとって、朝の通勤ラッシュは命に関わる問題なんだ。ダイジョーブだよ。これからも俺が守るから」
……なんかあたし、翔空から離れるつもりだったのに、どんどん近づいてる気がする。
そう思ったら、なぜかさびしさが出てきて、あたしは小さくため息をついた。
「詩姫？　大丈夫？　酔った？」
「え？　あ、大丈夫！　ごめんね、ありがと」
具合が悪くなったと思ったのか、心配そうにのぞきこんできた翔空にあわてて首を振る。
「そ、そういえば、電車の中とかホームとかで、女の子たちがずっと翔空のこと見てたね」
さすが、イケメン王子様。
「あー……あんなの序の口だよ。もっとめんどくさい」
本当に嫌そうな顔で言った翔空に、あたしはキョトンと目を瞬かせる。
……なにかあるのかな？
「とにかく行こー、詩姫。あ、俺から離れちゃダメだよ？あぶないからね」
「え？　あぶない？　でも、もう学校だよ」
「学校だからあぶないの」
わけがわからない。
はて、と首をひねるあたしの手を引っぱって歩きだした翔空に、あわてていく。
　そして……門をくぐったとたん。
　あたりに異変が訪れた。
「きゃー！　翔空さまああああ」
「王子ー！　今日も素敵ですねっ」
「ってか、誰その女！　翔空さまに気安くさわんないでよ！」
「なに？　誰？　翔空さま、この人誰？」
　あっという間に囲まれた、あたしと翔空。
　いや、正確には翔空だけだけれど。
　20人はいるんじゃないかと思うほど、翔空の周りには輪になって女子たちが集っていた。
　茶髪、金髪、ピアスに濃いメイク。
　あたしとはなにもかもが正反対のハデな子たちに、ぞわっと身の毛がよだった。
　……こういうことか……。
　今まで、この女の子たちを相手にしなかった学園の王子様である翔空が、突然現れたチビ女(自分で言うのはむなしいけれど)を連れていて、さらには手まで繋いでしまっている。
　必然的に、あたしはその女子たちの……いわゆる"的"になってしまう。
　あぶないっていうのは、そういうことだ。
　最悪だ……これ。
　翔空が昨日、『俺と一緒にいたらたぶん、ちょっとだけめんどくさいことになるから……』と言っていたのは、このことだったんだ。
　だから守るって……。
　いや、待って、翔空くん。
　あたし、１年生だよ。
　翔空は２年生だよね？
　……そもそも、一緒にいられないじゃない!!
　いや、一緒にいたいわけではないけれど。
　この状況下で、この翔空のことが大好きなハデな女の子たちに目をつけられるのは、目に見えてるよね。
　翔空はといえば、あたしの手を離すことなく、表情ひとつ変えずに、ただまっすぐ歩いている。
　まるで、周りの女の子たちなんて誰ひとり視界に入ってないような顔で、怯(おび)えるあたしを安心させるように、手を握(にぎ)る力をギュッと強めた。
　それでも、あたし怖いよ。
　グサグサと刺(さ)さるように飛んでくる嫉妬(しっと)の矢。
　翔空がいなくなったら、あたしどうするの？
　なにされるかわかったもんじゃない……！
「詩姫」
「え？」
「だいじょーぶ」
　あたしを見おろして、ニコッと優しく微笑んだ翔空に、目を見開く。
　その微笑みにさえも、周りの女子たちは歓声(かんせい)をあげたけれど。

あたしはただ……なぜかすごく安心したんだ。

その笑顔に、さっきまでの不安がウソのようにしぼんでいくのがわかる。

「ね？」

そう首を傾(かたむ)けながら翔空はもう一度、ギュッと繋がった手を離さないように、強く握った。

あたしはただ、コクリとうなずく。

「ちょっとアンタ！　さっきから翔空さまのなんなのよっ」

「え？　わっ、痛……っ」

突然うしろからグイッと腕を引っぱられ、よろけるようにして立ちどまる。

痛みに顔を歪(ゆが)めながら振り返ると、“theヤンキー”な女子があたしの腕を鬼(おに)の形相(ぎょうそう)でつかんでいた。

なにこの人、怖すぎる。

それより痛いです、爪(つめ)食(く)いこんでるよ！

「なんなんだって言って……」

「ねえ。その手、離してくれる？」

翔空の手が伸びてきて、あたしの腕をつかんでいたヤンキー女子の手をつかんだ。

その顔は、ただただ冷たい。

怒りというより、軽蔑(けいべつ)に近い無表情。

その声も、一段と低くて威圧(いあつ)感がある。

すべてがいつもの翔空の雰囲気とは真逆のもので、あたしを含め、その場の女子全員が固まった。

「と、翔空さま……？」

　驚いて声をあげたヤンキー女子は、あたしの腕をスルリと離した。
　とたん、グイッと引っぱられ、すっぽりと翔空に片手で抱きしめられる。
「キミに……というか、キミたちに“翔空さま”なんて呼ばれる筋合いないんだけど」
　温度を感じさせない声でそう言いはなった翔空は、ヤンキー女子の手を離すと、あたしのことを守るように両腕で抱きしめた。
　翔空、なんか様子が……。
「それから」
　一瞬、翔空の瞳の奥に深い闇（やみ）が見えたような気がした。
　その場の全員がコクリと息をのむ。
「詩姫に手を出したら、許さない。……それだけ、覚えておいて」
　トクンッとあたしの胸は高鳴ったけど、取り巻きの女子たちはみんなあんぐりと口を開けるのみ。
　翔空の迫力（はくりょく）がすごい。
　王子の威圧ってやつなの……？
　普段はあんなにのんびりしていて、いつも笑っているようなイメージの翔空が、ここまで冷たいオーラを放つなんて。
　みんなが固まるのも無理はない。
　あたしでさえも一瞬……怖いと思ってしまった。
　それでもこの翔空の温もりは、あたしを守るって、包みこむように安心させてくれる。

“こんな取り巻きなんか怖くないよ”
　そう言われた気がしたんだ。
「詩姫、行こー」
　次の瞬間、翔空はいつもの声のトーンであたしの手を引っぱって歩きだした。
「えっ？　ちょ、翔空？」
「んー？」
　“んー？”って。
　あれ？
　やっぱりこの人は、ただの超マイペースなの？
　わからない。
　わからないよ、翔空くん！
　あたしには、キミが一番わからない！
　どんどん歩いていく翔空に必死についていきながら(足の長さの問題で)、ふとうしろを振り返ると、ギロンッと取り巻きの女子からにらまれる。
　ひぃぃぃっ！
　ついてきてはいないものの、あたしの背中にグサグサと刺さる殺気の数ったら！
　反射的に前を向き、そこから逃げるようにあたしは翔空についていった。

「え、ここ……」
“医務室”と書かれた部屋に、翔空はノックもせずに入る。
「あら、翔空くん。また朝からサボリ？」

白衣を着た若い女の人が、見ていた書類から顔をあげて、フフッと優しく笑った。

「んーん。南センセー、ちょっと詩姫のこと診て」

「翔空くんが女の子連れなんて、はじめてね。って、あれ？あなた、昨日転校してきた……」

え？　あたしのこと知ってるの？

驚きながらも、ぺこりと頭をさげる。

「華沢詩姫です」

「はじめまして、詩姫ちゃん。私は医務長をしている南川です。なにか困ったことがあったら、いつでもいらっしゃいね」

南川先生っていうんだ。

翔空が南センセーって言うから、てっきり南先生なのかと思った。

「普通に南センセーでいいんだよ、詩姫」

ソファに腰をおろした翔空は、いつものようにのんびりと笑いながらそう言った。

「そうそう、南でいいよ。南川って長いし」

「南センセーじゃなくて、南ちゃんでもいいらしいよ」

「一部の生徒からはそう呼ばれてるわね」

親しげに話す南先生と翔空を交互に見くらべて、あたしは目を瞬かせた。

女の人……だけど、翔空は大丈夫っぽい。

翔空のこの、女の子に対しての態度のちがいは、なにが基準なのだろうか。

「あ、詩姫、俺の女の子への態度のちがいにびっくりしてるでしょ」
　で、出た、翔空の読心術！
　そんなに読まれても困るよ……と苦笑いしながらも、あたしはうなずいた。
「俺、自分に気がない……っていうか、下心がない子なら大丈夫なんだよねー。あ、詩姫は例外だよ？　詩姫が俺のこと好きでも好きじゃなくても、他の女の子とはちがう。俺が好きなんだから」
「えっ!?　翔空くん、詩姫ちゃんにホレたの!?」
　すかさず食いついてきた南先生は、パッと顔を明るくした。
「そー、ホレた。でも、告白したらフラれたから、今好きになってもらう最中……」
「フラれた!?　詩姫ちゃん、フッたの!?」
　いやいやいや、南先生。
　初対面の人に、いきなり“カノジョにならない？”なんて疑問形で言われて、いったいどこの誰がフラないんですか!?
　いや、さっきの取り巻きの子たちなら、即ＯＫするだろうけれど。
「詩姫ちゃんってば、やるぅ～」
「ひ、冷やかさないでください！」
　もうっ！と頬をふくらませると、翔空があたしの腕を引っぱってトンッと膝の上に座らせた。
「と、翔空!?」

「そのままそのままー」

うしろからギューッと抱きつかれて、あたしはビクッと体を揺らす。

「ちょっと、イチャイチャなら外でしてよー。あ、そういえば診てって言ってたっけ？　どうしたの？」

翔空にあきれた顔を向けたあと、南先生はふと思い出したようにあたしの前にしゃがみこんだ。

「え、あ、いや……」

「腕。詩姫、俺がまくるよ？」

大丈夫です、と言おうとしたのに、背後からあたしの袖（そで）をまくっていく翔空。

それが異様にはずかしくて、あたしの顔はまっ赤になる。

な、なんで、こんなこと普通にできるの!!

あたしの心臓の音、聞こえてないかな？

……密着（みっちゃく）してるのに、聞こえてないはずがないか。

もうなにも言えずに、あたしはされるがまま。

「あら……こりゃまた強く爪立てられたわね」

「え？」

南先生の言葉に自分の腕を見てみると、たしかにそこにはあきらかな爪の痕（あと）。

本当だ。赤くなってる……。

「痛い？」

「っ……！」

あたしの首筋に顔を埋めて、少し低い声で言った翔空に、背筋を震（ふる）わせる。

翔空のふわふわな髪が、首に当たってくすぐったい。
いいかげん離れてくれませんか、翔空くん！
「翔空、くすぐったいってば」
「ダメだよ、じっとしてて」
……あたしの話、聞いてない……。
「まあでも、切れてはいないし、薬だけ塗(ぬ)っとくわね？」
「は、はい。ありがとうございます」
南先生は手際よく薬を塗って、笑顔を向けてくれた。
「ちょっと翔空くん。あなたが詩姫ちゃんにベタボレなのはわかったけど。ちゃんと守らないとダメよ？　なにかあったら大変だからね」
「わかってるー」
あたしの首から顔をあげた翔空は、のんびりと微笑んだ。
「と、翔空！　もう行こ？　鐘(かね)鳴っちゃうよ」
「えー。詩姫と離れたくない」
なんとか翔空から離れようとバタバタしてみるものの、背後から抱きつく翔空の力は弱まることはない。
あたしが泣きそうになっていると。
——ガラッ。
「あ、いた！」
そんな声とともに、開いた医務室の扉から入ってきたのは、ショートカットの美人な女の子。
……も、もしかして、翔空の取り巻きの人⁉
あたしはサッと血の気が引いて固まる。
翔空はなぜか、その女の子を見てムスッとした。

彼女は、つかつかとあたしたちに歩みよってくると、腕を振りあげた。

「……このヘンタイ！」

「ってぇ！」

ドカッという鈍い音に、反射的に目をつむった。

悲痛な声におそるおそる目を開けると、翔空は頭を抱えてうなっている。

……この人、もしかして今、翔空のこと殴った!?

「ほら、こっちおいで！」

「えぇっ!?」

頭を殴られた衝撃で翔空の抱きつく腕がゆるんだ隙に、その女の子は、あたしの腕を引っぱって翔空から引きはがす。

な、なにがどうなってるの!?

状況が読めずにその女の子のうしろでオロオロしていると、翔空が不機嫌そうな顔をして彼女をにらんだ。

な、なに……？

「……夏、詩姫のこと返して」

「誰が返すか、このヘンタイ野郎」

「へ、へんた……!?　誰がヘンタイだよ！　俺はヘンタイじゃない！」

めずらしく翔空が声を荒らげ、対してその女の子はフンッと顔を背けた。

「だいたい、フラれたくせに未練がましいのよ！　そのうえ、嫌がってるこの子を抱きしめるとか、ただのヘンタイでしかないでしょ。ホントバカね、あんた」

　こ、この子、何者……!?
　この翔空に向かって数々の暴言！
　あたしは思わず尊敬の眼差しを向ける。
　……って、ちがうよ。
　なにがどうなっているのか説明してもらわないと、ラチがあかない。
　南先生はひとりで爆笑してるし。
「あ、あの……？」
　――ガラッ。
「あ、なっつん発見ー！　って翔空もいんじゃん。で、この天使みたいなちっちゃい子、誰？　え、なんで隠れるの!?　俺怖くないよ!?」
　な、なんか、また新しい人が……。
　あたしの言葉をさえぎったうえに、“ちっちゃい子”って、どう考えてもあたしのことだよね。
　ぶしつけに失礼だと思います！
　突然現れた黒髪の元気すぎる男の子に、さらにパニクったあたしは、とっさに南先生のうしろへ隠れた。
「ちょっと、夏も祐介も、詩姫が怖がっちゃってるから静かにして……」
「えっ、この子が詩姫ちゃん!?　なに、めっちゃ可愛いじゃん！　お前にはもったいねーな。うん、俺がもら……」
「あんたは黙ってろ！　この浮気野郎！」
「浮気なんてしねーよ！　俺はなっつん一筋だから！」
　もう、騒がしいよ！

　ここ、仮にも医務室だよ！
　という心の声はおさえて、あたしはそっと翔空に近づき、耳もとに顔を近づけた。
「っ……!?　し、詩姫？」
　なにに驚いたのか、一瞬身を固くした翔空。
　突然あたしが出てきたからびっくりしたのかな。
「え？　あの、ふたりは……」
「あ、あぁ、うん。そうだよね、えっと……ふたりとも、詩姫に自己紹介してあげて」
　翔空が相変わらず言い合いをしているふたりの間に入って、ため息をついた。
「ねー、聞いてる？」
　最終的に、お互い顔を背け合って収まった口ゲンカ。
　ふたりはあたしの方を向いて、ハッとしたような顔をした。
「あー、ごめんね？　私、樋口夏菜(ひぐちなつな)。このヘンタイ野郎とは昔からの腐(くさ)れ縁(えん)で、このバカは一応、私の彼氏」
「か、彼氏っ!?」
　あまりにも驚きすぎて目を見開いたあたしに、黒髪の男の子はへへっとうれしそうに笑った。
「俺、渋矢(しぶや)祐介！　翔空のダチで、なっつんの彼氏っす！　よろしくね、詩姫ちゃん！　コイツ、詩姫ちゃんにベタボレみたいだから……いってぇっ」
　最後まで言いおわらないうちに、樋口さんのゲンコツが飛んできて、頭を抱える渋矢くん。
「あんたは話が長いのよ！　もっと簡潔(かんけつ)に終わらせなさ

い！　バカ！」
「なっつんは暴力的すぎなんだよ！」
　また口ゲンカを始めたふたりに目をぱちくりさせていると、翔空がツンツンとあたしの袖を引っぱってきた。
「ん？」
「俺と祐介は２年だけど、夏は１年だから。詩姫と同じクラスだし、俺がどうしてもそばにいられないときは夏が守ってくれるよ。そこら辺の男より全然強いから安心して？」
　え、樋口さん、同じクラスなの!?
　驚いて彼女を見つめると、それに気づいたらしくニコッと笑ってくれた。
　あ……笑うんだ……なんて当たり前のことを思いながら、微笑み返す。
「あんたは私が守ってあげるから、安心しなよ？　あんな女どもに負けちゃダメだからね」
　ひ、樋口さん、イケメン!!
　男の子にも勝るかっこよさに、思わずキュンッとしてしまったあたしは「うん！」とうなずいた。
「樋口さん！　よろしくね！」
「やめてよ、樋口さんなんて。夏菜でいいよ」
「えっ……じゃあ、なっちゃん？」
「まぁいいや。よろしく、詩姫」
　わっ！
　“詩姫”って呼んでくれた！

うれしいな、なんか。
今までの友達はずっと“華沢さん”だったから……。
まぁ、自分が一線引いてたせいなんだけどね。
「詩姫……詩姫……詩姫つん……詩姫りん……」
なにやら、ぼそぼそとつぶやきだした渋矢くんに、あたしは首をかしげる。
「ゆーすけはね、女の子にあだ名つけるのが好きなんだよ」
翔空が苦笑しながら教えてくれて、なるほど！と納得する。
なっちゃんのことも、“なっつん”って呼んでたもんね。
「あ、いいの思いついた！」
あだ名なんて今までつけられたことない。
どんなのだろう。
なんかワクワクする！
「りんご姫（ひめ）！」
意気揚々（いきようよう）と言った渋矢くん。
「……り、りんご姫？」
あたしは目をぱちくり。
「は？」
なっちゃんは眉根にシワを寄せる。
「詩姫は俺の姫だから却下（きゃっか）」
翔空はマジメな顔で渋矢くんをにらみつけ、ぐいっとあたしの腕をつかんで自分の方に引きよせた。
「……私、つくづく思うけど、祐介くんのネーミングセンスって本当、理解しがたいわ」
南先生はあきれた顔でうなずいて、さっさと仕事に戻ってしまう。
　みごとに四者四様の反応を見せるあたしたち。
「な、なんで、りんご姫？」
　あたしが思わず聞き返すと、渋矢くんはニヤニヤしながら翔空を見た。
「翔空が昨日……」
　なにかを言いかけた渋矢くんを、翔空がこれでもかというほどにらみつける。
「言ったらどうなるかわかってるよね？　祐介？」
　え、それ脅迫（きょうはく）？
「ぶはっ！　わかってるって！　じゃー、普通に詩姫ちゃんでいっか」
　いやいや、よくないよ！
　りんご姫の語源（ごげん）はどこから!?
　気になったけど、そこでタイミングよく鐘が鳴ってしまった。
「あ、鐘……」
「ほらあなたたち、早く教室行きなさい！」
　南先生に背中を押されて、医務室から飛びだしたあたしたちは、あわてて廊下を駆（か）けだした。
　ち、遅刻しちゃう……！
「詩姫ー」
「えっ!?」
　背後から呼びとめられてハッと振り向くと、一緒に走っていると思っていた翔空と渋矢くんは、のんびりと歩いていた。

「昼、迎えいくー」

そう言ってヒラヒラと手を振った翔空に、なぜかドキッとしながらも、曖昧(あいまい)にうなずく。

あのふたり……サボるのかな。

「いつものことよ。ほら、私たちはサボらないでしょ？行くよ、詩姫」

「あ、うん……！」

なっちゃんに連れられ、少しうしろ髪を引かれながらも、あたしはまた廊下を駆けだした。

ちなみにこのあと、渋矢くんの謎(なぞ)のあだ名の語源をなっちゃんが苦笑いで教えてくれたんだ。

聞かない方がよかったと後悔(こうかい)したけど！

「翔空が昨日、詩姫がすぐに赤くなって、思わず食べたくなるって言ってたからじゃないかしらね？」

それを聞いたあたしは、またりんごのように赤くなっただけだった。

昼休み。

「詩姫ー」

授業が終わったとたん、あたしのクラスにひょこっと顔を出した学園の王子様に、クラス内(おもに女子)が騒ぎだしたのは言うまでもない。

一緒についてきた渋矢くんも、どうやら女子たちの人気の的らしい。

そんな渋矢くんの彼女だなんて、なっちゃんはすごい。
美人だし。
あたしはまた女子たちから怖い視線を浴びせられたのだけれど、それを上回るほどの眼光でなっちゃんがにらみ返してくれた。
翔空の言っていたとおり、すごく頼りになるなぁ……。
「翔空、あたし先生に呼ばれてて、行かなくちゃいけないんだ」
せっかく来てくれたのに申し訳ないけど……と翔空を見あげながら、眉尻をさげて言った。
今朝、先生に昼休み職員室に来るように、と言われてしまったのだから仕方がない。
「俺らも行くよ！　なっつんもそのつもりでしょ？」
渋矢くんに「当たり前」とうなずいたなっちゃん。
「やっと詩姫に会えたんだから、離すわけないでしょー？　俺がいるときは俺が守るんだから」
翔空はなっちゃんと渋矢くんを置いて、あたしの手をつかみ、歩きだした。
……ホント、普通に手、繋ぐんだよね。
翔空の手は大きくて、あたしの手なんか余裕で包まれてしまう。
「あれ、本気だね」
「びっくりだよな！　あの翔空が恋とか！」
うしろからそんな会話が聞こえてきて、ひとりかぁっと熱くなっていると。

「……？」

　ちらりと見あげた翔空の顔が心なしか赤くて、思わず目を瞬かせる。

　もしかして……。

「と、翔空も、照れてる……の？」

「……っ……」

　フイッと顔をそらした翔空に、あたしはキュンッと胸が締めつけられた。

　案外、翔空も照れ屋さんなんだ……。

　その意外性がなんだか可愛く思えてきて、あたしは小さくクスッと笑った。

「あ、今笑ったでしょ」

「笑ってない、笑ってない」

　若干、口をとがらせた翔空に笑いながら、首を振る。

「ウソだ。俺、見たもんね」

「それは幻覚だよ、翔空」

「だって今も笑ってる」

「あ、ホントだ」

　なんで、こんなやり取りが楽しいんだろう。

　どうしようもなく楽しくて、胸の奥から愛しさが湧きあがってくるこの感じは……なに？

　……ううん。

　本当はわかってる。

　あたしが、翔空に……恋をしているってこと。

　昨日会ったばかりだけれど、こんなにも心が揺さぶられるのは、きっとそういうことだと思うんだ。

あの花園で翔空と出会って、帰り道をふたりで歩いて、他愛ない話をして。

たったそれだけだけれど、きっとあたしのこの心のモヤモヤが恋に変わるには十分だった。

翔空みたいに、ひと目ボレってわけじゃないかもしれない。

それでも翔空を見た瞬間、この上なく、惹かれてしまったのは事実。

……だと、しても……。

あたしは、翔空が望む“カノジョ”にはなれない。

いつまたお父さんの転勤で、ここからいなくなるかわからないから。

だから、この気持ちは、あたしの胸の奥にカギをつけてしまいこもう。

誰にも見つからないように……。

誰にも悟られないように……。

あたしだけの、秘密として。

「……で、あの翔空？　さすがに、ここ職員室だから、手離してくれる？」

「嫌だ」

なに、このわがまま。

まるで小さい子が好き嫌いして、グリーンピースを食べるのを嫌がる、みたいな……。

職員室の前で、いつまでたっても入れずにいると、ガラッと向こうから扉が開いた。
「お、なんだ？」
職員室から出てきた体格のいい男の先生は、あたしと翔空、なっちゃんと渋矢くんを交互に見てニヤリと笑った。
「青春してるなぁ、お前ら」
せ、青春……!?
目を瞬かせたあたしに、翔空がすかさずうしろから抱きついてきた。
「……っ……」
「でしょー？　センセー、詩姫の担任(たんにん)いる？」
え？
もしかして、手っ取り早く済(す)まそう、とか思ってる？
っていうか、それより！
人がいる前で……しかも先生の前で、こんな抱きつかれたら、あたしの心臓が壊れるよ！
「担任って、誰だ？」
キョトンとした先生に、翔空が腕の中のあたしをひょこっとのぞきこみながら答える。
「陽川(ひかわ)センセーだよ。ね？　詩姫？」
「あ、う、うん……！　翔空、お願いだから離して」
「ダメ。俺さびしいもん。今、詩姫充電(じゅうでん)中なのー」
さ、さびしいって……。
あたしが面食らっていると、その様子に苦笑しながら先生は「ちょっと待ってろよ」と職員室に戻っていった。
「……このヘンタイ野郎。詩姫を離せ」

先生がいなくなったとたん、なっちゃんが翔空をにらみつけた。

「もー、夏うるさいよ。俺が詩姫とくっつきたいんだからいーの」

「よくないわ！　詩姫が困ってるでしょ!?」

「嫌なもんは嫌だ」

なっちゃん、ダメだよ。

翔空のマイペースさには、なっちゃんでも敵(かな)わない。

渋矢くんは、なっちゃんと翔空の会話を聞きながら苦笑していた。

「なっちゃん、ありがと」

「……なんであんたって、そんなに素直ないい子なの!?　うん。やっぱり詩姫は、このヘンタイ野郎にはもったいなさすぎる。もう無理やりにでも引きはがそうか」

「え、なっちゃん!?　あたしなら大丈夫だから……落ちついて、ね？　……あ、先生」

翔空にゲンコツを落とそうとしたなっちゃんをあわてて止めて、ちょうど職員室から出てきた陽川先生に目を向ける。

「あら……ずいぶん仲よしなのね」

あたしたちの様子を見て、陽川先生はフフッと微笑んだ。

「す、すみません……こんな状態で」

あたしはうしろから抱きしめられたまま、できるだけ頭をさげる。

「いいのよ、こういうの見ると若返るもの。若いっていいわね〜」

「せ、先生だって、まだお若いじゃないですか！」
「あら、ありがとう。うれしいわ」
　……あれ、あたし、先生と世間話をするために来たんじゃないんだけどな。
　ほ、本題に戻そう。
「先生、それであの……なにか？」
「そうそう、華沢さんに伝えておきたいと思ったことがあるのよ」
「伝えておきたいこと？」
　……なんだろう？
　あたしは首をかしげ、翔空と視線を合わせた。
「華沢さんは転校してきたばかりだけど、再来週、定期テストがあるの」
　テスト……って前期期末テストか。
　年間行事予定表にのっていたのを思い出す。
「それが……どうかしました？」
「この学校の転入試験に合格できるくらいだから、大丈夫だとは思うんだけれど。やっぱり少し、みんなより遅れがあるじゃない？　だから早めに伝えておこうと思って」
　うーん……どうだろう。
　こんなときのためにと、中学の頃から高校の全範囲（ぜんはんい）の予習は済ませてあるんだよね。
　とはいえ、ここは偏差値の高い進学校だし、不安がないといえばウソになるなぁ……。
「大丈夫？　うちの学校、赤点取ると補講（ほこう）なんだよ。１週間、毎日」
「ありゃキツい……もう憂鬱でしかないよな」
　なっちゃんと渋矢くんが嫌そうな顔で、顔を見合わせた。
　……赤点？
　さすがにそれは避けたいけど、実際、星澟学園のテストは転入試験しか受けていないからわからない。
「あ、俺イイこと思いついたー」
　トンッとあたしの頭に顎を乗せた翔空が、のんびりと笑う。
「センセー。詩姫の勉強、俺が見てあげる。そしたら安心でしょー？」
「えっ!?」
「まぁ！　いいの？　星宮くんはいつも成績トップだものね。それなら先生も安心だわ」
　あ、あたしの勉強を翔空が見る？
　しかも、この翔空が成績トップ!?
　頭、よかったんだ……翔空って。
　のんびりしてるから、勉強とか嫌いなのかと思ってた。
　なんか意外……。
「ね？　詩姫」
「で、でも……いいの？」
「詩姫のためならなんでもするー」
　なんでもって……。
　でも翔空のことだから、きっとあたしがなにかを頼めばそれこそ“なんでも”してくれるんだろうな。

　そんな甘え、できないけど。
　今回は勉強だし……甘えてもいい、よね？
「じゃあ、お願いします……」
　あたしはニコニコと笑う翔空に、ぺこりと頭をさげた。

迷いと現実

【詩姫side】
「そー、詩姫は飲みこみ早いね。完璧(かんぺき)」
「できたー！」
「おい翔空！　俺にも教えろよ！」
「なに、これ？　なんの暗号？」
　テストまで残り３日となった日の放課後、あたしの部屋にて。
　翔空はもちろん、なっちゃんと渋矢くんを含めた４人でお勉強会中です。
　……勉強しているのは、あたしだけだけど。
　なっちゃんは教科書を広げてはいるものの、１問も解かずに、ただにらめっこして固まっている。
　さっきまであたしの部屋に飾っている小物やアクセサリーにひとりで盛(も)りあがっていたから、勉強するという姿勢(しせい)に入っただけマシかもしれない。
　渋矢くんは教科書すら開かずに、騒いでいるだけ。
「ちょっと詩姫。これ、どうなってんの？　意味わかんないんだけど」
　なっちゃんに服を引っぱられて、どれどれと教科書をのぞきこむと、“基”の文字。
　……なっちゃん。
　それ、基本の問題だよ。

解けないとさすがにやばいと思う！

「なにこれ。俺もわかんねー」

一緒になってのぞきこんできた渋矢くんは、ひとりで爆笑。

渋矢くん、あなた２年生だよね？

これ１年生の問題だよ!?

「……もしかして……なっちゃんも渋矢くんも、補講経験済み、だったりする？」

おそるおそる尋ねたあたしに、ふたりはキョトンと顔を見合わせた。

「もう毎度よ。中学のときから」

「うん、俺も」

や、やっぱり……。

って、中学!?

「星凜は中学からのエスカレーター式なんだよ。夏も祐介も、中学んときから星凜だから」

あたしの心の疑問に、翔空が答えてくれる。

そうなんだ……とひとり納得してから、あたしははて、と首をかしげる。

だって、星凜は名の知れた進学校。

偏差値も高いし、ある程度勉強ができないと入れないはずだ。

なっちゃんも祐介くんも、それなのにどうして……。

「俺もなっつんも、スポーツ推薦（すいせん）で入ったんだよ。中学んときに」

「そうそう。私は陸上で、祐介はサッカーの推薦。だから学力は皆無(かいむ)なのよね」
　な、なるほど……！
　スポーツ推薦ってことは、ふたりともすごい選手なんだ！
　かっこいいなぁ……。
「走ってれば生きていけるわよ。勉強なんていらない」
　いやいや、なっちゃん！
　走るだけじゃ生きていけないよ！
「だよなぁ。ボール蹴(け)ってれば、どうにかなるって思って勉強しねぇんだよな！」
「渋矢くん……それ、どうにかなってないですよね？　勉強しましょう？」
　サッカーも大事だけど、勉強も大事だとあたしは思います。
　もちろん、サッカー優先でかまわないけど、ほんの少しだけでも勉強しないとね！
「なぁ、詩姫ちゃん！　渋矢くんじゃなくて祐介って呼んでよ！　あと敬語じゃなくていい。俺、先輩ってキャラじゃねーし」
　え、突然？
　あたしは目をパチパチとさせて、首をかしげる。
「じゃあ……祐介、くん？」
「ま、それでいいや！　ありがと！」
　うれしそうに笑った渋矢く……じゃない、祐介くんにあたしも笑い返す。
　たしかに、祐介くんも翔空も、あまり年上っぽくないんだよね……失礼かもしれないけど。

……って、翔空？

「……また、寝てる……」

いつの間にか、あたしのベッドで寝ている翔空。

って、あたしのベッド!?

人のベッドで勝手に寝ないで！

「翔空！　翔空ってば！　なんで、あたしのベッドで寝てるの……!!」

「んー……詩姫も、一緒に寝……」

「寝ませんっ！　お勉強、教えてくれるんだよね？　起きよ？　ね？　翔空？」

まくしたてるように言いながら、翔空を揺らす。

「んん……詩姫なら……もう、大丈夫……スースー」

スースーじゃな――いっ!!

可愛らしい寝息を立てはじめた翔空に、あたしは脱力(だつりょく)してベッドに突(つ)っぷした。

「ま、こういうヤツだよな、コイツは」

「今に始まったことじゃないわね」

祐介くんとなっちゃんが、あきれたように顔を見合わせて肩をすくめる。

「翔空って、昔から……こんな感じなの？」

超がつくほどのマイペース。

ここまでマイペースな人と、あたしは人生において会ったことはない。

「そうね。……ねぇ、詩姫は翔空の印象って、今どんな感じ？」

翔空の、印象。

あたしは少し考えてから、言葉を探すようにゆっくりと口を開く。

「マイペースでわがままで……でも、優しくて甘えん坊で、あたしの考えてることすぐわかっちゃう人、かな」

そんなあたしにうなずいて、なっちゃんは優しそうに目を細めて口を開いた。

「それは、詩姫だけよ」

「あたし……だけ？」

「まあ、私や祐介にも多少は素を出してくれるけどね」

素の翔空って……。

「翔空はさ」

寝てる翔空の頬をツンツンとつつきながら、祐介くんはめずらしくマジメな顔をする。

「昔からそうだった。女には見向きもしねぇで、人と関わることも好まない。自分の気持ちのままに動く自由なヤツ」

「……うん」

「でも、肝心(かんじん)なところは素直になれねぇんだよな。人一倍、さびしがり屋なのに甘えられねぇ。甘えられるヤツがいなかったんだよ」

どういうことだろう。

あたしは眉を寄せて言葉の続きを待つ。

「幼い頃に父親を亡(な)くして、母親は学校経営(けいえい)で忙しかった」

「……っ」

“父親を亡くして”

その言葉が、あたしの上に重くのしかかる。
それはきっと、あたしなんかにははかりしれないほどに辛く重い現実だ。
だけど、あたしには……わからない。
普段ほぼ顔を合わせないお父さんだとしても。あまりいい関係とは言えないお父さんでも、もし本当に……いなくなってしまったら。
あたしはいったい、そのときどうするんだろう。
「幼い頃に甘えられなかったから、うまく甘えることができねぇんだよなぁ……」
少し低い声でそう言った祐介くんは、ピンッと翔空の頬を弾くと、あたしに視線を移してニッと笑った。
「詩姫ちゃんに対しての異常な甘え方ってのは、器用なようで不器用なコイツのさびしさの表れ……なのかもな」
「さびしさの表れ……」
「そ、だから大目に見てやって。詩姫ちゃんにとってはウザったいかもしれねぇけど、翔空はやっと、甘えられる人を見つけたんだよ」
甘えられる……人。
この、あたしが？
「ただのヘンタイ野郎だけどさ、詩姫に対しての気持ちはウソじゃないよ。長い付き合いの私たちが言うんだからまちがいない」
なっちゃんは机に頬杖をついて、ため息をつきながら言った。

……わかってる。

翔空の気持ちがウソじゃないってことも……。

その気持ちに、あたしの心は応えたいって言ってることも……。

でも、現実は……きっと、それを許さない。

近づけば近づくほど、離れられなくなる。

知れば知るほど、辛くなる。

近づいたら近づいた分、離れたときの心の傷が大きくなってしまう。

……あたしは、どうしたらいいんだろう。

それから期末テストが終わり、１学期を終えて秋休みが来た。

短い休みはなっちゃんの陸上の試合の応援(おうえん)や、遅れている分の補講で、休む間もなくあっという間に終わってしまった。

そして、秋休み明け２日目の今日。

「おぉぉ……！」

「まじか！」

「すっげー！」

教室前の大きな掲示板(けいじばん)の前には、大勢の人だかりができていた。

そこに貼(は)られているものを見て笑う人、泣く人、驚きの歓声をあげる人、様々だ。

掲示板に貼られているのは、“1年前期期末テスト成績順位表”と書かれた紙。

つまり、先月行ったテストの学年順位表だ。

朝、学校に来たあたしたちを待ちうけるかのように、前面に貼りだされたその成績順位に、みんな食いつくように集まっていた。

「うわ、詩姫、あんたやばい」

「えっ？　そんなに悪かった？　結構できたと思ってたんだけど」

翔空に教えてもらったし。

こういうとき、背が高いっていいなぁとつくづく思うんだ。

こんな人だかりじゃ、背の低いあたしはなにも見えないんだから。

「ちがうわよ。逆の意味よ」

「え？　……って、翔空っ？」

トンッと感じた頭への重みに、驚いて振り返ると、翔空がやわらかく笑って立っていた。

「んー。よかったね、詩姫」

「え？　なにが？」

「あ、そっか、ちっちゃいから見えないのか」

あれ、なんか今、サラッと失礼なことを言われたような気がしたんだけれど。

あたしがムッとにらむと、翔空はおかしそうに噴きだした。

そして……。

「えっ!?」

「ほら、見えるー？」

　突然あたしの背中と膝の裏に手を回したかと思うと、次の瞬間にはフワッと抱きあげられていた。
「ちょっ……と、翔空!?」
　いわゆる“お姫様抱っこ”をされたまま、あたしはまっ赤になりながらバタバタと暴れる。
　みんな見てるのに、こんなのはずかしいよ……！
「暴れないのー。詩姫、あれ、見て」
「っ……え？」
　翔空に促(うなが)され、しぶしぶ顔を向けた先。
　掲示板の大きな張り紙が目に飛びこんできた。
「あ……」
【1位：華沢詩姫　892/900】
　そう書かれた自分の名前に、あたしはポカンと口を開ける。
「やっぱ、詩姫はすごいね」
「なんだ……よかったぁ」
　ホッと安堵して、翔空につられるように微笑むと、隣からあきれたようなため息がふたつ聞こえてくる。
「あのさ、あんたたち。場所くらいわきまえなさい」
「目立ちすぎだろ」
　なっちゃんと祐介くんの声にハッと周りを見回せば、その場にいたみんなが食いいるようにあたしと翔空を見つめていた。
　は、は、はずかしいっ……！
「と、翔空！」
「なにー？」

「おろして！　今すぐ！　早く！」
「わかったから、そんなに暴れないで」
　トンッと地表におろされたとたん、あたしは翔空の手を引いて走りだす。
「詩姫、俺走りたくないよー」
「いいから走る！」
「えー」
　翔空の情けない声を聞きながら、あたしはそのまま手を引いてザクザクと刺さる視線の中、誰もいない教室に飛びこんだ。
「はぁ……ケホッ」
　やっと静かになった……。
「詩姫」
「ん？」
　振り返ると、なぜかあきれた顔をした翔空があたしを見おろしていた。
「ダメだよ、こんなことしたら」
「こ、こんなことって？」
　あたし、なにかしただろうか。
　首をかしげると、翔空は繋いでいた手をグイッと引っぱった。
「……っ」
「こーゆーこと」
「なにが……っ」
　あたしの腰に手を回し、グイッと体を密着させたまま、目を細めて見おろしてくる翔空にとまどい、固まる。
「こんな密室に、男を連れこんじゃダメ」
「み、密室って」
「……詩姫。俺だって、男だよ…？」
「っそれは！」
　翔空はあたしの唇に人差し指をピタッと当てた。
　反抗する口をふさぐように、静かに優しく。
「俺は、詩姫が嫌がることはしない。……でも、好きな子と一緒にこんな密室にいたらさ。俺だって、魔が差すかもしれないよ？」
「……と、翔空はそんなこと、しない」
「どうしてそう思う？」
　──ドクンッ……ドクンッ……ドクンッ……！
　異様なくらい、心臓が騒がしい。
　いつもの無気力な翔空とはちがう。
　どこか野生を感じさせる、細められた瞳。
　それでも、やっぱりいつもと同じ、青がかったすきとおった色は変わっていなかった。
「だって、翔空は……優しいから。あたしの考えてること、すぐわかっちゃうし」
「……バカだね、詩姫は」
「ばっ……!?」
　バカとはなんだ!!
　と叫びたい衝動をおさえ、あたしはぐっと唇を噛みしめる。
「でも、詩姫っぽい。そーゆーところも好き」

「……っな、なんでそんな、簡単に」

あたしはこんなにドキドキしてるのに。

翔空はいつもそうやって平気な顔で、あたしの心臓を壊すようなことを言う。

「ねえ、詩姫」

「…………」

「俺は、キミのそばにいてもいい？」

「っ……え？」

なんで、そんなこと聞くの……？

「詩姫、いつも我慢してる」

「……っ」

うつむいたあたしをしばらく見つめたあと、翔空は小さく「ごめん」と言って、離れた。

「……ごめん。俺、先行くね」

陰(かげ)りを見せた顔のまま、翔空はあたしを置いて教室から出ていってしまった。

――ポタッ。

扉が閉められたとたん、あたしの目から粒(つぶ)が落ちた。

……え？

なんで、あたし泣いてるの？

泣くつもりなんてなかったのに、次から次へと流れてくる涙。

とまどってその場に崩れるように座りこんだ。

どうして？

どうしてキミは、なんでもかんでも手に取るようにわかっちゃうの？

隠してたつもりなのに……。

あたしは、自分の気持ちなんてどうでもいいと思ってた。

いつも後回しにして、遠ざけて生きてきた。

今回だって同じ。

あたしが翔空を好きな気持ちは、隠すだけ。

そうすれば、なにもかもうまくいく。

そう、思ってたのに……。

翔空は、なぜかすごく傷ついたような顔をしていた。

隠しても傷つけるなんて、あたしはいったいどうしたらいいんだろう。

本当は隠したくない。

あたしだって、翔空が好きなんだから。

でも、近づいたら離れられなくなる。

この気持ちは、出しちゃいけない……持ってはいけないんだよ、翔空。

……引きさかれるだけだから。

だってあたしは、またすぐにここからいなくなる。

この転勤生活が始まってからというもの、一度だって、１年以上同じ場所にいたことがないんだから。

「……っ……ごめん……ごめん、翔空……っ」

本当に優しい翔空だから、あたしにあんなことを聞いたんだよね。

『そばにいてもいい？』なんて、今まで一度も言われたことがない。

　そばにいてくれる人なんて、いなかった。
　ずっとひとりだったあたしに、孤独で自分の殻に閉じこもっていたあたしに、溶けてしまいそうな温もりをくれたのは、まちがいなく……翔空だ。
　その気持ちに応えられないあたしは……ちがう。
　翔空の気持ちから逃げて、自分の気持ちからも逃げて、それでも向けてくれている気持ちに、都合のいいときだけ甘えて。
　そんなの、最低なだけだよ。
　それでもあたしは、好きなんだ。
　どこまでもマイペースで。
　どこまでも優しくてさびしがり屋で。
　どこまでもあたしの心を読むのが得意な……。
　……翔空が、好き。
「……あたしだって、応えたいよ……っ！」
　たったひとり、誰もいない静かな教室で、あたしの嗚咽だけが小さく響いていた。

【翔空side】
　パタンッと閉めた扉の向こうから、詩姫の嗚咽が聞こえてきて、胸がギュッと締めつけられた。
　ホント、なにやってんだろ。
「……いいの？」
　静かに諭すような声の方を向くと、表情の読みとれない夏と、複雑な顔をした祐介が立っていた。

……聞いてたのか。

俺らしくないところ見せたな。

「泣かせちゃった、俺」

へらりと笑って言えば、ふたりの顔がわずかに歪んだ。

……わかってる。

俺は今、きっとうまく笑えてない。

「……ねー。ふたりは詩姫のこと、どう思う？」

壁に寄りかかって、なにもない天井（てんじょう）を見つめたまま、俺は独り言のようにつぶやいた。

「どうって……可愛いと、思うけど」

「ムダに素直だなーと」

いや、それはそうなんだけど。

「そうじゃなくて、なんかいつも苦しそうなんだよねー。詩姫って」

すぐ赤くなるから、照れてるってことも丸わかりだし、初めの頃に比べたら、今は相当俺らに心を開いてくれてると思う。

……でも、ときどき、すごく苦しそうな色が瞳に浮かぶんだよね。

言いたいことを必死に隠して、我慢して、俺らとも必要以上に近づかないようにしてる。

おおかた、親の転勤が関連しているのだろうけど。

「……詩姫は」

「なっつん、それは言わない方が」

「でも、コイツ鈍感じゃん！」
「かも、しれねぇけど……それじゃあ詩姫ちゃんの気持ちが報われねぇよ」
　夏と祐介がなんの話をしているかはわからなかった。
　詩姫のことみたいだけど。
　ロゲンカっぽいのはいつものことだ。
　夏が優勢で、必ず最後は祐介が折れて謝るってのがパターン。
　このふたりは、付き合う前からこんな感じだったなー。
　よく３人でいたけど、ふたりが付き合いはじめてから、少しだけ俺は距離を置くようになった。
　でも、お互いがお互いを好きなのは、本当によく伝わってくる。
「……俺、ずっとうらやましいって思ってた。夏と祐介のこと」
「え……？」
「うらやましい？」
　俺の言葉に、ふたりはロゲンカをやめて怪訝そうな顔をする。
「そーやってケンカしてても、ちゃんとお互い想い合ってる。それが俺にも伝わるくらい……幸せそう」
「っ……だから詩姫は……」
「夏菜！」
　なにか言おうとしたらしい夏を、めずらしく名前で呼んで怖い顔をした祐介。

「……めずらしいね、祐介が名前で呼ぶなんて」
　そう言うと、祐介は怖い顔のまま歩みよってガッと俺の胸もとをつかみあげた。
　なんで、こんなに怒ってるのか……なんて俺にはわかんないけど。
「なに？」
　思った以上に低い声が出て、自分でも驚く。
　祐介は気にせず俺をにらみつけ、ゆっくりと口を開いた。
「大事なんだろ、詩姫ちゃんが。なら受けとめてやれよ。無理やりにでも、暗闇から救ってみせろよ。……それが男の役目だろ」
「……俺には無理だよ」
「なんでだよ。あきらめてるだけだろ！　自分から逃げてるだけじゃねぇか！」
「っ……祐介に、俺や詩姫のなにがわかるわけ？」
　……あー、俺らしくない。
　こんなにムキになるのも、祐介の言葉にイラだちをおぼえるのも。
　それが図星(ずぼし)だってわかっているから余計(よけい)にだ。
「そんなの、わかるかよ。ならお前は、詩姫ちゃんのことわかるのか？　心の声が、ちゃんと聞こえてるのかってんだよ！」
「っ……そんなの」
「わかるって？　それ、マジでわかってんの？　ちゃんと、詩姫ちゃんの口から聞いたことはあんのかよ？」

「……っ……」

　言い返せずに、わずかに眉根を寄せると、夏が祐介の腕を引っぱった。

「……祐介、もう行こう」

　夏に引かれるまま、俺の胸ぐらから手を離した祐介は、チッと大きな舌打ち(したう)ちを残して踵(きびす)を返した。

　そして、数メートル離れたところで振り返り、今にも泣きそうな顔で小さくつぶやいた。

「……どうせ、お前のことだから。詩姫ちゃんに会ったときから、あの子の心が泣いてることくらい、気づいてたんだろ」

「……どうかな」

「いつまでも逃げてんじゃねぇよ。……見そこなった、お前」

　吐きすてるように言った祐介は、前を向いて夏を引っぱって足早に廊下を歩いていく。

「……見そこなった、かー」

　わかってるよ、祐介。

　言われなくたって、指摘(してき)されなくたって。

　俺が俺自身から……詩姫の心の暗い部分から逃げていることくらい。

　……そんなことくらい、わかってる。

【詩姫side】

　……結局あれから、翔空と顔を合わせないまま時間は過ぎ、午後になってしまった。
　顔を合わせないなんて普段ならありえないことだけど、今日は別だ。
　昼休み、あたしは翔空が教室に来る前に逃げだしたから。
　あんなことがあって、どんな顔をすればいいのかわからなかったというのもあるけど、ただ会いたくなかっただけ。
　ひとり、誰もいない校舎裏でお弁当を食べて、隠れるように教室に戻った。
　そして、午後の授業が始まり、憂鬱な時間を過ごす。
　授業が退屈なわけじゃない。
　何をしていても頭の中には翔空のことばかりが飛びまわって、授業どころじゃなかったからだ。
　授業が終わると同時に、あたしはガタリと立ちあがって、なっちゃんに歩みよった。
「……なっちゃん、ごめん。あたし、今日用事できたから先帰るね」
　用事、と言うべきか、サボリと言うべきか。
　急にこれからお兄ちゃんと会う約束をしてしまったから。
「……そっか、わかった。翔空には、私から伝えといてあげるから。あんまり気にすんじゃないわよ」
　心配そうに言ったなっちゃんに、なんとか笑顔を向けてから、あたしは教室を飛びだした。
　まだ、授業はあと１時間残ってるんだよね。
　人生ではじめてのサボリだ。
　あたしを追う人の視線を無視して廊下を駆けぬけ、校舎を飛びだした。

本当はサボリなんてしたくないんだけど、やむをえない。

お兄ちゃんは仕事で忙しい。

普段は時間なんて取れないし、こんな風に少しでも会えるだけラッキーなんだから。

「はぁ……はぁ……ケホケホッ」

荒い息を整えるように大きく深呼吸をする。

やっぱり、サボリなんてよくないなぁ……あたし。

お父さんに知られたら、すごく怒られそう。

だけど、今日くらい……いいよね？

少し罪悪感を覚えながら、門のところに立つ人影に駆けよった。

「……お兄ちゃん」

「お、来たな。詩姫」

あたしに気づき、サングラスをヒョイッとあげてみせたお兄ちゃんは、いつもどおりにニッと笑った。

「忙しいのにごめんね」

「今日は午後空いてたんだよ。詩姫から電話来るなんて、なにかあったときくらいだからな。……ま、少し息抜きしようぜ」

そう言ってあたしの手をつかんだかと思うと、目の前に止まっていた車の助手席のドアを開け、わざとらしく頭をさげたお兄ちゃん。

「どーぞ、お姫様」

「……ありがとう、サングラスのお兄さん」

「おいおい、そこは王子様だろ!?」

お兄ちゃんのナイスツッコミに、あたしはぷっと噴きだしながら車に乗りこんだ。

ほら、こうやっていつも温かく包んでくれるんだよね、お兄ちゃんは。

おかげで少し肩の力が抜けた。

昔はよくこうして笑い合ったけど、２年前からそれもできなくなったから、なんだかなつかしいな。

すごく落ちつく。

翔空とのすれちがいは、どうやら自覚していたより大きなダメージになっていたらしい。

あたしはいつも限界になると、お兄ちゃんに電話をかけてしまう。

聞きなれたその声を聞くと、スーッと心の中が落ちついていくような気がするから。

忙しいから、電話に出られないことの方が多いけれど、必ず仕事の合間をぬってかけなおしてくれるんだ。

さっきは、ダメもとで電話をかけたら、タイミングがよかったのか出てくれた。

会いたいなんて言わなかったのに、お兄ちゃんの方から『今から会おう』と言ってくれて、今に至る。

びっくりしたけど、忙しいお兄ちゃんが空いているときなんて本当に少ないから、素直に甘えることにした。

こうしてあたしのためにわざわざ来てくれるんだから、本当によくできた兄だと思う。

　そんなお兄ちゃんだからこそ、近くにいるとやっぱり心強いし、安心するのだけれど。
「どこか行きたいとこあるか？」
「ううん」
「なんか食べたいものは？」
「なにも」
「……相当、重症だな」
　隣で車のエンジンをかけながら、お兄ちゃんは苦笑した。
「なら少し、ドライブでもするか」
「うん」
　前にも、こうしてお兄ちゃんにドライブに連れていってもらったことがある。
　たしかそのときも、あたしが落ちこんでたときだったっけ。
　友達と呼べるような人がいないあたしに、いつもお兄ちゃんは優しくしてくれて。
　落ちこんでると、いつも励(はげ)ましてくれて。
　大きな手であたしの頭をなでてくれる。
「……お兄ちゃん」
「どうした？」
「あたしね、好きな人ができたの」
「お、おぉ？　なんか兄としては複雑だな、これ」
　苦笑いしながらも、お兄ちゃんはあたしの言葉に耳を傾けてくれる。
「……でも、気持ち、伝えられない」
　素直に伝えられたら、どんなにいいだろう。

「なんで？」
「離れるのが、辛いから。どうせまた、すぐ転勤になるもん……」
　気持ちを伝えられない今よりも、離れたときの方が……きっと辛い。
　大好きな人と離れるって、すごく辛いものだよね。
　お兄ちゃんが東京に行くって決まったときも、あたしさんざん泣いたもん。
「でも、その程度の気持ちじゃないんだろ？」
「え？」
　お兄ちゃんの言葉に弾かれるように顔をあげれば、お兄ちゃんの瞳は優しい色を映していた。
「離れたときのことを考える前に……今、詩姫は、好きって気持ちを伝えたいって思ってて、それができないから、苦しくなるんだろ」
「……っ……う、ん」
　それは、そうなのだけど。
「なら、伝えりゃいいじゃん。自分の気持ちには素直でいろよ。たとえ離れたって、今どき国内なんて、どこでもすぐに行けるんだし」
「そんな、簡単に……」
　しかもあたし、翔空のこと怒らせちゃったし……もう愛想(あいそ)つかされてるかもしれない。
「離れるときのことを考えて、今の気持ちを消せるくらいの“好き”なら、消せばいい。でも、ちがうんだろ？」

「…………」

　消せる？

　消せたら、きっと悩んでない。

　隠してるつもりでも、隠せてなかった。

　だから、翔空を傷つけた。

「詩姫はそうやって、いつも我慢するからな。自分のことを犠牲(ぎせい)にして、他人を優先しようとする」

「……同じこと、言われた」

「好きなヤツに？」

　あたしはコクリとうなずく。

「よく見てんじゃん、詩姫のこと」

　だって翔空は、あたしのことなら、きっとなんでもわかっちゃうんだ。

　わかってほしくないことも、きっとすべて、手に取るようにわかってしまう。

　あたしがわかりやすいのか、翔空が敏感(びんかん)なのかはわからないけれど……。

「翔空にはきっと、全部お見通しなんだよ」

　あの花園で出会ったときから、ずっと。

　あたしの考えていることや感じていること、すべてがわかってしまうんだと思う。

「そばにいちゃいけないって思ってたことも、それでも好きって気持ちが消えなかったことも、きっと翔空はわかってる」

　いつもなにも考えてないような顔でへらりと笑う、翔空の顔が頭に浮かんだ。
　たまに見せる翔空の瞳の奥の陰りは、さびしさの塊なのかもしれない。
　超マイペースな学園の王子様。
　でも甘くて強引で、誰よりも優しいさびしがりの彼は、今頃……なにしてるんだろう。
「……なあ、詩姫？」
「ん……？」
　お兄ちゃんは、キュッと車を道路脇に寄せて止めると、ハンドルにもたれかかってあたしを見つめた。
「恋ってさ、なんだと思う？」
「え？」
　恋とは、なにか……。
　あたしはそっと目をつむって、思い出すように記憶をさかのぼる。
「……恋は……突然、なんの前触れもなくやってきて」
　そう、あのとき。
　転校初日、あの花園で出会った翔空に、恋をした。
　出会ったばかりの、なにも知らない相手だけれど、彼から伝わってくる温もりが、すごく心地よかったんだ。
　でも……。
「……きっとすごく繊細なものだと思う。すごく大切に扱わないと、すぐ壊れちゃうような」
　だって、恋は“心”そのものだもん。
　幸せな気持ちとか、楽しい気持ちと同じくらい……もしくはそれ以上に。
　切なさがあふれてくるのが、恋なんだ。
　少し離れているだけで“会いたい”って苦しくなって、切なくなって……。
　でもそばにいると、ドキドキして……離れるとまた、泣きたくなるくらい、切なくなる。
　いつまでも声を聞いていたい。
　いつまでもふたりで手を繋いでいたい。
　恋を知ると、そんな欲が出てくるんだ。
　それから……。
「……相手を幸せにしたいって思ったり、笑顔でいてほしいって思う」
　……たぶん、それが、恋。
　すべてあたしが、翔空に対して思うことだけれど。
「……あー。詩姫が大人になっていく」
「へ？」
　キョトンとすると、お兄ちゃんはポスッとあたしの頭に手を置いた。
「でも、詩姫は変わらないな。どこまでも透明で、まっすぐで……純粋。世界がどれだけ汚れていても、きっと詩姫は汚れない」
「……どういうこと？」
「そのまんまの意味。そんな詩姫だから、心配になるんだよ。突然消えそうで」
　消える……？

あたしが？

「……まぁ、とにかく、ひとりで抱えこむなってこと。考えすぎなくていい、詩姫が伝えたいって思うなら、まっすぐに伝えてこいよ」

「…………」

伝えても、いいのかな。

あたしの気持ちを……。

あたしの心を……。

心の奥にカギをつけて隠したはずの、この想いを……。

翔空に、ぶつけてもいいのかな。

「……お兄ちゃん」

この先どうなるかなんて、わかんないけど。

「学校まで、連れてって」

今、少しの勇気を、出してみる。

それが……きっと、大きな一歩なんだ。

今、ここから

【詩姫side】

「……っ……はぁ…はぁ……コホッ……」

荒い息をおさえるように、あたしは胸もとをギュッとつかんで肩で息をする。

全力で障害物を越(こ)えながら走ってきたのだから、息があがるのも無理はない。

……あっちこっちぶつけたし。

目の前に続く花のアーチの先には、小さく石の隠れ家が見えてくる。

意を決して、息苦しさを抱えながら歩きだす。

もともと喘息持ちなためか、走るとすぐに息苦しくなる。

体力のなさは、ピカイチなんだよね。

それにしても、苦しい。

喉(のど)の奥……胸のあたりから、ヒューヒューという音が聞こえる。

発作(ほっさ)かな？

最近起きてなかったから油断した。

こんなときに……っ。

あたしは苦しい胸を押さえながらも、ふらつく足でアーチを進む。

だんだんと近づいてくる隠れ家に、ギュッと唇を噛みしめながら、それでも止まることなく歩いていく。

……息が、苦しい。

うまく呼吸ができなくて、胸を締めつけられるような感覚に顔を歪ませながら、やっとの思いで隠れ家の入り口にたどり着いた。

――トンッ。

小さな足音が響いて、そこにいた彼は驚いて起きあがる。

……ほら、いた。

絶対にこの時間、翔空はここにいるんだ。

お昼が終わって眠たくなるのか、毎日ここで寝ているのを、あたしは知っている。

「……詩姫……？」

まだ出会って間もないけれど、あたしはあたしなりに、キミのことを見てきたつもり。

「どうしたの？　顔色……っ」

……フラッ。

翔空の姿を見たとたん、喉の奥からこみあげてきた熱いものに息苦しさが増す。

体から力が抜けて、前に倒れこんだあたしを翔空がとっさに受けとめた。

「詩姫!?」

「……っ……はぁ……はぁ……ケホ……ッ」

しゃべりたいのに、しゃべれない。

伝えたいのに、伝えられない。

息ができないことよりも、それが苦しくて辛くて、あたしの瞳から涙がこぼれ落ちる。

「詩姫、苦しいの⁉　なんだ、これ……っ」
　あわてる翔空の声。
「咳(せき)……」
　血相を変えながら考えるように眉根を寄せて、翔空はハッと息をのんだ。
「詩姫、喘息持ちだって前に言ってたよね？　これ、喘息の発作？」
　あ、気づいてくれたんだ……。
　酸素が入ってこなくて朦朧(もうろう)としてきた意識の中、あたしは必死に首を振る。
　ねえ、翔空。
　あたしの気持ちを、聞いてくれますか？
　あたしの想いを、受けとめてくれますか？
「コホコホッ……ケホッ……っ……と、あ……」
「っ……今、救急車呼ぶから！　もう少しがんばれ、詩姫！」
　ちがう。
　ちがうよ、翔空。
　あたしを、ちゃんと見て……。
　そう言いたいのに、声は出なくて。
　苦しさともどかしさを抱えて、遠くなっていく翔空の声が頭にぼんやりと響く。
「……救急車、呼んだから。もうすぐ楽になるから、もう少しだけがんばって」
　苦しそうな声。
　あたしよりも、ずっとずっと苦しそうなその声に、遠のく意識の中、あたしはまた涙を流した。
　翔空には、笑っていてほしいんだ。
　キミに早く、好きと伝えたい。
　苦しい顔はしないで、笑ってほしい。
　翔空はやっぱり、気づいてるの？
　あたしが、キミに、恋してるってこと……。

【翔空side】
「詩姫？　詩姫……っ」
　腕の中の彼女は、俺の呼びかけに応えることなく、苦しそうに大きく肩を揺らしていた。
　まさか意識、飛んでるんじゃ……っ。
「……くそっ」
　詩姫の背中と膝裏に手を差しこみ、抱きあげて花園を駆けぬける。
　俺の知っている抜け道は、詩姫を抱いたままでは通れない。
　ここを行くしかないか……。
　抜け道はあきらめてダッと駆けだした方向は、もはや道といえるのかもわからないくらいに障害物が多い。
　このくらいなら詩姫を抱いてでも走れるけど、それすらも、もどかしい。
　走りながら、腕の中の詩姫を見る。
　朝のやり取りで、きっと俺は詩姫を傷つけた。
　昼、会いにいっていいのかわからないまま、迷いながらも詩姫の教室に行ったら、案の定、詩姫はいなかった。
　勝手な俺を嫌いになったのかと思って、怖くて探すこともできずに、ひとりであの隠れ家に来た。
　ふて寝もいいところだけど、ここなら、もしかしたら詩姫が会いにきてくれるんじゃないか……。
　なんて、どこかで期待している自分がいた。
　結局、俺はいろんなことから逃げているだけなんだ。
　自分の気持ちに素直に生きている。
　そう自分に言いきかせて、嫌なことから逃げて生きているだけ。
　だから……こうして、詩姫を傷つける。
『そばにいてもいい？』
『我慢してる』
　詩姫の気持ちも考えずに、自分勝手なことを言ったのはわかっていた。
　いつも苦しそうな詩姫の心をえぐるような言葉だってことも、わかっていたのに。
　詩姫を前にすると、おさえが効かなくなる。
　恋ってめんどくさい。
　俺には向いていないんだ。
　そう思って、逃げようと思った。
　でも、俺の頭から詩姫が消えることはなかった。
　自分が思っているよりも、もっとずっと……詩姫のことが好きで大切で、愛おしい。
　こんなに苦しそうなのに、なにもしてあげられないこのもどかしさが、胸を締めつけた。
　やっと細道を抜け、門が見えてくる。
　その門の横壁に寄りかかるサングラスの男。
　その男に目を惹かれながらも、詩姫のことに精いっぱいで気にしている余裕はない。
「……え、詩姫!?」
「は？」
　門の手前で足を止め、あがる息を整えていると、突然サングラスの男が近づいてきた。
　そして、サングラスを外したその顔があまりにも整っていて……思わず息をのむ。
　……この顔、どっかで……。
　って、詩姫の知り合い？
「詩姫？　しっかりしろ！　おい、発作か？」
「……救急車呼んだよ。お兄さん、誰？」
　詩姫にさわろうとするコイツに、俺は敵意むき出しでにらみつけた。
　俺以外の男に、さわらせたくない。
「お前、翔空か？」
「え、なんで俺の名前……」
　突然、俺の名前を言ったその男に、思わず目を見開く。
「やっぱりそうか」
「だから、なんで俺の名前……」
「それはあとだ。救急車来た。悪いが一緒に乗ってやって。俺は車であとを追うから」

「……わかった」

　これだけ詩姫のことを知っているってことは、怪しいヤツではないはず……そう判断した俺は、黙ってうなずく。

　いまだ苦しそうに顔を歪めて、咳を繰り返している詩姫を抱く手に力がこもる。

　小さくて細い体は苦しそうに震えている。

　いつも繋いでいる、小さくて、でもやわらかくて温かい手は、氷のように冷たくなっていた。

　ねえ、詩姫？

　詩姫の笑顔は、陽だまりみたいにあったかいってこと、自分で気づいてる？

　あと、詩姫にギュッてしたとき、いつもいい匂いがするんだよ。

　安心する、やわらかくて温かいシャンプーの香り。

　怒るとツンッてするところとか、照れるとすぐ赤くなって顔を背けちゃうところとか、全部が可愛い……。

　なんて言ったら、また怒っちゃうのかな。

　でも、俺はね。

　もっと詩姫のことを知りたいと思う。

　もう、逃げるのはやめるから。

　だからどうか、目を覚まして俺を見て。

　そして、もっと俺のことを知ってほしい。

「……詩姫……目、覚まして……」

　腕の中の彼女に、そっとキスを落とした。

　早く話したいよ、詩姫……。

【詩姫side】
「……ん……」
目を開けて一番に飛びこんできたのは、まっ白な天井。
ツンとした消毒液(しょうどく)の匂いが鼻をかすめ、自分になにが起きたかを悟(さと)った。
また、やっちゃった。
喘息発作を起こして倒れるのは、これがはじめてじゃない。
小さい頃はそんなことは日常茶飯事(にちじょうさはんじ)で、走ればすぐに発作が起きていた。
薬を持っていなかったのは、最近は発作が起きていなかった油断からだ。
完全な自業自得(じごうじとく)。
口につけられている酸素マスクに手をかけたとき、部屋の扉がガラッと開けられ、お兄ちゃんが入ってきた。
「……詩姫？　目、覚めたのか？」
目を開けていたあたしに気づいたのか、お兄ちゃんはあわてて駆けよってくる。
「……お兄ちゃん」
「大丈夫か？　まだ苦しいか？」
「ううん、大丈夫」
「そうか。ったく、なんで薬持ってなかったんだよ」
「ごめん……」
心配するお兄ちゃんに、申し訳なく眉尻をさげると、優しく頭をなでてくれる。
「あたし、どのくらい寝てた？」

　空はまだ明るいから、そこまで長くは寝ていないはずだけれど。

　……あそこで倒れるとか、タイミングが悪すぎるよね、あたし……。

　必死に呼びかけてくる翔空の声と、苦しそうな顔を思い出してため息をつく。

「2時間くらいだから、心配すんな。さっきまで母さんもいたんだけど、いったん家に戻るって帰ったばっかだよ」

「そっか。……あの、翔空は……？」

　おそるおそる尋ねると、お兄ちゃんは少しマジメな顔をして、そばにあったイスに腰をおろした。

「アイツもさっきまでいた。でも学校抜けてここに来たから、とりあえずいったん戻るって」

「そ、そっか」

　なんとなく、ここに翔空がいないことにホッとしてしまう。

　また余計な心配をかけちゃった……。

　ますます落ちこみながらも、あたしはゆっくりと起きあがる。

「おい、無理すんなよ？」

「大丈夫」

　心配するお兄ちゃんに笑ってみせると、その顔が少しほころんだ。

「……俺、詩姫の片想いかと思ってたけど、ちがったんだな」

　突然そう言ったお兄ちゃんに、あたしはかぁっと顔が熱くなる。

「な、ななな な」
「ホレてんのは、向こうだろ。それも重症なくらい」
　な、な、なんてことを言いだすの!?
「重症って！」
「だって事実だろ。やばかったよ、詩姫のこと抱きかかえてきたときのアイツの顔」
「……翔空の、顔」
「恋する乙女って感じの表情で、さらには詩姫にさわろうとした俺のことを、めっちゃにらんできた」
　恋する乙女って……相手は学園の王子様だっていうのに。
　ルックスはお兄ちゃんといい勝負だろうし。
　しみじみと言うお兄ちゃんに頬を引きつらせつつ、あたしは小さく口を開いた。
「ま、まだなにも言えてないの」
　翔空が好きって。
　言いたかったのに、そう伝えたかったのに、こんなことになってしまったから。
「でも、伝えるって決めたんだろ？」
「っ……うん」
　覚悟は決めたはずだった。
　だけど、一度逃したタイミングは、あたしの心を引っぱるのには十分すぎる。
　言ったら、どうなるんだろう……とか。
　伝えたら、今となにか変わるのかな……とか。

もし離れていってしまったら、それこそどうしたらいいのか……とか。

余計なことばかり考えてしまう。

「なにも心配すんな。まっすぐ、詩姫の思ってるままに伝えりゃいい」

「……うん」

「言葉なんて、なんでもいいんだよ。伝えたいって思えば心は伝わるもんだ」

「そう、だよね……」

でも、不安なんだよ。

あたしってこんなに意気地なしだったんだ……と痛感する。

「とりあえず、もう一回会ってこいよ」

「うん……」

「心配いらねぇって」

「うん……」

さっきから「うん」しか言っていない気がする。

お兄ちゃんが励ましてくれているのはわかってるんだ。

でも……。

「はぁ……」

思わずため息をつくと、お兄ちゃんは困ったように頭をかいた。

「なにがそんなに不安なんだよ」

なに……か。

あたしは目を伏せて、ギュッと手を握りしめた。

「だって、あたし……」
「ん？」
「……こ、恋、したの……は、はじめてなんだもん」
「は？」
　すっとんきょうな声を出したお兄ちゃんに、あたしは赤くなった顔を両手で隠す。
「まさか、初恋？」
「……わ、悪い？」
　こんな気持ちになるのも、こんなに悩むのも、こんなに苦しくなるのも、全部がはじめて。
　あたしの“初恋”は、翔空なんだから。
「……ごめん、俺が思ってた以上に、詩姫は純情だったんだな……」
「なにそれ。なんかあたし、バカにされてる？」
　なぜかあわれむような視線を向けられ、あたしは頬をふくらませた。
「でも、そうだな……」
「うん？」
「……よし、少しだけ俺が手助けしてやるよ。可愛い妹のために、な」
　手助け？
　ニヤリと笑ったお兄ちゃんに、あたしは首をかしげるだけだった。

「……なんで？」

目の前に広がる海に、あたしはただそれだけ、つぶやいた。
「なんでって、妹がはじめて告白するんだから、それ相応の舞台が必要だろ？」
先ほども見せたニヤリとした笑みで、お兄ちゃんはあたしの頭をくしゃっとなでた。
病院からの許可をもらい、予定より早く退院したあたしがお兄ちゃんに車で連れられてきたのは、夕方の海。
夕陽で照らされた海は赤く染まっている。
キラキラと反射して、隣に立つお兄ちゃんまでも赤い。
平日の夕方とあってか、都会に近いこの海でも人は誰もいなかった。
「病院出る前に、翔空に連絡しといてやったから。あとは、がんばれ」
「が、がんばれって……！」
「大丈夫だって。深く考えずに、伝えたいことをそのまま伝えろ」
それは何度も聞いたけど！
そんなに簡単にはいかないでしょ……。
「……詩姫っ」
突然うしろから聞こえてきた、高くも低くもない、心地のいい響きをした声。
その声に、ハッと振り返る。
「っ……翔空」
夕陽に照らされて、赤く染まった翔空の姿が目に映った。
肩で息をして若干顔を歪めている翔空に、思わず息をのむ。

なんで、翔空がここにいるの……!?
「王子様の登場……ってとこか。邪魔者は消えるとするかな」
「え」
「じゃーな、詩姫。がんばれよ！」
「えぇ!?」
ヒラヒラと手を振って行ってしまったお兄ちゃんに唖然としていると、翔空がゆっくりとあたしに近づいてきた。
……少し、とまどいの表情を見せながら。
「と、翔空」
「もう、大丈夫なの……？」
「え？」
その心配そうな瞳に、思わずキョトンとしてから、体のことを心配してくれてるんだ、と思い出す。
「あ……ごめんね、心配かけて。もう平気」
「ホントーに？」
「うん、本当。翔空のおかげ」
「……よかった。もう、心臓止まるかと思った」
ひどくホッとした表情で深く息をついた翔空に、チクリと胸が痛む。
心配、させてたんだよね。
翔空が救急車も呼んでくれて、わざわざついてきてくれたんだもん。
「ありがとう、翔空」
翔空の手をギュッとつかんで、あたしは笑顔でそう言った。
「ん」と小さく返事をした翔空は、熱のこもった目であたしを見つめる。
「……っ……」
　伝えなきゃ。
　きっとここで言わなかったら、あたしはまた悩んでしまう。
　せっかくお兄ちゃんが作ってくれた機会だ。
　覚悟を決めよう。
　翔空が目の前にいるだけで、こんなにも胸が締めつけられる。
　こんなにも、ドキドキと心臓が高鳴っている。
「翔空」
　握っていた手を離して、落ちつかせるように胸に手を当てる。
　大丈夫、きっと大丈夫。
　そう自分に言いきかせ、まっすぐに翔空を見つめた。
「……あたし、翔空が好き」
「っ……え？」
　とまどいの表情を見せ、目を見開いた翔空。
　あたしはさらに言葉を紡(つむ)いでいく。
　思ったことをそのままに。
　ただまっすぐに伝えればいい。
「本当はずっと、あたしは翔空が好きなんだって、気づいてた」
「…………」
　翔空はなにも言わない。
　それでもあたしは、翔空を見つめたまま、はっきりと続ける。

「……逃げてたの。翔空と近づいたら、近づいた分、離れるのが辛くなるから」

でも、翔空は……。

そんなあたしの気持ちとは裏腹に、いつもマイペースで、やわらかくて温かい笑顔を見せてくれた。

「でも、もう……隠せない」

翔空へのこの気持ちは、隠しとおせるほど薄い気持ちじゃなかった。

好きだと思うたびにあきらめようとした。

でも、あきらめられなかった。

"初恋"っていう、特別な感情だから。

「……翔空……」

「っ……もういい」

"好き"

そう言おうとしたのに、翔空はあたしの腕をつかみ、グイッと引きよせた。

強い力で抱きしめてくる翔空に、あたしは困惑(こんわく)して思考が停止する。

もういいって、なに?

やっぱりあたしの気持ちは、迷惑だった?

もうとっくに、愛想つかされちゃってたの?

ネガティブな疑問ばかりが頭に浮かび、目に涙が浮かぶ。

「詩姫、俺の話聞いて」

抱きしめたまま、翔空はゆっくりと口を開いた。

いつもの、のんびりとした翔空じゃない。

真剣な声に、思わず小さくうなずく。

「逃げてたのは、俺」

「え?」

「俺は、ずっといろんなことから逃げて生きてきた。前に、自分の気持ちに素直に生きてるって言ったけど、そんなの言い訳でしかない」

翔空……。

『自分の気持ちに素直に生きてるだけ』

たしか翔空は、はじめて出会ったとき、そう言った。

誰かに指図されて生きるのは疲れるって。

「詩姫に自分勝手なこと、言った。だから嫌われたかと思って、この恋から逃げようと思った」

「え?　なん……」

「だって詩姫、昼休み、俺から逃げたでしょ」

……そうだった。

あたし、翔空と顔を合わせるのが嫌で逃げたんだった。

でも、嫌いになったわけじゃないのに……誤解、させてたんだ。

「……ごめんね?」

「……謝るのは、俺の方なのに」

「誤解させるようなことしたの、あたしだもん」

あたしが翔空に嫌われたんじゃないかって悩んでたときに、翔空も同じことで悩んでたんだ。

すれちがっちゃった、だけ。

「ごめん、詩姫」
「……それは、なにに？」
　ギュッと、さらにあたしを抱きしめる力を強めた翔空に、優しく聞き返す。
「詩姫を泣かせた」
「あたしが勝手に泣いただけ」
「でも、泣かせたくなかった」
　間髪入れずに返ってくる返事に思わず押しだまると、ゆっくり体を離した翔空に痛いくらいに見つめられた。
「ねえ、詩姫？　……俺、めんどくさいよ？」
「知ってる」
「それでもいいの？」
「……翔空じゃないとダメだよ」
　あたしが好きなのは、キミなんだから。
　翔空、あたしはね。
　恋をするのははじめてだけれど、これだけはわかるんだ。
　あたしは、もうとっくにキミに溺（おぼ）れてる。
　マイペースで、わがままで、さびしがり屋なキミが愛しくて仕方ないんだ。
「翔空。……あたしだけの王子様に、なってくれる？」
　照れながらもそう言えば、翔空は一瞬驚いた表情をしたあと、いつものおだやかな笑顔を見せた。
「もちろん」
「っ……大好き」
　思わず翔空の胸に自分から飛びこんで、顔を埋めた。

「俺の方が好き」

　そう言ってあたしを抱きしめ返してくれた翔空に、涙と笑みがこぼれた。

「ねえ、翔空？」

「ん」

「もう、逃げるのやめようね。ふたりなら怖くないでしょ？」

「……そうだね。詩姫が一緒なら、なにがあってもきっと乗りこえられる」

　ゆっくりと体を離した翔空の顔は、夕陽のせいか少し赤みを帯(お)びていた。

　そっと頬に触れた翔空の大きな手に、トクン……と心臓が高鳴る。

「……っ……ん……っ」

　ゆっくりと近づいた翔空の唇が、あたしの唇に重なった。

　……ほんの数秒。

　たった、それだけの短い時間なのに。

　それでも、一瞬にして離れた翔空の顔は、夕陽のせいなんて言えないくらいにまっ赤だった。

　たぶん、あたしも同じくらいに。

「……と、翔空」

「こ、こっち見ないで、詩姫」

　パッと目を手でふさがれ、翔空の顔が視界から消える。

「ちょ、翔空！　見えないよっ」

「もうちょっと、待って……」

　翔空、あたしより照れてるじゃん！

しばらくして翔空が手をおろし、やっと晴れた視界にあたしは苦笑した。
「翔空って結構ウブだよね」
「……うるさいよ、詩姫」
まだ顔を赤くしたまま、ぷいっと顔を背けてしまった翔空に、クスリと笑う。
こんなところも、好きだよ。
キミの全部が、あたしにはキラキラして見えて、温かくて、この上ないほど愛しくて……。
素直に気持ちを伝えるって、こんなに心地のいいことなんだって知った。
想う気持ちが通じ合う。
それだけで、こんなにもドキドキする。
「翔空、大好き」
ドキドキを笑顔に変えて、あたしは翔空に微笑んだ。
「もう離さないよ。詩姫は、俺のだから」
あたしの手をギュッとつかんで歩きだした翔空の隣を、一緒に歩きながら、夕陽に染まった海を見つめる。
「誰もいない海って静かだ。俺、あんまりこーゆーとこ来ないから新鮮(しんせん)」
「そうなの？　なら今度は、なっちゃんと祐介くんも一緒に来ようよ」
「えー、あのふたりうるさい」
そんなこと言って、仲よしなくせに……とクスクス笑うと、翔空がコツンと頭を小突いてきた。

「詩姫はよく笑うねー」

「そう？」

あたしよりも、翔空の方がいつも笑ってると思うけれど。

でも、そう見えるのなら、それはきっと翔空がいるから。

隣でキミが笑ってくれるから、あたしも笑えるんだよ。

やっと繋がったこの気持ち。

幸せで、温かいこの時間。

どうか、少しでも長く続きますように……。

Chapter 2

学園祭☆準備！

【詩姫side】

「……というわけで、うちのクラスの学園祭は“コスプレ喫茶(きっさ)”に決定しまーすっ」

黒板の前、壇上にて委員長の野村弘樹(のむらひろき)くんがテンション高めに腕を振りあげた。

「コスプレ喫茶とか楽しそう！」

「衣装作りとか大変そうだねー」

「喫茶ってことは、なんか作るの？」

わーわーと騒ぎだすクラスのみんなに、野村くんはパンパンッと手をたたいて静める。

さすが委員長。見た目はチャラいけど、統率(とうそつ)力には優(すぐ)れているのか……。

ひとり、そのことに感心しながらうなずいていると、バチッと野村くんと目が合う。

……が、瞬時にそらされた。

……ん？

なに、今の。

違和感(いわかん)に首をかしげながらも、気のせいか、と頭から追いだす。

「学園祭まで１ヶ月ないからな！　張りきって行こー！」

「「「おーっ！」」」

うちのクラスって、こんなにハイテンションだったっけ。

あたしはみんなのテンションに驚きながらも、少しだけ高まる気持ちに笑みをこぼした。

……あれから、まだ１週間ほどだけど。

あたしが翔空の正式な彼女になったことは、あっという間に全校に広がり、一部のファンクラブの人には鋭い視線を向けられる日々。

でも、大多数の人はなぜか公認(こうにん)してくれていて、あたしを見かけると声をかけてくれる友達も増えた。

クラスメイトとは相変わらず打(う)ち解(と)けられない。

今回の文化祭で、少しだけでもクラスになじめたらいいな。

そう簡単にはいかないかもしれないけれど。

あたしと翔空はなにも変わることなく、これまでと同じ日々を過ごしていた。

「……ざわ？　……華沢！」

「えっ？」

ぼーっとしていて、呼びかけに気づかなかったらしい。

あたしはあわてて顔をあげる。

「華沢は何係がいい？」

そう聞いてきた委員長に、あたしは黒板に視線を移した。

【衣装係、料理係、構成(こうせい)係】

黒板にはそう書かれていて、あたしはどうしたものかと首をかしげる。

衣装係は、みんなが当日に着るコスプレ衣装を作る係。

料理係は、喫茶で出す料理を考えて作る係。

構成係は、看板を作ったり、店内をどうするか決めて構成していく係だ。

どれも楽しそうだし……。

クラスのみんなは興味津々(しんしん)といった様子で、一番うしろの席のあたしを振り返って見ていた。

「……あの、あたしはなんでも……」

「んー、それも困るんだよなぁ」

頭をかいた委員長に申し訳なく眉尻をさげると、ガタッと前の席のなっちゃんが立ちあがった。

な、なっちゃん？

「詩姫は裁縫(さいほう)も料理もできるから、係は決めないで、両方見てもらえばいいんじゃない？」

「な、なっちゃん!?」

とんでもないことを言いだしたなっちゃんに、あわててあたしも立ちあがる。

今朝、なっちゃんに「裁縫とか料理とか詩姫は得意そうよね」と言われて、うなずいちゃったからだ。

たしかにどちらも好きだし、得意な方だけど……！

「ちなみに私は、裁縫も料理もできないから構成に入るわ」

「お、おう。……華沢、それでもいいか？」

「えっ!?　い、いやでも……」

「こっちとしては、できる人についてもらいたいから、そうしてもらえると助かる。まあ少し、大変になるかもしれないけど」

そ、そこまで言われたら断れない……。

あたしはしぶしぶうなずいたものの、先が思いやられて深くため息をついた。

……そこから話はトントン拍子に進み。
あっという間に35人のクラスメイトは３つに分かれ、それぞれの役割が決まった。
男子は、ほぼ構成係。
女子の中でも裁縫ができる人、裁縫はできなくてもデザインには自信があるらしい子たちは衣装係、残りは料理係に決まった。
ちなみに、委員長の野村くんは料理係だった。
料理できるんだ……野村くん。
あたしはというと、衣装兼料理係。
自慢ではないけれど、お母さんの仕事の関係で、裁縫はよく手伝うからそれなりにできる。
お母さんは、注文を受けてアクセサリーや小物を作る、ハンドメイド作家なんだ。
だから細かい作業を手伝うのには慣れてるし、好き。
料理に関しても、人並み以上には作れるはずだから問題ない……よね。
なっちゃんは、構成係の中で唯一の女子。
相変わらずイケメンななっちゃんに、思わずキュンとしてしまった。

昼休み、屋上にて。
翔空とあたし、なっちゃんと祐介くんでお昼ご飯の時間。

「なんか、すごく気合いが入ってるね」
お母さんが作ってくれたお弁当をつつきながら、先ほどの話を思い出してつぶやく。
「ハンパないのよ、この学校」
「学園祭なんかはとくにな」
なっちゃんと祐介くんが顔を見合わせて、苦笑する。
なっちゃんのお昼ご飯は、購買(こうばい)で買った野菜サンドに、レモンティが定番。
翔空と祐介くんも購買だけど、ふたりは気まぐれみたいで固定してないんだよね。
「俺の母さんがそーゆー盛りあがる行事、大好きなんだよね」
「テストも終わったし、学園祭まではもうほとんど準備期間みたいなもんだよな」
みんなは、中学のときからこの学園だから、すでに経験済みなんだよね。
どんな感じなんだろう……。
でも。
翔空やなっちゃん、祐介くんがいる。
それだけで、きっと楽しいと思うんだ。
「なーに、ニヤニヤしてるの？」
「なんでもないよっ」
ツンツンとあたしを小突いてきたなっちゃんに、あたしはごまかすように笑う。
「翔空のクラスは、なにをやるの？」
「んー、知らない」

……翔空、サボってたんだね。

あたしの複雑な視線に気づいたのか、翔空はぷいっと顔をそらしてしまった。

「翔空のクラスは、逆転男装女装喫茶って言ってたぞ」

「「逆転男装女装喫茶？？」」

「ぶっ」

祐介くんの衝撃的な言葉に、あたしと翔空がハモり、なっちゃんはレモンティを噴きだした。

「……え、なにそれ、俺もやるの……？」

まさに"恐怖"という目をして、翔空は顔を引きつらせる。

逆転男装女装喫茶……言葉からして、おそらく男子が女装をし、女子が男装をする……。

なんともシュールな喫茶店ってことだろうか。

「そりゃーやんだろ。てか、目玉だろ。学園の王子サマが女装だぜ？　まちがいなく、人気No.1になるよ」

「……あー、俺休む。うん、絶対」

「ダメだよ、翔空っ！」

あたしの楽しい文化祭が！

翔空が来ないと成りたたないんだよ！

思わず手をグーに握りしめて、身を乗りだすように翔空に迫る。

そんなあたしの頭をなでながら、なっちゃんは遠い目をして、尻ごみする翔空に向かって言いはなった。

「あんたが休んだら、きっとこの子はそこら辺の男に連れてか……」

「っ……それは、ダメ」
「なら来ないとね」
「……夏、嫌い」
　恨めしそうになっちゃんをにらむ翔空に、あたしはクスクスと笑ってから、あるアイディアを思いつく。
　女装喫茶ってことは、うちのコスプレ喫茶と似てるよね！
　なら、このイケメンななっちゃんを男装させて、翔空を可愛い女の子にして……。
「なんかよからぬことを考えてるでしょ、詩姫」
「絶対、考えてた」
　あ、バレた。
　翔空だけじゃなく、なっちゃんまで。
　あたし、そんなにわかりやすいかな……？
　でも祐介くんはわかってなさそうだし、このふたりが鋭いだけか。
「なっちゃん」
「なによ」
「王子様になって！」
　ついでに、「翔空はお姫さまに」って言いたいところだけど、さすがに怒られそうだからやめておこう。
「……いいわよ？」
「ホントッ!?」
　なっちゃんってば、潔(いさぎよ)い!!
　さすが、イケメンなっちゃん！
　喜ぶあたしに、なっちゃんはふふ……と口角(こうかく)をわずかにあげた。
「ただし」
　あれ？
　なんか嫌な予感。
「私が王子になるかわりに、詩姫はお姫さまになってよ」
「えっ!?」
　お、お、お姫さま!?
「ちょっと、夏！　そうやって俺から詩姫を遠ざけるつもりなのはわかって……」
「あら、お察しがいいこと。あんたみたいなヘンタイ野郎から、詩姫を取りもどすいい機会だわ」
「なっ!?　俺はヘンタイ野郎じゃない！」
　また始まった。
　翔空となっちゃんの口ゲンカ。
　翔空もいつもはのんびりしてるのに、こういうときは負けじと言い返すんだよね。
　……というよりも。
「なっちゃん……なんであたしがお姫さまなの……？」
　絶対、似合わない。
　背低いし。
「なんでって、王子がいるなら姫も必要でしょうが。あのクラスで姫になれるのなんて、詩姫しかいないわよ」
　さも当たり前、というように言ったなっちゃん。
　あたしは面食らって眉尻を落とす。
「ま、みんなでコスプレも悪くないんじゃね？　翔空にはメイドでもさせてさ」
「誰がメイドなんてやるかっ！」
「どーせ、なんかやらないといけないんだろ？　ちなみに、俺のクラスはクレープ屋だから差し入れ持ってってやるよ」
　クレープ!?と目を輝かせたあたしの頭をなでた祐介くんに、翔空がムッとしたように眉を寄せた。
「ゆーすけ、詩姫にさわるな」
「へいへい。ったく、ヤキモチ焼きの彼氏は大変だね、詩姫ちゃん」
　いつもと変わらないこの雰囲気。
　やっぱり好きだなぁ……と実感する。
　昔から一緒にいるこの３人に、あたしが混ざっていいものかと思うときもあるけれど。
　のんびりして無気力な翔空が、なっちゃんや祐介くんといると、いろんな表情を見せてくれる。
　怒ったり、スネたり、笑ったり。
　この表情を見るのが、あたしは好きなんだよね。
「詩姫ー」
「えっ？」
「なんか幸せそーな顔してる」
　あたしの顔をのぞきこみながら、やわらかく笑った翔空に、かぁっと顔が赤くなる。
　翔空のこと考えてた、なんて言えない……！
「俺のこと考えてたー？」

「っ!?　……もう、読心術嫌い！」
「……え、図星？　ジョーダンだったのに」
　なぜか翔空まで耳を赤くさせ、なんとも言えない気まずい雰囲気が流れる。
「…………」
「…………」
　だ、誰かしゃべって……！
「……あー、ダメだ。行こう、なっつん」
　頭を抱えてバッと立ちあがった祐介くんにつられるように、なっちゃんも立ちあがる。
「……甘い……甘すぎる……」
　え、なっちゃん？
　ふたりはあたしたちを置いて屋上から出ていってしまった。
「……ふたりとも、どうしたのかな」
　首をかしげてそうつぶやくと、翔空が困ったように笑った。
「俺たちがラブラブすぎて、ついていけないってことじゃない？」
「ら、ラブラブって……」
「だって詩姫、俺のこと考えてたんでしょ？」
「っ……そんなに、考えてない」
　思わず顔を背けてそう答えれば、翔空はくすりと笑って、あたしを腕の中に引っぱりこんだ。
「詩姫って、ちょっとだけツンデレだよね」
「そう？」

……はずかしくて、素直になれないときはあるけれど。

ツンデレなのかな、あたし。

「んー、あと天然？」

「天然じゃないよっ」

「自覚なしだから天然なんだよー」

あたしの頭に顎（あご）をのせて笑う翔空に、ほっこりとした温かみを感じて笑みをこぼす。

あたしは翔空にもたれるように、体の力を抜いた。

「翔空？」

「んー？」

「好き」

「俺も好きー」

こんな会話、毎日のようにしてるけれど。

いつまでたっても、ドキドキするこの気持ちはなくならない。

翔空と一緒にいられること……。

それが、今のあたしのなによりの幸せなんだもん……。

それから、学園祭の準備に追われる日々が始まった。

星濃学園では、学園祭にとくに力を入れるらしく、10月末に行われる2日間の学園祭に向けて、約2週間の準備期間が用意されている。

その間、授業は午前中のみで、午後はすべて学園祭の準備に取りかかる毎日。

学園祭まで残り1週間ほどとなり、だいぶ準備が整ってきていた。
「華沢ー！　ヘルプッ！」
　衣装係として服の縫い方をみんなに教えていたあたしに、教室に飛びこんできた委員長の野村くんからヘルプが入る。
　料理係は今、家庭科室で料理の試作に燃えてるんだ。
　コスプレ喫茶とはいえ、喫茶店であることには変わらない。
　コーヒーはもちろん、それに合うケーキなどのスイーツメニューを試行錯誤中なんだよね。
「い、今井さん、あたし呼ばれたから行ってくるね。えと、あとはここを縫えば完成だから、がんばって」
「あ、ありがとう！　華沢さん！」
　あたしは教えていた衣装係の今井さんから離れ、野村くんとともに教室を出た。
「あら、詩姫？　今度は料理に行くの？」
　ばったりと廊下で鉢合わせたなっちゃんにうなずく。
「それは？」
　なっちゃんの持っている荷物を見て首をかしげる。
　なんか、すごく重そうだけど……。
「今、買い出しに行ってきたのよ。ペンキとかニスとかね」
　買い出しに行ってたんだ！
　でもこんな重そうなの、なっちゃんひとりでなんて大変だよ……。
「なあ樋口、構成でやりづらくないか？　女ひとりだろ？

そういうの、重くねーの？」
　野村くんの心配に、なっちゃんは笑いながら首を振った。
「楽しいわよ。これくらいの買い出し、どうってことないし」
　なっちゃんはペンキをのぞきこみながら、「それに」と付けくわえた。
「料理とか裁縫とか、そういうのは苦手だけど、大工系の作業って好きなのよね」
　なっちゃん、イケメン……！
　あたしがなっちゃんに瞳を輝かせていると、野村くんは苦笑して「そうか」とうなずいた。
「樋口、みんな待ってるから、俺ら行くな」
「えぇ。委員長、詩姫に手出すんじゃないわよ」
「へいへい」
　なっちゃんに手を振って、あたしたちはふたたび家庭科室へと向かう。
「……材料費とかもあるし、なるべく量産できるものがいいんだけど、なかなか難しいんだよな」
　頭をかいてため息をついた野村くんに、あたしはうーんと考える。
　喫茶店として満足できるもの。
　かつ、材料費を浮かすことができて、量産可能なものが思いつかないらしい。
　たしかに喫茶店と言っておいて、コーヒーとクッキー1枚じゃ物足りないもんね。

考えているうちに家庭科室に着いたあたしの目に映ったのは、料理係の女子たちがやる気を失くして机に突っぷしている様子だった。

「……な？　もうみんな、考えるのが嫌になっちゃって、あんな状態なんだよ」

あたしが裁縫係に夢中になっている間に、こんなことになっていたなんて……。

野村くん、残り１週間しかないよ！

そんな冷静に肩をすくめないで!!

「みんな、華沢連れてきたぞ」

野村くんの声に、突っぷしていた女子たちがため息をつきながら体を起こす。

……なにか決まれば動く気になるのだろうけど。

あたしはそんな彼女たちに近づいて、とりあえず尋ねてみる。

「今あがってる案は……？」

あたしの質問に、みんなは顔を見合わせる。

「クッキーだけとか」

「でも、それだとさびしいから、シフォンケーキとか作ろうかとも思ったんだけど、量産は難しくって」

「コーヒーに合うスイーツが思いつかないの」

クッキーにシフォンケーキ……。

コーヒーに合うスイーツ……。

ん？

あたしの脳裏（のうり）にひとつの疑問が浮かぶ。

「もしかして、スイーツに絞ってる？」
　あたしの言葉に、みんなはまた顔を見合わせた。
「そりゃあ……ねえ？」
「コーヒーに合うものってスイーツでしょ？　ケーキとか」
「でも、ケーキって量産できないよ。材料費高いし、手間もかかるし」
　……あぁ、なるほど。
　この状況の解決策が瞬時に頭に浮かんだ。
「えっと、あの……少し、スイーツから離れてみない？」
　キョトンとしたみんなに、あたしはさらに言葉を続ける。
「喫茶店って、スイーツだけじゃなくて軽食とかもあるでしょ？ ケーキとかもいいけど、この際サンドイッチとかはどうかな？」
　ほとんど顔を出していなかったあたしが、提案してもいいものか迷ったけれど、おそるおそる聞いてみた。
「サンドイッチ……？」
「う、うん。たとえば、挟むものを野菜系にすれば、甘い物が苦手な人でも食べられるし、生クリームとか挟めば、スイーツにもなるよ」
　どう？と笑顔で聞くと、みんなはみるみるうちに顔を明るくしていった。
「いいじゃん！　サンドイッチ！」
「材料費もそこまでかからなそうだよねっ」
「バリエーション豊富にすれば、人気も出るかも！」
　……よかった。

やる気、出たみたい。

とっさに思いついたものだけど、この状況なら一番いいと思うんだ。

スイーツだけに絞ってしまうと、甘いものが苦手な人には向かないお店になってしまう。

材料費のことも、サンドイッチならなんとかなる気がするし……。

「さすが華沢。みんな、それでいいか？」

野村くんの言葉に、文句なしというようにうなずく料理係のメンバー。

さっきまでの様子がウソのように、みんな楽しそうに各自動きだした。

「華沢ってさ、委員長の素質あんじゃね？」

「えぇ!?」

野村くん、突然なにを！

あたしが驚いて目を見開くと、野村くんはおかしそうに笑った。

「華沢が転校してきてから、まだあまり日はたってないだろ？　今回の学園祭で、クラスのヤツらと仲よくなれたらいいな」

……え、野村くんに頭なでられた。

あたしは目をぱちぱちさせ、状況がわからないままとりあえずうなずく。

野村くんって、あまり意識して見たことはなかったけど、整った顔をしている。

あたしの周りには、お兄ちゃんとか翔空とか、もう次元がちがうイケメンが数多くいるから気づかなかったけど。

委員長だけどマジメすぎなくて、チャラいけど人柄は優しいし。

「……野村くんて、モテるでしょ？」

思わずそう尋ねれば、今度は野村くんが目をぱちくりさせた。

「モテる、か。でもさ、たとえモテるとしても、好きなヤツにモテなかったら、なんの意味もないんだよな」

「え……野村くん、す、好きな子いるの？」

まさか、みんなのまとめ役の野村くんが恋……!?

「同じクラスの今井(いまい)」

「い、今井さん!?」

突然のカミングアウト。

さっきまであたしと衣装係で話してた、あの今井さん!?

「あ、あたし応援してる！　うまくいくといいね……！」

恋する気持ちはよくわかる。

思わず応援したくなってしまって、気づいたら野村くんの手を握りブンブンと振っていた。

「……華沢に応援されるなんて思ってなかったけど、サンキューな」

一瞬驚いたような顔を見せたものの、すぐにいつもの明るい顔に戻ってクシャッと笑う。

なんだか親近感がわいて、あたしも野村くんに笑い返した。

「ちょっと誰かー！　買い出し行ってきてよー！」

　そんなあたしたちに届いた声に野村くんはいち早く反応し、メモをピラピラとあおがせている女の子のもとへ駆けていく。

　さすが委員長、つねに周りに気を遣っているあたり、尊敬するなぁ。

「俺、行ってくるよ」

「あー、じゃお願い！　これ足りない物のメモだから」

「うっす。華沢は、また衣装に戻ってくれるか？　途中まで一緒に行こうぜ」

「え、あ、うん……！」

　メモを受けとって歩きだした野村くんを、あわてて追いかける。

　だけど、なにを話せばいいのかわからなくて、黙ったまま野村くんの少しうしろを歩く。

「華沢さあ」

　突然、口を開いた野村くんに、あたしはとまどいながらも顔をあげる。

「……う、うん？」

　急にどうしたんだろう。

「星宮先輩の彼女、大変だろ？　女子とかさ」

「あ……。えっと、大丈夫だよ。翔空もなっちゃんも、なにかと守ってくれるし。最初は……ホントにびっくりしたけど」

「あの星宮先輩をホレさせるなんて、華沢はすげぇよ」

「そ、そんなことないよ」

「そんな謙遜（けんそん）すんなって。華沢って人見知りっぽいし、なんか心配になるんだよな。なんかあったら俺にも頼っていいから。友達として……が難しかったら、委員長としてな！」

ニッと笑った野村くんに、思わずキョトンとしてしまうあたし。

人見知り……というわけではないと思うのだけど。

相変わらず、翔空やなっちゃんたち以外とはうまく話せない。

どう関わればいいのか、どう接すればいいのか、友達という関係がわからないんだ。

話す話題があったり、用事があるときは大丈夫なんだけど。

それ以外で自分から話しかけたりできるのは、クラスではなっちゃんだけだ。

……あたしがこうなったのは、転校ばかりしていたから。

そして……お父さんという、心の枷（かせ）が大きすぎたから。

「華沢？」

「あ、ご、ごめん。えっと……ありがとう、野村くん」

嫌なことを思い出してわきあがってきた、喉の奥をつかまれるような感覚を必死にこらえ、精いっぱい笑う。

あたしは今、うまく笑えているだろうか。

不安になったけれど、野村くんは気づいているのか気づかないフリをしているのか、そこには触れないでくれた。

友達って言ってくれて、ありがとう。

どうしてあたしをそんなに気にかけてくれるのかはわか

らないけど、うれしかったんだ。
　そんなあたしの心の声が聞こえたかのように、野村くんは優しく笑ってから踵を返した。
「じゃ、俺買い出し行ってくるから。衣装、頼むな！」
　タッと駆けだしながら言った野村くんに、あたしは小さくうなずいた。
「あ……の、野村くん！」
「ん？」
　立ちどまって振り返った野村くん。
「っ……が、学園祭！　楽しもうねっ」
　精いっぱいの気持ちをこめて、笑顔でそう言った。
「おうっ！　華沢はもう少しみんなと距離、縮められるといいな！」
　委員長、か。
　野村くんは本当に委員長に向いていると思うよ。
　こんなあたしにも気を配ってくれるんだもん。
　あたしにはきっとマネできない。
　また駆けだしていく野村くんの背中に、あたしは小さく「ありがとう」と言った。

「……よしっ」
　クラスの全員が見守る中、“コスプレ喫茶”と大きく書かれた看板が教室の入り口にかけられた。
　いつもの教室は、コーヒーやサンドイッチの絵が散らばっていてオシャレな雰囲気をかもしだしていた。

「１年Ｂ組、コスプレ喫茶！　準備終わりっ！」
　野村くんが声をあげると、みんなはしゃいだように騒ぎだす。
「とうとう明日だね！」
「どうせなら、人気No.1になれたらいいよな！」
「大丈夫、うちには華沢ちゃんと樋口ちゃんコンビがいる！」
　あたしとなっちゃんに向けられた視線に、後ずさりしながらも、心の中には今まで感じたことのないワクワクが渦巻いていた。
「なっちゃん、楽しみだね！」
「ま、明日とあさっては休むヒマないかもね。詩姫のシフトいつだっけ？」
　なっちゃんの言葉に、あたしはポケットに入っていたシフト表を取りだす。
「１日目は午前中で、午後は空いてるよ。２日目は午前中が空いてて、午後が入ってる」
「あー……そっか。ごめん、私、陸部の方も行かないといけないから、一緒に回れないかもしれない」
　申し訳なさそうに眉尻をさげたなっちゃんに、あたしは笑顔で首を振る。
「大丈夫だよ！　あたし、陸部のライブ見にいくからねっ」
「ありがと、待ってる」
　なっちゃんと回れないのは残念だけど、陸部はライブをやるんだって。

なっちゃんはギターらしいんだ！
ギターまで弾けるなんて、どこまでイケメンなんだろう。
絶対、見にいかないとだよね！
ついに明日は学園祭。
準備は完璧。
１年Ｂ組のコスプレ喫茶……。
少しでも多くのお客さんに楽しんでもらえるといいな。

学園祭☆本番！

【詩姫side】
……これは。
サイズに合わせて作ってもらった衣装を持ち、更衣室(こういしつ)でみんな着替えだす。
あたしはというと、自分の衣装を広げて固まっていた。
「詩姫？　早く着替えなさいよ」
さっさと服を脱ぎ、王子様の衣装を着ていくなっちゃんに、あたしは頬を引きつらせる。
「……これ、ホントにあたしが着るの？」
「当たり前でしょ。今さらしぶってないで、早く脱げ！　じゃないと私が脱がせるわよ！」
ひぃぃぃっ！
手を伸ばしてきたなっちゃんから逃げるように、体を引く。
もうあきらめて、着るしかない。
それならせめて、女の子にも見られずに着替えたい、ということで、更衣室のさらに奥にある個室に閉じこもる。
個室と言っても、カーテンで仕切られただけの簡易(かんい)的なもの。
お願いだから開けないで、と心の中で願いながら、あらためて衣装を見る。
これを着る……それがコスプレ喫茶の宿命(しゅくめい)なんだ。
勇気を出せ、あたし！

わかってる。
そんなことわかってるんだけど。
……でもぉぉぉぉ！
なに、これは！
お姫さまって、もっとスカート長いイメージだったんだけど!?
超、ミニスカだし！
ひらひらレースがたくさんついてるし！
こんなの絶対あたし、似合わない……!!
あたしが着る衣装のことは、ずっと秘密にされてたんだよね。
こんなことなら、ちゃんと聞いておけばよかった。
そんな心の叫びをあげながらも、おそるおそる、その異様に可愛い服を頭からかぶる。
ワンピースタイプで、腰にはリボンがついているため、スタイルがよくわかる構造(こうぞう)。
もう10月下旬だというのに、半袖だし。
衣装に合わせて用意された、短めの靴下(くつした)と靴を履(は)く。
……鏡、見たくない……。
「詩姫？　着替えた？」
「っ……う、え、いや、あのっ」
「は？　開けるわよ」
「えぇっ!?」
あたしのむなしい叫びと同時に、カーテンがシャッと開けられる。

　もうすでに涙目になっていたあたしと、更衣室で着替えていたクラスの女子たち、そしてなっちゃんと目が合った。
　数秒、シーン……とした空気が流れる。
「か……わいい……」
　誰かのそんな声が沈黙を破った。
「きゃぁぁぁ！　華沢さん!?　なにそれ、似合いすぎでしょ!?」
「て、天使が舞いおりたのかと思ったっ」
「これ、男子やばいんじゃない!?」
　一瞬にして、騒がしくなった更衣室。
　あたしは目を白黒させたまま、なっちゃんに抱きついた。
「うわっ」
「な、なっちゃんんんん！　やっぱり嫌だぁぁぁ！」
“理想の王子様”という格好(かっこう)をしているなっちゃんにポロポロと涙を流しながら訴(うった)えかけると、頭をなでられた。
「大丈夫よ。可愛すぎて問題はあるかもしれないけど、本当に似合ってるから」
　それを言うなら、なっちゃんのその王子様スタイルが似合いすぎててまぶしいよ！
　ショートカットで、美人で、背も高くて、スタイルもいいなっちゃん。
　あたしとは正反対なものばかりで、うらやましい、というより憧れる。
　そんななっちゃんとペアなんて、はずかしいにもほどがあるよ！

「ほら、おいで。せっかくなんだから、髪も可愛くしてメイクもね」
「……ぐすっ」
「泣かないの！　メイクしにくくなるでしょ」
　ペシッと軽くたたかれた額に手を当てて、鼻を鳴らすと、それを見ていたクラスメイトたちが、困惑した様子で顔を見合わせて近づいてきた。
「……私、華沢さんって、もっと冷たい子かと思ってた」
「あたしも！　……初日のイメージが強くて。でも準備中から思ってたけど、じつは明るい子なんじゃって……」
「あの学園の王子様の彼女だし、もっと鼻高々なのかと思ってたけど……」
　そんな声に、あたしはなっちゃんに抱きついたまま目をぱちくり。
　初日？
　……あ、もしかして。
『か、彼氏いますか!?』
『……いません。あたし、用事があるので失礼します』
　ここに転校してきた初日、そんな会話をしたのを思い出す。
　たしかにあのときは、翔空とも出会う前。
　あまり人と関わりたくない気持ちがあったときだから、自然と声音(こわね)も態度も冷たくなっていたかもしれない。
　……今は、たとえあたしがここからいなくなったとしても、思い出としてみんなの記憶の中に残っていてほしいと思う。

翔空やなっちゃん、祐介くんと出会って、一緒に過ごすうちにあたしは変わったんだ。
できることなら、同じクラスの子たちとも仲よくしたい。
そんな気持ちはとっくに芽生えていたんだよね。
あたしがなっちゃんを見あげると、優しく微笑んで、トンッと背中を押してくれた。
「あ、あの……」
すぅ……と深呼吸をする。
「あ、あたしと、お友達になってくださいっ！」
思いっきり頭をさげながら、そう言った。
……いや、叫んだ。
あたしの目に映るのは更衣室の床と、自分の足のみ。
みんながどんな顔をしてるのか怖くて、顔をあげられないまま、服をギュッとつかんだ。
「……ぶっ」
え。
ななめうしろから聞こえてきた噴きだす声に、眉尻をさげて振り返ると、なっちゃんがお腹を抱えて笑っていた。
「……なっちゃん……ひどいよ……」
あたし、勇気を出して言ったのに……。
肩を落とすと、ポカンとしていたクラスのみんなも次々に笑いだした。
「は、華沢さんって、もしかして天然!?」
「え……」
なんでどうして、あたしは笑われているんだろうか。

わけがわからず、オロオロしていると、みんなやっと笑いを収めて、今度は優しく微笑んでくれた。
「そんなにお願いしなくたって、友達に決まってんじゃん！」
「クラスメイトでしょー？　仲よくしようよっ」
「こんな可愛い子なら、もっと早く話しかければよかったー！」
そんな声に、あたしの瞳はまたうるうると潤みだす。
「な、なっちゃぁぁん」
「はいはい、よかったね。友達増えたじゃない。ほら、みんなも早く準備しよ！　誰かメイク得意な子、詩姫にしてあげてよ」
なっちゃんがその場の指揮(しき)を取りはじめ、みんなその声に合わせて動きだす。
そうだ、今日はもう準備期間じゃない。
学園祭、本番なんだ。
気を引きしめていかなきゃ！

……コスプレ喫茶と化した教室に戻ったとたん、男子に囲まれたあたしとなっちゃん。
とはいっても、なっちゃんの鋭すぎる眼光にたいていの男子はすくみあがって、すぐに引いていったけれど。
今は朝の８時40分。
学園祭は９時からだから、あと少し時間がある。
そんな中、教室でわいわいとクラスメイトと話していたあたしのスマホに着信が入った。

「もしも……」

『詩姫ちゃん!?』

　この声、祐介くん？

　そんなにあわてててどうしたんだろう。

「どうしたの？」

『詩姫ちゃんのところに、翔空来てないか!?』

「えっ、翔空？　来てないよ？」

　今朝はいつもどおり一緒に登校して、教室まで送りとどけてくれたけれど。

『マジかよ……アイツ、教室行ってないらしいんだ』

「ええ!?」

　思わず大きな声を出してしまい、クラスメイトたちが何事かと振り返る。

　あわてて教室から出て、あたしは２年生の教室の方向に向かって歩く。

「女装が嫌で逃げたってこと？」

　早足で歩きながら、あたしは電話ごしの祐介くんに尋ねる。

『あー、いや。アイツ、女装はやっぱり断固拒否ったらしくて、翔空だけは普通に男装になったってクラスのヤツが言ってた』

「えっ、それじゃあなんで？」

　逃げる理由がないよね？

　それとも、いつものマイペース？

『もうすぐ開店時間だろ。さすがにしょっぱな、翔空がいなかったらやばいって。アイツ目当てで来る客も多いからさ』

翔空目当て……ということは、女の子だろうか。
そのことに少し、心にモヤがかかる。
「……わかった。あたしも、開店時間まで探してみるね。見つかったら連絡しますっ」
『悪ぃな、詩姫ちゃんも忙しいのに。俺もぎりぎりまで探すから、なんかあったらすぐ連絡して！　あ、それから、9時以降（いこう）はぜってぇひとりで行動すんなよ！』
最後の言葉の意味はよくわからなかったけど、とりあえず返事をして電話を切った。
なっちゃんに素早くチャットメールを打って、翔空のことを知らせると、すぐに自分も探すと返事が返ってきた。
翔空には電話をかけたけど、出ず。
「……もう、翔空ってばどこ行ったの？」
廊下を走りながら、空き教室や特別教室をのぞくけど、どこにもいない。
翔空のサボリ場所……。
屋上か、医務室か、花園……？
でも屋上はたしか、学園祭で使っているはずだから休む場所はない。
ということは……医務室か花園か。
とりあえず医務室にやってきたあたしは、コンコンッとノックし、ガラッと勢いよく扉を開けた。
「あら、詩姫ちゃん？」
あたしが荒い息をしながら医務室に入ると、南先生が驚いたように目を見開いた。

「先生、翔空来てませんか!?」
「え、えっ？　翔空くん？　来てないけど……」
　っ……てことは、花園？
　てっきり医務室にいると思ってたのに。
「うーん……もしかしたら、理事長のところにいるんじゃないかしら？」
「えっ？　理事長？」
　南先生の言葉に首をかしげると、先生はうなずいた。
「翔空くん、よく理事長に使われてるからね」
　つ、使われてる？
　あたしはさらに首をひねったが、とりあえず行ってみようと踵を返す。
「南先生、ありがとうございました！」
「あ、詩姫ちゃん！　すっごく似合ってるわよ！」
　笑顔であたしに手を振ってくれた南先生に、はにかんで手を振り返し、そのまま医務室を飛びだした。
「あ、詩姫ちゃん！」
　階段をあがろうとしたとき、後方から聞こえてきた祐介くんの声に振り返る。
「あ、祐介くん、なっちゃん！」
　祐介くんだけでなく、なっちゃんもいて、あたしは思わず笑顔をこぼす。
「いたか？」
「ううん、見つかってない。けど、今医務室に行ったら南先生が理事長のところかもって」

「あ、それはたしかにありえるかもね。よく呼び出されてるじゃない、アイツ」
「んじゃ、とりあえず理事長室に行ってみようぜ」
　あたしたちは、うなずき合って階段を駆けのぼる。
　ふと時間を見ると、すでに8時50分。
　急がないと開店まで残り10分しかない。
　足を止めることなく、騒がしい校内をぬうように駆けぬけ、やっと人が少なくなってきた理事長室の前で立ちどまった。
　祐介くんが先に立ち、トントンッと扉をたたく。
「はーい」というのん気な声が聞こえてきて、祐介くんがガチャッと扉を開けた。
「あ、いた」
「なにやってんの、あんた」
「翔空……その荷物、なに？」
　翔空が大きな荷物を抱えて理事長室を横断しているのを見て、あたしたちはいっせいに眉を寄せた。
　理事長はといえば、そんな翔空をほったらかして窓の外を見て楽しそうに笑っている。
「あれ、詩姫？　祐介も夏も」
「あら、みんないらっしゃい！」
　あたしたちに同時に振り返った翔空と理事長。
　タイミングが絶妙で、親子だなぁ……と感心していると、なっちゃんに軽く小突かれた。
「翔空……なにしてるの？」

とまどいぎみに尋ねれば、翔空はケロッとした様子で肩をすくめ、持っていた荷物を机の上に置いた。
「見てのとーり、母さんの雑用」
「やーね。私はちょこーっと手伝ってって呼んだだけじゃないの」
「よく言うよ。力仕事ばっかり俺に押しつけて、自分はなにもしないで外ばっかり見てるくせに……」
「なにもしてないわけじゃないわよ！　ちゃんと生徒のことを把握(はあく)するのがお仕事なんだからっ」
はたから見れば、仲よしすぎる親子の他愛ない口ゲンカだけど。
今はそんなことをしてる場合じゃない。
「理事長、もう学園祭始まります。翔空も用意があるので、連れていってもいいですか？」
祐介くんが、あたしとなっちゃんのかわりに進みでる。
「あら、もうそんな時間なのね〜。もちろんよ、連れていって！　私はこれから変装して校内を回るからっ」
にっこりと教師らしからぬ(理事長だけど)ことを言った理事長に、あたしとなっちゃんの顔が引きつる。
理事長……翔空とはちがう意味でマイペースだ。
「では失礼します。ほら翔空、行くぞ」
「えー、俺サボりた……」
「ざけんな」
祐介くん、若干お怒りモードらしいです。
顔が怖い！

　なっちゃん、どうにかして！
　ズルズルと翔空を引っぱり、理事長室を出て騒がしい廊下へと足を進めていく。
「あと５分しかねぇ。おい翔空、電話くらい出ろよ！」
「えー、スマホカバンの中だし、気づかないよ。祐介、わかったから離せって」
　祐介くんが不服そうに手を離すと、翔空はまっ先にあたしに抱きついてきた。
「詩姫ー、可愛い格好してるね」
「っ……ほ、ホント？」
「うん、すごく似合ってるー」
　照れくさくなって顔をうつむけると、それを見ていたなっちゃんが苦笑い。
「あんたたちって身長差がありすぎて、もはや大人と子供……親子みたいになってるわよね」
「ええっ!?」
「ちょ、夏、それはひどいよ」
「お前ら、どうでもいいけど早くしろ！　開店時間に合わなくなるからな!?」
　わーわーと騒ぎはじめたあたしたちに、祐介くんの叱責（しっせき）が飛んでくる。
　うぅ……。
　でも、たしかに開店時間までもう５分もない。
　急がないと！
「私と詩姫はこのまま教室に戻るわ。祐介、ちゃんと翔空が逃げないように教室まで送りとどけなさいよ」
「りょーかい、なっつん」
「えー、詩姫と離れたくな……」
「っるせぇ！　早く行くぞ」
　祐介くん、だいぶ怒ってらっしゃいます。
　眉尻をさげる翔空と、翔空をにらみつける祐介くんを交互に見てから、あたしたちは手を振った。
「じゃあ、あたしたち行くね！」
「おう、あとでクレープの差し入れ持ってくな！」
「翔空もだけど、祐介、あんたもサボらないでよね」
「へいへい、わかってるって」
　あたしとなっちゃんはふたりと別れ、また廊下をぬうように走りだす。
　学園祭、最初からペースを乱されっぱなしだけれど。
　生徒のみんなは生き生きとしていて、こっちまで楽しさが湧いてくる。
　……よし、がんばろう!!

「華沢ちゃん！　３番席オーダー取ってきて！」
「は、はいっ」
「いらっしゃいませー！　……え？　あ、うちのお姫さまですか？　はい、いますよ！　詩姫ちゃん、お客さんー！」
「しょ、少々お待ちくださいっ」
　開店から早くも３時間。
　12時を過ぎた今、忙しさはピークに達していた。

　廊下には長蛇（ちょうだ）の列ができ、次から次へと入ってくる仕事にみんな走りまわっている。
「ね、キミ可愛いねっ」
「俺らと連絡先、交換（こうかん）しない？」
　若い男の人……大学生くらいだろうか。
　オーダーを取っている最中、そんなことを言われ、あたしはぺこりと頭をさげる。
「申し訳ありません。プライベートはちょっと……」
「そんなこと言わずにさっ」
　し、しつこい……！
　さっきまでこういうナンパは、すべてなっちゃんが回避（かいひ）してくれていたのだけど。
　今さっき、陸部の方へと準備に出ていってしまった。
「なっ、交換して遊ぼうぜ！」
「ひっ……」
　ガシッとつかまれた腕に身が震えあがる。
　どうしよう……！
　パニクっていると、あたしの腕をつかんでいた手を誰かがやんわりとつかんだ。
　驚いて振り返ると、ドラキュラの格好をした委員長……野村くんの姿。
「お客さま？　うちの姫にプライベートな話は困ります。姫には王子がいますからね？」
「はぁ？　なんだよ、お前」
「まさか、お前が王子？」

け、ケンカ、始まらないよね……!?

オロオロしながら野村くんと大学生たちを交互に見ると、野村くんは不敵にフッと笑った。

「まさか。俺にはもったいないくらいの姫でしょう？　お客さまには、もっともったいないですね。彼女には、ふさわしい王子がいるんですよ。わかったら離してくれますか？」

野村くんの笑顔が怖い。

顔は笑顔なのに目は全然笑ってない。

それでもあたしの腕を離そうとしない彼らに、泣きそうになっていると。

……フワッ。

甘い香りに包まれた。

「っ……翔空？」

振り向いたあたしの視界に映ったのは、白いタキシードを着た、いつにも増してキラキラしている翔空。

うわ、かっこいい……！

翔空はあたしを片腕で抱きしめると、反対の手であたしの腕をつかんでいる男の人の手をつかむ。

「いてててててっ」

「俺の姫に、気安くさわんないでくれる？」

いつもの翔空からは想像もできないほど冷たく、低い声。

ぎりぎりと相当強い力で締めつけていたのか、悲痛な顔をしながらその男はパッとあたしの腕を離した。

野村くんは、そんな翔空を見あげてポカン。

いや、野村くんだけじゃない。
その場に居合わせた全員が固唾を飲んだ。
「……な、なにすんだよっ」
「てめぇ、調子のんなよ！」
胸ぐらをつかまれた翔空の体が揺れる。
「と、翔空を離してくださいっ」
思わず、考える前にその人にタックルしていた。
「うおっ」
小さいあたしが突っこんだところで、そこまでの攻撃にはならないだろうけど。
驚いたのか、翔空の胸ぐらを離したその男をにらみつけた。
「……詩姫」
グイッと腕を引っぱられたかと思うと、突然フワッと浮いた体。
「へっ!?」
一瞬にして翔空にお姫さま抱っこをされたあたしは、驚いて間近にある翔空の顔を見つめる。
「ねえ、野村弘樹くん」
「は？　えっ、お、俺っすか？」
いきなりフルネームを呼ばれて驚いたのか、野村くんがビクッと肩を揺らす。
翔空……なんで野村くんのこと知ってるの？
あたしも驚いて、抱かれたまま翔空と野村くんを交互に見る。
「俺のポケットからスマホ出して」

「は、はいっ」
　翔空に言われるまま、野村くんは翔空のポケットからスマホを取りだす。
「な、なにする気だよ！」
　声を荒らげた大学生に、翔空は冷たい視線を向けたまま言いはなった。
「なに？　警備員(けいびいん)呼ぼうかなって」
「は、はぁっ!?　俺らがなにしたってんだよ！」
「んー、星凜の理事長の息子に手をあげた？」
“理事長の息子”
　その言葉に、大学生のふたりの目がみるみるうちに開かれていき、その言葉を理解したとたん、今度はまっ青になっていった。
　そりゃそうだ。
　この星凜においての理事長は、絶対的権力者。
　その息子に手をあげたとなれば、警察行きになってもおかしくないのだから。
「すっ、すみませんでした！　け、警察だけは……！」
「お願いします！　許してください!!」
　さっきとは打って変わって、土下座(どげざ)の勢いで頭をさげたふたりに、あたしも野村くんもポカンと口を開ける。
「……次はないよ。わかってる？」
「は、はい！」
「すみませんでした!!」
　しっぽを巻くように逃げだしたそのふたりを、ただ呆然と見送った。

……翔空って、すごい。

マイペースで無気力なのに、こういうときは別人みたいに鋭くなる。

でも、考えてみれば……あたしが見てきた中で、翔空がこういう風になるのは、すべてあたしを守るためだった。

うぬぼれかもしれないけれど。

それでも、翔空ははじめて会った日に言ってくれたように……。

必ず、守ってくれるんだ。

「……野村くん、あとはよろしく。ちょっと詩姫、借りるよー」

「は、はいっ」

あたしを抱いたまま、翔空は早足で教室を出る。

もちろん、人目を惹きつけてはいるけれど、翔空から発せられる“近づくな”オーラのおかげで誰も近づいてこない。

「と、翔空……どこに行くの？」

「…………」

あたしの質問に答えることはなく、使われていない空き教室に入ると、ガチャッとカギを閉めた。

あたしをタンッと地面におろすと、間髪（かんはつ）入れずに強く抱きよせられる。

「翔空……？」

とまどいつつ、あたしを離そうとしない翔空の背中に手を回す。
　どうしたんだろう。
　いつもと様子がちがう。
「……ねえ、翔空？」
　何度呼びかけても、あたしを抱きしめたまま動こうとしない。
「詩姫」
「ん？」
「好きだよ」
「うん、あたしも好きだよ？　ねえ、どうし……たの……？」
　最後まで言いおわらないうちに、あたしから離れた翔空がその場にストンッと腰を落とした。
　目線が逆転して、あたしが翔空を見おろす形になる。
「……キス、してよ……詩姫」
「っ……え？」
　突然の言葉に、かぁっと顔が赤くなる。
　下からあたしを見あげる翔空の瞳は、なぜかすごく揺らいでいた。
　まるで、あたしがいなくなりそうで怖いって言っているよう。
　キュッと締めつけられた胸に、ツンッと喉の奥が熱くなる。
「詩姫」
　催促（さいそく）するようにあたしの名前を呼んだ翔空に、覚悟を決めてゆっくりと顔を近づける。
　本当に、なんでこんなに整った顔をしてるんだろう。

そんなことを頭の片隅(かたすみ)で思いながら、翔空の唇に自分の唇を重ねた。

ドッドッドッと鳴る心臓のあたりを押さえて、ゆっくりと顔を離す。

「っ……ごめん」

バッと顔を背けた翔空の耳はまっ赤。

自分から言ってきたくせに！と、さらにあたしの顔は赤くなる。

誰が、学園の王子様の翔空が、こんなに照れ屋だなんて思うだろうか。

あたしよりもずっとピュアな気がする。

「……少しさびしかったんだ」

「え？」

予想もしていなかった言葉が翔空の口から飛びだし、思わず耳を疑った。

さびしかった？

「……引かない？」

上目遣い(うわめづか)いで、揺れた瞳であたしを見あげてきた翔空に、ドキンッと鼓動が高鳴る。

「ひ、引かないよ」

「ホントーに？」

「うん」

翔空は迷ったようにうつむいた。

さっきまであんなに凛々(りり)しかったのに、今はこんなにも弱々しい。

これも翔空の“素”なのだろうか。
あたしの前だから見せてくれる顔っていうのはうれしいけれど、さすがに少しとまどってしまう。
「俺、詩姫と一緒にいられない時間が辛い。詩姫じゃない女の子に話しかけられるのは、疲れるだけなんだよ。余計に、詩姫が恋しくなる」
あたしじゃない女の子……。
今の翔空のこの格好からして、翔空目当ての女の子がたくさん来たのだろう。
その女の子たちに話しかけられるのが嫌になって、あたしに会いたくなった……ってこと？
それって、ちょっと……うれしいかも。
「……抜けだして、詩姫のところ来たらさ。別の男にさわられてんだよ？　俺、そーゆーの、ホント嫌なんだよね」
「ご、ごめん……」
「詩姫が謝ることじゃないでしょ。俺が嫌なのは、あーゆー男どもだよ」
な、ナンパする人たちってことだよね。
誰彼かまわず女の子に言いよっていく男の人って、結構多いらしいし……。
「とくに詩姫なんかは、目を離したら、どこに連れていかれるかわかんないし……ね？」
「あ、あたし、知らない人についていかないよ！　子供じゃないんだから……」
知らない人にはついていくなって、子供の頃さんざん言われたから身に染みついている。

さっきだって、連絡先なんか教えるつもりもなかったし。

「んー、俺のもんって、印でも……つけとく？」

「っ……な、なにを」

突然、妖艶(ようえん)な目をした翔空が、立ちあがってあたしをグイッと抱きよせた。

かと思うと、机に押し倒される。

ドキッ。

やんわりと拘束された手。

あたしを見おろす翔空に、急激に鼓動が高鳴っていく。

と、翔空がわからない……。

のんびりしているかと思えば、凛々しくて。

凛々しかったかと思えば、急に甘くなる。

今度はなに!?

「……っ……ひゃ……っ」

あたしの首筋に顔を埋めた翔空の唇が、かすかに肌をなでた。

「翔空……！」

「ねえ、詩姫ー？」

「……っ……」

顔を埋めたまま翔空が口を開くものだから、吐息が首筋をくすぐって、ビクッと体が揺れた。

これは、いったいどういう状況なの？

冷静に考えたら、さっきの大学生に腕をつかまれたときよりも危険なんじゃ!?

……いや、でも相手は翔空だし……。

そんなことを頭の中でぐるぐると考えていると、翔空が埋めていた顔をあげ、目を細めてあたしを見おろした。

「俺だって、男だよ……？」

そう言った翔空の瞳は、どこまでも妖しく光っていた。

あたしはコクリと息をのむ。

たまに翔空が使う、“俺だって男だ”って言葉。

あたしが、翔空を男の子じゃないって思ってるような言い回しに聞こえてならない。

「……わかってるよ。翔空が男の子だってことくらい」

そう言ったあたしの声は、少しばかり震えていた。

怖いわけじゃないのに。

どうしてこんなにも、涙がこみあげてきそうになるんだろう。

「……今すぐここで、心も体もぐちゃぐちゃにしたい……って、言ったらどうするの？」

「……っ……それは」

「男って、そーゆーものだよ」

「ん……っ」

反抗するあたしを押さえつけるように、翔空があたしの唇を奪った。

……甘い。

翔空とのキスは、何度しても……ただただ甘い。

翔空の香りをこんなに近くで感じて、想いとか考えてることとか、この瞬間が一番わかるような気がするんだ。

　それでも翔空は、絶対にあたしが嫌がることはしない。
　それだけは確信を持って言える。
　誰よりも、なによりも優しい。
　それが翔空の一番の“素”の部分だって、あたしは知っている。
「……はぁ……っ」
　長いキスが終わり、翔空の顔がゆっくりと離れていく。
　入ってきた空気に、少し息を荒くしながら、あたしは翔空に笑みをこぼした。
「翔空は、翔空でしょ？」
「……え？」
「あたしは翔空になにをされてもかまわない」
「……そんなこと、簡単に言っちゃ……」
「ダメだって？　でも翔空は、あたしの心なんて手に取るようにわかっちゃうでしょ。今の言葉が本心かそうじゃないかくらい、わかってるはずだよ」
　……翔空はあたしの心をすぐに読める。
　それは、誰よりもなによりも、あたしを見ていてくれているからなんだよね。
　あたしを見おろす翔空を、まっすぐ見つめ返す。
「……んー、どうかなー」
　フッとあたしから離れた翔空が、あたしに背を向けた。
　あたしはそんな翔空の腕をグイッと引っぱり、自分の方を向かせる。
「っ……」

「逃げないって、約束したでしょ？」

　ダメだよ、翔空。

　怖くなっても、逃げちゃダメなんだ。

　あたしが翔空に向ける気持ちからも、自分の気持ちからも。ちゃんと向き合っていかないと、のちのち後悔するのはまちがいなく、自分なんだから。

「……詩姫がそばにいてくれないと、俺はいつまでも逃げつづけるよ」

「……今、あたしはそばにいるでしょ？」

　未来のことなんて、わからない。

　あたしは、そんなことがわかるような神様じゃないんだから。

　できることなら未来……これから先も、ずっとそばにいたいと願うよ。

　でも一番大事なのは、今この瞬間、あたしは翔空のそばにいるってことじゃないの？

「翔空、大好き」

　この気持ちは、きっと変わらない。

　未来が見えるわけじゃないけど、きっとこの先もずっとあたしの心は翔空のものなんだ。

「……俺も、詩姫が好きだよ」

　そして翔空の心も、どうか変わらないでほしいと、今は願うしかない。

　この切ない気持ちが、きっと“恋”なんだ。

「我慢してるのは、あたしじゃなくて翔空の方だよ」

「…………」
「いいよ、我慢しなくて。翔空の思ってることくらい、なんでも受けとめるよ」
「……いいの？」
「当たり前でしょ？　あたしは翔空のお姫様なんだから」
　自分で言っていてはずかしい。
　けど、そうでも言わないと、翔空はこれからもずっと我慢するような気がするから。
「……なら、もう俺、我慢しないよ？」
　なにかが吹っきれたような、いつもの翔空のおだやかな微笑みに、あたしもつられて頬をゆるめた。
「俺の前世、きっとウサギだったんだよ」
「ウサギ？」
「そー。だから、さびしいと死んじゃうの」
　翔空の頭にウサギの耳が生えているところを想像して、プッと噴きだす。
「だから、さびしくさせないでよ、詩姫」
「ふふっ……わかった」
　そんな白いタキシード姿で「さびしくさせないで」なんて、なんかおかしいけど。
　これが翔空だって思える。
　“素”とかどうとかじゃなく、きっとどの翔空も、翔空自身なんだから。
「行こ、翔空」
「どこにー？」

「翔空のクラス。みんなきっと、待ってるよ？　あたし午前でシフト終わりだから、お客さまとして迎えてくれる？」
「しょーがないなー。詩姫の頼みなら、戻ってあげる」
なんでそこだけ上から目線なのかはわからないけど、あたしはクスッと笑って翔空の手を握った。
いつもは翔空からだけど、たまにはあたしから繋ぐのも悪くないな……なんて。
若干、頬を赤くした翔空が、なんとも可愛くて仕方がない。
「ね、翔空？」
「うん、戻ろーか」
閉めてあったカギを開けて。
あたしたちはまた、騒がしくもにぎやかな星凜学園祭へと足を踏みだした。

大好きな歌

【詩姫side】
「なっちゃーん！」
「うわっ、詩姫!?」
　ステージの裏側でライブ準備中のなっちゃんに勢いよく抱きついたあたし。
　星瀧学園の大広間に組みたてられたライブ専用の台。
　大きく囲むように幕（まく）がかかっていて、その裏があたしたちの今いる場所だ。
　ここは一応屋外（おくがい）だけれど、すぐうしろには校舎が立っていて中に繋がる扉もついているから、なにかあったらすぐに入れるようになっている。
　翔空の男女逆転喫茶で祐介くんと待ち合わせて、合流してからここに来たんだ。
　なっちゃんにぎゅっと抱きついているあたしを、微笑ましそうに見守っている翔空と祐介くん。
「あんたたちまで……見にきたの？」
　なぜかあきれた様子で肩をすくめたなっちゃんに、祐介くんは苦笑い。
「彼女のライブなんだから、来るだろ」
「やめてよ、彼女とか。ガラじゃない」
「ったく、もう少し素直になれよな。詩姫ちゃんを見習え」
「私はいつでも思ってること言ってるわよ」

祐介くんとなっちゃん。

カップルとは思えないほど、いつも口ゲンカばかりしているようだけど……。

この口ゲンカが、ふたりのコミュニケーションなんだよね。

ちゃんとお互いのこと想い合ってるんだよ、これでも。

「詩姫、私準備あるから行くわね」

「うんっ！　ちゃんと見てるよ！」

「はいはい。ほら、翔空！　詩姫のことちゃんと見ておきなさいよ」

のんびりとあくびをして壁に寄りかかっていた翔空をにらみつけながら、なっちゃんはあたしの頭をなでた。

「はぁ……なっちゃん、イケメン……」

走っていくなっちゃんの背中を見つめながら、ぽつりとつぶやくと、トンッと頭に軽い重み。

「詩姫ってば、夏に浮気してるー」

あたしの頭は、翔空の顎置き場じゃないんだけどな。

しかも浮気って。

相手はなっちゃんなのに。

「翔空、それあたしが“翔空が祐介くんに浮気してる”って言うようなものだよ」

「え、なにそれー……ゆーすけに浮気なんて、気持ち悪い」

心底(しんそこ)気持ち悪いという顔をした翔空に、祐介くんのチョップがかまされる。

「失礼なヤツだな！」

「え……ゆーすけ、そんなに俺と付き合いたいの」

今度はドン引き、という顔をした翔空に、祐介くんはフルフルと拳を震わせる。
「お、まえなぁ……！」
「うわー、ゆーすけが怒った」
翔空、棒読みしすぎだから。
ホント、仲がいいのか悪いのか。
「翔空、祐介くん！　席の方、行こ？」
「ん、行こー」
「あっ、ちょ、待て、翔空！」
なっちゃんのギター、楽しみだなぁ……。
あたしはワクワクしながらステージ裏を飛びだした。
――ドンッ！
「びゃっ」
「うおっ」
とたん、あたしはそこにいた人物に顔面から衝突した。
や、やっちゃった……！
「ご、ごごご、ごめんなさいっ」
顔をあげる前に、思いっきり頭をさげる。
「詩姫、だいじょ……え？」
「うっわ……イケメン……」
うしろから走ってきた翔空と祐介くんが、驚いたように声をあげた。
「ったく。ホントあぶなっかしいな、詩姫」
え？　この声……。
よく聞きなれたその声と口調に、あたしはバッと顔をあげる。
「お、お兄ちゃんっ!?」
　思わず大声をあげた。
　だって、そこにあきれたように笑って立っていたのは、まぎれもない、あたしの兄の詩音だったから。
「ちょっとぶり、詩姫」
　いやいやいや、ちょっとぶりって……！
　なんでここにいるの!?
「やっほー、翔空くん。そっちのキミは、はじめまして。詩姫の兄の詩音です」
　サングラスを持ちあげて、頭にかけたお兄ちゃんは、翔空にニコッと笑顔を向けた。
「……え、なんでここに？」
「し、詩姫ちゃんのお兄さん!?　ってか、どっかで見たことあると思ったら、有名モデルのシオ……むぐっ」
　とっさにあたしは祐介くんの口に飛びつく。
「ゆ、祐介くん、それは言っちゃダメッ」
　そんなの広まったら大変なことになるでしょうが！
　そんなあたしに、お兄ちゃんは爆笑しながら「ナイスッ」と親指を立てた。
　なんなの、ホント。
「いやー、この学園広いな。詩姫のこと探してたらバレちゃってさ、逃げてたところなんだよ」
　あっけらかんと言ったお兄ちゃんに、あたしは唖然呆然。
　逃げてた……ってことは、それなりに騒ぎになってるんだよね!?

「お兄ちゃん……なにしてるのよ……」

「仕事が午前中だけだったんだよ。２週間ぶりの休みだから詩姫に会いたくなってさ」

「連絡くらい、してくれればいいのに！」

「詩姫、世の中にはサプライズっていうのが必要なんだぞ」

なにがサプライズだ。

騒ぎになってたら意味がないでしょ！

あたしが眉を寄せると、お兄ちゃんはまったく悪びれずに「ごめんごめん」と言った。

「で、詩姫。お前、また可愛くなったな」

「は？」

「その格好。メイクしてるところはじめて見たけど、やっぱ俺の妹だな。いっそ芸能界デビューしねぇ？」

……妹を勧誘(かんゆう)してる、この人……。

はぁ……と深いため息をつき、頭を抱えたあたしをねぎらうように翔空が頭に手を置いた。

「詩音さん、俺らこれから夏のライブ見にいくんだけど、一緒にどー？」

「ライブか、楽しそうだな」

翔空とお兄ちゃん……いつの間にそんなに仲よくなったの？

目をぱちくりしてふたりを交互に見ていると、祐介くんが翔空にツッコむ。

「なんでお前、普通にシオンさんと話してんだよ！」

「もー、ゆーすけ、いちいちうるさいよ」

……ふと、気づいた。

これは、ダメなやつだと。

だって！

今ここには、この学園の王子様と、女の子にモテモテの祐介くんと、女子を騒がせる有名モデルが……なぜか、イチャついている。

ステージ裏出口。

大変なことになっています。

これは誰かに見つかったら、もう騒ぎどころの話じゃない。

隠れる？

どこに？　え？

あ、とりあえずステージ裏に戻らせてもらう？

「なにひとりで百面相（ひゃくめんそう）してんだよ、詩姫」

「ひぃっ」

「おいおい、兄に向かってその怯え方はなんだ」

ガシッ。

とりあえず、お兄ちゃんの腕をつかんだ。

そして回れ右をして、ステージ裏にお兄ちゃんを引っぱりこんだ。

「うおっ」とお兄ちゃんの驚いた声があがる。

「詩姫っ！」

え。

「うぎゃっ」

なぜか突然、正面からドンッと衝撃が走った。

　今日はよく兄妹そろって声をあげる日だ。
「な、な、なっちゃん？」
　目を白黒させながら、あたしにタックルとも言えるほどの抱きつきを見せたなっちゃんの名前を呼ぶ。
「どうしよ、詩姫……！」
「え？　えっ？　な、な、なにが？」
　こんなに余裕のないなっちゃんは、はじめて見た……。
　驚いてあたしから離れたなっちゃんを見ると、なぜか今にも泣きそうな顔で。
「な、なっちゃん……？」
　なにがあったの？
　お兄ちゃんをつかんでいた手を離してそっと歩みよれば、なっちゃんは弱々しくうしろを振り返った。
　その視線を追うように、あたしも身を乗りだしてなっちゃんのうしろをのぞく。
　……なんか、騒ぎに……なってる？
「……今回のライブで、ボーカルをやる先輩が急に倒れたのよ」
「ええっ!?　どうして!?」
「朝から体調悪そうだったんだけど……やっぱり熱があったみたいで」
「えぇ!?」
　そんなことってあるの……!?
　ライブ開始時間までもうすぐなのに！
「今からかわりのボーカル見つけるのも難しいみたいで。

うちの部で歌がうまいの、先輩だけだったのに……」
「……夏菜」
　今にも泣きそうななっちゃんをあたしの横からグイッと引っぱり、抱きよせた祐介くん。
　い、いつの間に……？
「我慢すんな」
「うるさいわよ」
　……こんなときでもなっちゃん、甘えないんだ……。
　でも、どうしよう。
　ボーカルなしじゃやっぱり困るよね？
　歌がうまい……歌がうまい……。
　……歌？
「っ……なっちゃん！」
「え？」
「いるよ！　歌がうまいボーカル！」
「は？　ど、どこに？」
　歌がうまいボーカル。
　あたしはバッと振り返り、ギクッと体を揺らしたお兄ちゃんの腕を引っぱった。
「ほらここに！」
「詩姫！　俺は嫌……」
「お願い！　お兄ちゃん！　一生のお願い！」
「…………」
　なっちゃんはお兄ちゃんを見て、目を見開いて固まっていた。

「その人……モデルの……」
　やっぱり知ってたんだ。
　祐介くんでも知ってるくらいだもんね。
「あたしのお兄ちゃん」
「はぁっ!?　“シオン”が!?」
「う、うん」
　すみません、全然似てなくて。
　心の中で謝罪してから、あたしはマジメになっちゃんに向き合った。
「お兄ちゃんね、モデルやってるけど、本当は歌手になりたかったんだよ。だからすっごく歌は上手。それはあたしが保証（ほしょう）する。……ダメかな？」
「い、え、ダメかな……って、こんな有名な人に出てもらえるわけ……」
　とまどったようにお兄ちゃんとあたしを交互に見るなっちゃんに、あたしは振り向いて頭を抱えているお兄ちゃんの袖をつかんだ。
「お兄ちゃん、お願い。なっちゃんはあたしの大事な友達なの……っ」
「……はぁ……詩姫のお願い、この俺が聞けないはずがないだろ」
　深いため息をついてそう言ったお兄ちゃんに、あたしは思いっきり抱きついた。
「っ……たく、調子いいな。詩姫は」
「ありがとう！　お兄ちゃん！」

「ほ、ホントにいいんですか？」
「一度やるって言った以上、責任(せきにん)持ってやるから、安心してよ。夏菜ちゃん」
「あ、ありがとうございます！　私、みんなに知らせてきます！」
　祐介くんを突きとばし、なっちゃんはすごい勢いで走っていった。
「……あれ。俺、一応、彼氏だよな……？」
　呆然とその背中を見つめて、ぽつりとつぶやく祐介くんの頭をなでてあげた。
　なんか気の毒だ、祐介くん。
　でもなっちゃんはイケメンだから、仕方がないと思って受け入れよう。
「って、翔空は？」
　そういえば、翔空の姿が見えない。
　どこに行ったのかな……？
「ここに入ってくるまでは一緒だったんだけど……いないな」
　お兄ちゃんを見ても、首をすくめるだけ。
　３人で顔を見合わせて首をかしげた。
　――キーンコーンカーンコーン。
　ん？
　突然流れた学園内放送を知らせるチャイムに、あたしたちはいっせいに顔をあげる。
『えー、星濃学園祭へお越しのみなさまー。星宮翔空からお知らせです』
「えぇぇぇえっ!?　翔空!?」
「なにやってんだ……アイツ」
「……マジか!!」
まさか翔空、放送室に行ってるの!?
いつの間に……。
『んー、敬語めんどくさい。いいや』
いやいや、よくないよ！
これ、学園内全部に流れてるからね!?
あたふたするあたし。
祐介くんは頭を抱え、お兄ちゃんは爆笑していた。
い、いったい、なにをお知らせするつもりなの？
なぜか動悸がしてきて、めまいを覚える。
ま、また翔空のマイペースだろうか。
『これから行われる野外ライブについてのお知らせ。急きょ予定変更になったんだー。なんと、俺とー』
お、俺と？
『あのゆーめいな……がゲストに来てるから、来ないと損かも、ね？』
名前を言わないところが翔空らしい……。
きっとこんな放送でお兄ちゃんの名前なんか出したら、それこそ警察沙汰になるくらいの騒ぎが起こるだろうし。
って翔空……もしかして、お兄ちゃんがボーカルやることになるってわかってて放送室に行ったの？
決まった時点ではもういなかったのに。

「やるな、翔空くん」
　爆笑しながらお兄ちゃんが一言。
「……詩姫っ」
「あ、なっちゃん！　翔空って、いつの間にライブ出ることになったの!?」
「翔空、一応、理事長の息子だから、もともとシークレットゲストで出ることになってたのよ。……いや、そんなことはどうでもいいわ。シオンさん、衣装ってそのままでもいいですよね？　……なんかムダにキマッてるし」
　走って戻ってきたなっちゃんが早口に言う。
「ムダに、は余計だけど、いいよ。これモデル撮影（さつえい）の衣装なんだ。そのまま着てきちゃったから、衣装みたいなもんだしね」
「そうですか。じゃ、向こうで説明しますんで……」
「おっけ。じゃ、詩姫行ってくるわ」
　トントン拍子に進んでいく話に困惑しながらも、あたしは強くうなずいた。
「歌、今から覚えられますか？」
「あー、俺たいていの曲知ってるから大丈夫だろ」
　そんな会話が歩いていくふたりから聞こえてきて、なんとかなりそうだ……と息をつく。
「……なんか俺、役立たず？」
　その背中を見送りながら、また小さな声でつぶやいた祐介くんの頭をなでてあげる。
　祐介くん、決して役立たずじゃないよ！

っていうか、祐介くんもゲストとして登場しちゃえばいいんじゃないかな!?

「詩姫ー」

そのとき、ステージ裏にのんびりと入ってきた翔空に、あたしはまっ先に駆けよった。

「……翔空っ！　祐介くんも、ゲストとして一緒にいいよね？」

「はっ？　えっ、ちょっ、詩姫ちゃん!?」

「いや、それは夏に確認取らないとなんとも。まあ、俺が出るなら、祐介が出たって問題はないはずだけど」

その言葉を聞いて、飛ぶようになっちゃんに確認を取りにいくと、あっさりオーケーが出た。

「翔空、祐介くん！　OKだって！」

「んー、祐介も出るとなると詩姫がひとりになっちゃうんだよね。それは困る……かも？」

この際、あたしがひとりなんてどうでもいい！

だって祐介くん、なんか影薄(うす)れてるけど学園の王子様の翔空と同じくらいモテてるんだよ？

翔空のオーラに隠れぎみだけど、すごく整った顔してるし、ノリもいい。

翔空との漫才(まんざい)みたいなものが、女子には人気なんだってこの間、なっちゃん言ってたし。

あたしがお願い！と翔空の服をつかむと、翔空は少し考えたあと、うなずいた。

「じゃ、詩姫も一緒に出よー」

「……は？」

　予想だにしない言葉が返ってきて、あたしは目を大きく見開いた。

「あ、あたしなんかがこんなオーラある人たちとなんて、無理っ！　それに、あたしが出たところで誰も喜ばないよ！」

「いや、それはない。少なくとも男子は飛びはねるだろうよ」

　間髪入れずに否定してきた祐介くんに、キョトンとしていると、翔空がポンポンッと頭に手をのせた。

「詩姫はも一少し、自分のこと見た方がいいと思うよ。ホントは俺だけの詩姫だから、見せたくもないんだけど……今回は、仕方ない」

　し、仕方ないって……。

　なんであたし、出る前提（ぜんてい）になっちゃってるの!?

　どうなるのかわからないこの状況に、あたしはただただオロオロしていた。

「キャアアアアアアッ！」

　耳が割れるほどの歓声が響きわたる。

　野外ライブ会場だというのに、学園敷地いっぱいまでお客さんで埋まっていた。

「えー……あ、ゆーすけ、パス」

「はっ!?　いきなり俺にパスかよ！」

　ライブステージの中央。

　すでになっちゃんや他の陸部メンバーが楽器とともにスタンバイする中、翔空と祐介くんがいつものやり取りを交わしている。
「アイツらって、いつもあんな感じ？」
「うん、あのまんまだよ」
　舞台の端で待機（たいき）しているあたしとお兄ちゃんは、そんなふたりの様子を見て苦笑していた。
　大勢の前に立とうが、どれだけ注目されようが、ふたりのペースはなにも変わっていない。
『じゃー、早速ゲストー』
　これだけのお客さんがいるのに、いつものペースを崩さない翔空。
『みんなも知ってるだろうけど、有名モデルのシオンが来てくれてるからな！　あ、ステージにそれ以上近づくなよ！　わかったか!?』
　対して祐介くんは、さっきまで乗り気じゃなかったのに、ノリノリで司会を進めている。
「……キャアアアアアアッ!!」
「お兄ちゃん……すごい歓声だよ」
「こんなもんだろ。んじゃ、俺行ってくるから」
「が、がんばって……！」
　お兄ちゃんが営業スマイルを浮かべて、ステージにあがると、ひときわ大きな歓声があたりを包んだ。
『やっほ！　今日は来てくれてありがとな！』
『うわ、これ、もとは陸部のライブなのにー』

『うるさいぞ、翔空。俺がボーカルなんだから、盛りあげたっていいだろ？』

お兄ちゃんの言葉に、ざわめきが大きくなる。

「えっ、あのシオンが歌うの!?」

「生歌!?　なにそれー!!」

そんな声があちらこちらから聞こえてくる。

『ちょっと、ボリュームさげろよー？　俺の声が聞こえなくなるからな！』

お兄ちゃんが話すたびにあがる歓声。

我が兄ながら、すさまじい……。

『あー、シオンさん出たとたん、俺の存在薄くなったんだけどっ！』

くやしそうに言った祐介くんに、会場が笑いに包まれた。

「……すごい」

リハーサルもなにもしてないのに。

『じゃ、早速ライブ始めるぞー！』

『あとはよろしくー、シオンさん』

ドラムの合図で勢いよく始まったライブ。

翔空と祐介くんがトンッと舞台端におり立って、ひとり待機していたあたしのもとへと歩みよってくる。

「すっげぇな！」

「……リハもほとんどしてないのに、セッションが抜群だ。あーゆーの、カリスマ性がないと無理だよね」

めずらしくマジメな顔でステージ上を見つめる翔空の横顔に、思わずキュンとしながら、あたしもステージを見あげる。

陸部のメンバーが奏でる音は、素人とは思えないほど本格的だった。

そしてなにより。

お兄ちゃんの歌は、あたしが２年前、最後に聞いたときよりも、さらにうまくなっていた。

圧倒、なんてものじゃない。

会場が一体となって、まるで大きなドームライブのように盛りあがっている。

お兄ちゃんだけが盛りあげているわけじゃない。

陸部メンバーも負けていない。

リハーサルのひとつもないまま、こんなにも完成度の高いライブができてしまうものなのだろうか。

いつもの何倍もの芸能人のオーラをまとったお兄ちゃんは、幻でも見ているんじゃないかというほどにキラキラと輝いている。

その横顔は、妹のあたしでも見たことがないくらい生き生きしていた。

耳をつんざくような歓声は、お兄ちゃんが１曲歌いおわっても、２曲歌いおわっても鳴りやまず。

「……全部で何曲だっけー？」

「５曲って言ってたよ」

翔空に答えてから、あたしは３曲目が終わりそうになったお兄ちゃんと、一瞬目が合う。

……ん？

　今の、わざとあたしに視線を送ったような……。

　嫌な冷や汗が流れる。

　３曲目を歌いおわったお兄ちゃんが、バッと腕を振りあげた。

『残り２曲！　あとの２曲はもうひとりのボーカルとセッションするから、もっと盛りあげてくれよーっ！』

　ええっ!?

　そんな話、聞いてないよ!?

「ボーカルっていたのか？」

　祐介くんが眉を寄せて首をかしげる。

　陸部のメンバーも困惑したように顔を見合わせていた。

　嫌な予感……。

　嫌な予感……！

　とてつもなく、嫌な予感……!!

『詩姫』

　ステージに立ったまま、ニヤッと笑いながらあたしの名を呼んだお兄ちゃんに、予感が的中した。

　会場が一気に静まる。

「お兄ちゃん……なに考えて……」

『久しぶりだろ、俺らのセッション』

　あたしとお兄ちゃんを驚いたように見る翔空と祐介くんの視線を感じる。

　……たしかに昔、まだお兄ちゃんと一緒に暮らしていた頃は……夜、空に浮かぶたくさんの星を見ながら、よく歌のセッションをした。

いろいろな曲を、ただ楽しいってだけの気持ちで。

でもあれは……お客さんひとりいない、ふたりっきりのライブだった。

「っ……無理だよ！」

『無理じゃない。音楽はうまさじゃないって昔言っただろ？楽しめればそれでいい』

お兄ちゃんは持っていたマイクをおろして、あたしに近づくと、ステージ上から手を差し出してくる。

こんな無茶なことがあるだろうか。

「曲は、俺たちの大好きな２曲だ。最後になるように、さっき順番変更してもらったんだよ」

「っ……それって」

覚えてる。

“俺たちの大好きな曲”なんて、お兄ちゃんが言うのは、あの２曲しかない。

どうしてこの２曲が、このライブで歌われる予定だったの？

偶然？

「詩姫」

コクリと息をのむ。

「詩姫、行っといでよ」

「翔空……」

「お客さん待ってるしさ！」

「祐介くん、でも……」

背中を押され、お兄ちゃんの手に触れる。

　グイッ。
　引っぱりあげられて、トンッと着地したステージ上で、あたしはふるふると首を振っていた。
「お、お兄ちゃん……あたし、歌えないよ」
　こんなに大勢の前で歌えるほどの度胸(どきょう)はない。
　それに歌だって、いつの頃からかまったく歌わなくなっていた。
　それなのに、歌えるわけ……。
「詩姫、歌、好きか？」
「……好きだよ」
「なら、そのことだけ考えればいい。誰かに聞かせるために歌うのは俺だけで十分だ。詩姫は詩姫の歌いたいように、自由に歌え」
　そんな、こと。
　歌いたいようになんて、言葉で言うほど簡単じゃない。
　そんなこと、お兄ちゃんだってわかっているはずだ。
「詩姫、この学園に来て変わったよな」
「え……？」
「俺は、そう思う。前よりずっと笑顔が増えた。前よりずっと、明るくなった。お前は今、この学園にいること後悔していないだろ」
　あたしが、変わった……？
　変わった、のかもしれない。
　翔空に出会って恋をして、なっちゃんや祐介くんという友達ができて。

それだけでもありえないことなのに。

ずっと拒否してきたことなのに。

ここにいることが、今はただ純粋に楽しいと思ってしまう。

このままずっとここにいたい。

新しいことを知っていくのは、みんながいるこの場所がいいと、そう思ってしまっている自分がいる。

ここに来るまでのあたしからは、考えられなかったことだ。

「詩姫なら、大丈夫だって。俺がいる。翔空だって、ちゃんと見ていてくれる。せっかくの学園祭なんだから、楽しまなきゃ損だろ？　失敗したっていいんだよ。楽しいって思えれば、それだけで成功なんだから」

「……あたしは」

自分でも変わったとは思う。

成長できたとも思える。

ここで歌ったからって、なにかが変わるわけじゃない。

だけど、今ここで逃げたら……。

あたしは、前のあたしとなにも変わらないんじゃないだろうか。

逃げないって翔空と約束をした。

それを、あたしは言葉だけで済ませるつもりはなかった。

今までいろいろなことから逃げてきたあたしが、翔空と出会って変わった証を、今ここに残せるのなら。

ここで歌うことくらい、どうってことないんじゃないのかな、なんて思ってしまう。

「……失敗しても、知らないからね」

お兄ちゃんがまだどこか無邪気さの残る顔で、ニッと笑った。
あたしの手を引いて、ステージのまん中へ。
シン……としていた会場内がザワザワと騒ぎだす。
『……残り２曲、始めようか！』
お兄ちゃんの声に、ポカンとしていた陸部メンバーがハッとしたように呼吸を立てなおした。
ドラムの合図。
そしてみんなが奏でる音楽は、あたしとお兄ちゃんの大好きな曲。
……自由に、歌え。
大好きな曲を大好きな歌を、あたしの思うままに歌えばいい。
大丈夫、と言いきかせ、前奏が終わろうとしていたとき、お兄ちゃんと視線を合わせた。
大丈夫だ、そう笑ったお兄ちゃん。
それがお兄ちゃんの“いくぞ”の合図だってことを、あたしは知っている。
渡されたマイクを握りしめて、あたしとお兄ちゃんはほぼ同時に、息を吸いこんだ……。

「マジですごかったよな！」
「さすがの私も驚いたわよ」
「……やめてよ、ふたりとも……」
無事、学園祭の１日目が終わり、解散となった。

今はお兄ちゃんの運転する車に、あたしと翔空、なっちゃんと祐介くんが乗せてもらい、混んでいる東京の街を走っていた。
「さすが俺の妹」
「お兄ちゃんが無茶（むちゃ）ぶりするからでしょ！」
「その割には生き生き歌ってたじゃんか」
「…………」
たしかに。
歌いはじめたら、もう周りなんてどうでもよくなった。
ただ楽しい歌いたいって気持ちだけで、気づいたら２曲とも歌いおわっていたんだ。
そのあとはもう放心状態で、全然覚えてないけれど。
「あんな大勢の前であたしの歌……」
考えただけで泣きたくなってくる。
「あんなにすきとおった声出せんのなんて、詩姫ちゃんくらいだろ」
「才能よ、この子の」
「なっつん、母親っぽいな」
なっちゃんと祐介くんの会話に、はずかしくて顔をうつむけた。
「や、やめてってば……！」
ちなみに会話に入ってこない翔空は、いつものごとくお昼寝中です。
あぁ……あたしも寝ようかな。
なんか眠いし……。

「ふぁ……」
　ほどなくして、あたしはそのまま眠りに落ちた。

【翔空side】
「……え？　寝た？　この子」
「俺、たまに思うけど、詩姫ちゃんって、翔空と同じくらいマイペースだよな」
　じつは、目をつむっていただけで寝ていなかった俺は、夏と祐介の会話をなんとなく聞いていた。
「……まあ、今日はよく働いてたし。疲れてたんじゃない？」
　夏は、俺に寄りかかって眠る詩姫をのぞきこみながら、頬をゆるめた。
「……まだこれは仮に、の話だけどな」
　バックミラーごしに夏と祐介を見ながら、詩音さんが静かに口を開く。
「詩姫がこの場所にいられなくなったら、どうする？」
　夏と祐介は顔を見合わせると、なんでもないというように笑った。
「いつでも帰ってこられる場所にするだけです」
「ひとりじゃないって、もう詩姫ちゃんだってわかってると思うっすよ」
　ふたりの答えに優しく目を細めた詩音さんは、チラッと俺に視線を移し、小さくため息をついた。
　今、起きてるのバレるかと思った。

　ひやっとしながら、寝たふりを続行。

「翔空は、なんて言うだろうな」

「……そればっかりは」

「翔空の考えることは、長い付き合いの俺らでも理解しがたいところがあるし……」

　失礼な。

　でも、そうだなー。

　どうするんだろ、俺。

　俺に寄りかかって眠る詩姫。

　いなくなるなんて、考えるのはやめよう。

　今、こうして詩姫は隣にいる。

　それが俺の幸せなんだから、それでいい。

　肩に触れている温もりに誘われるように。

　俺は今度こそ本当に眠りに落ちていった。

未来の約束

【詩姫side】
「……ん……ふぁ……？」
目を開けると、見慣れた天井。
ここ、あたしの部屋？
ぼーっとする頭を起こすと、自分が制服のままなことに気づく。
あ、あたし、あのまま寝ちゃったんだ……。
お兄ちゃんがここまで運んでくれたのかな。
制服で寝ていたためか、あちこちにシワができてしまっていた。
「……アイロンかけなくちゃ」
壁にかかった時計を見ると、夜の９時過ぎ。
だいぶ長く眠ってしまっていたらしい。
あわてて部屋着を引っぱりだして着替えを済ませ、部屋から飛びだした。
階段をおりている途中に気づく。
「……お父さんの、声……？」
そうだ。
学校があったから平日の感覚だったけど、今日は土曜日。
休日だからお父さん、帰ってきてたんだ……。
無意識に足音を消して、嫌な音を立てはじめた心臓に顔をこわばらせながら、そっとリビングの扉に近づいた。

「……早い、のね。今回はずいぶん」
「そうだな。実際の転勤は11月末だから、１ヶ月先だが……」
　てん……きん？
　ウソだ……！
　――バンッ！
「っ……詩姫、聞いてたの？」
「詩姫……」
　突然リビングの扉を勢いよく開けたあたしに、お母さんとお兄ちゃんが腰を浮かす。
　お父さんは、少し眉を寄せただけでなにも言わない。
「……お父さん」
「……乱暴に扉を開けるんじゃない。はしたないぞ、詩姫」
　いつも、こうだ。
　昔からずっとお父さんは、厳しい人だった。
　久しぶりに顔を合わせても、優しく笑いかけてくれるなんてことはない。
　あたしだけじゃなく、お兄ちゃんやお母さんに対してもそれは変わらないけれど。
　喉の奥からこみあげてくる熱いものを必死に飲みこんで、静かに扉を閉めた。
「……転勤って、なに？」
「そのままだ。１ヶ月後の11月末、北海道に転勤する」
「っ……前も北海道だったよね？」
「前とはちがう場所だ」

表情を変えずに淡々（たんたん）と答えるお父さんに、耐えていた涙が目に浮かぶ。

なんで？

ねえ、なんで……？

「詩姫……っ」

見ていられなくなったのか、お兄ちゃんがガタッと立ちあがり、あたしを抱きよせた。

「どこに泣く必要がある。今までとなにも変わらないだろう」

奇妙なものでも見ているような顔で、お父さんは深いため息をついた。

なにが？

なにが変わらないっていうの？

やっと、ここで居場所を見つけたのに……。

大切な人が、できたのに……！

「……ない」

「詩姫？」

お兄ちゃんから離れ、まっすぐにお父さんを見すえる。

目には涙がたまっているけど、気にしない。

「……行かない」

あたしは、もう逃げないって決めたの。

逃げないって……翔空と約束したんだから。

あたしの意志はもう決まっている。

今まで、一度だってお父さんに反抗したことはない。

でも、あたしだってもう高校生だ。

ちゃんと意志を伝えて、お父さんと向き合わなきゃ。
「なにを言っている」
眉根を寄せ、背筋が凍りそうなほど冷たい声を発したお父さんにうろたえる。
それでも……。
「行かない。あたしは、ここに残る」
ここを離れたくない。
今まで一度だって、こんなことを言ったことはないけれど。
「……だから、なにを言っていると言っているんだ！」
ビクッ！
大声であたしを怒鳴りつけたお父さんから守るように、お兄ちゃんがあたしの前に立ちはだかる。
お兄ちゃん……？
「いいかげんにしろよ！　いつもそうやって、詩姫の気持ちをなにも考えずに頭ごなしに否定して！」
「お前に関係ないだろう」
「関係ないわけあるかよ……！　俺は詩姫の……」
「だいたいお前は!!」
お兄ちゃんの言葉をダンッと机をたたきつけてさえぎり、立ちあがったお父さん。
「歌手になると家を出ていって、結局今やっているのはモデルなんだろう？　やりたいこともできていないのに、少しうまくいったからって調子にのっているんじゃないのか？」
「っ……俺はっ」

「ちがうっ!!」
　気づけば……今まで生きてきた中で、最大とも言えそうなくらいの大声でそう叫んでいた。
　さすがに驚いたらしいお兄ちゃんがピタッと黙り、お父さんは少しだけ目を見開いた。
　そんなあたしたち３人を、お母さんはオロオロと見守っている。
「いいかげんにしてよ……お父さん」
　きっと、これも人生ではじめての父親に対しての反抗。
　お兄ちゃんのことを悪く言う人は……たとえ実の親だとしても、許せない。
　その気持ちだけが、あたしを奮(ふる)いたたせていた。
「お父さんが、お兄ちゃんのなにを知ってるの？」
「……どういう意味だ」
　なにも知らないくせに。
　お父さんは、あたしたち子供の気持ちなんて、結局なにも考えてないんだよ。
　がんばってるお兄ちゃんのことを、一度だってこの人は応援したことがない。
　２年前もそうだった。
　歌手になりたいから出ていく、と言いだしたお兄ちゃんを、頭ごなしに怒鳴りつけた。
“夢なんてくだらない”
　そう言って。
　それでも、お父さんの言葉なんてまったく聞かずに、お兄ちゃんは出ていった。

それから、あたしが知る限り、お父さんとお兄ちゃんが話すことなんて一度だってなかったと思う。

お兄ちゃんが自分からお父さんに電話するのは考えられないし、逆はもっとありえない。

それでも……。

「……お兄ちゃんは、今の仕事に誇りを持ってる。たしかに、なりたかったのは歌手かもしれない。それでも、今のモデルって仕事は、お兄ちゃんにとって大事な……大事なものなんだよ」

「詩姫……」

そしてあたしは、お兄ちゃんがまだ歌手になる夢をあきらめてないことを知っている。

学園祭で歌っていたお兄ちゃんは、モデルの仕事をしているときと同じくらいキラキラしていたから。

「お兄ちゃんは……お兄ちゃんはっ……！」

モデルになってからだって、きっとずっと歌手になるために努力してきたんだよ。

本当の夢を叶えるために、たったひとりでこの都会に来て。

今だって必死に輝いているお兄ちゃんに、なんでお父さんはいつもいつも、そうやって……っ！

「詩姫、もういいっ！」

「っ……ひくっ……」

大粒の涙を流しながら叫んでいたあたしを、強引にお兄ちゃんは抱きしめた。

痛いくらいに、強く強く。

「……もういいから」

「……だっ、て、おにっ……いちゃん……っ」

「いいんだ。俺は、父さんに認められるために、この仕事をやってるわけじゃない。俺は俺の意志で、今の仕事をやってるだけだ」

あたしに言っているのか、お父さんに言っているのかはわからない。

でもその言葉には、たしかなお兄ちゃんの意志が感じられた。

「……兄がこれだと、妹もこうなるのか」

「お父さん、なんてことを……！」

チッと舌打ちをしたお父さんに、お母さんが我慢ならない、といったようにガタッと立ちあがった。

「……詩織、お前は子供に甘すぎるんだ」

「……この子たちは、いつもがんばってるわ。もう少し、子供のことを見たらどうなの？　お父さん」

いつもにこやかなお母さんが、震えながらお父さんをにらみつけていた。

お母さん……。

あたしたちにつかなくて、いいんだよ。

だって、そんなことしたら今度はお母さんが怒鳴られてしまう。

「子も子なら、親も親ってとこか」

「っ……あなたも親でしょう!?」

「子育ては母親の仕事だろう！」

やめて……っ。

やめてよ……っ！

なんでお母さんが、そんな風に言われないといけないの？

なんでこんな人が、あたしたちの父親なの？

言い返せない自分がくやしくて、お母さんを守れない自分がもどかしくて……。

止まらない涙に、あたしはギュッとお兄ちゃんの服を握りしめ、抱きつくように顔を埋めた。

「……はぁっ……」

苦しい……苦しいよ……。

泣いたことで起きた発作なのか、息がうまくできない。

お兄ちゃんに顔を埋めたまま、あたしはなんとか落ちつこうと必死で我慢する。

今、倒れたら……。

またお母さんがお父さんに、怒鳴られる。

「……詩姫!?」

あたしの心とは裏腹に、フッと体から力が抜けていく。

ズルッと崩れおちたあたしを、あわてて支えてくれたお兄ちゃんの顔が、ぼやけてよく見えなかった。

あたしは……。

いつも、いつも、肝心なところで……。

「っ……ケホッ……うぇ……っ」

息がうまくできない。

こみあがってくる咳でさえうまく出せなくて、おまけに吐き気まで感じる。

それでも止まらないこの涙は、なにに対してなんだろうか。

「母さん！　吸入器は!?」

「たぶん、詩姫の部屋……」

お母さんが走っていく音が聞こえる。

お兄ちゃんがあたしにゆっくり息をするよう促しているけれど、そううまくいくものではなくて。

「……なんだ？　これは」

そんな中聞こえてきた、お父さんの低い少しとまどったような声。

あぁ……。

お父さん、あたしが喘息を持ってること、知らなかったんだ。

……そうだよね。

あたしのことなんて、お父さんはなにも興味ないもの。

苦しいのに、なぜかそれがすごく悲しくて、胸がキュッと締めつけられた。

少しずつ遠くなっていく意識の中、あたしの頭に浮かんだひとりの人物。

「ケホッ……う……コホッ、ゴホッ……」

「詩姫、吸入器……っ！」

「母さん貸して！」

あぁ……翔空に、会いたい。

今すぐに、抱きつきたい。
大好きな、キミのところに、行きたい。
そう思った矢先、あたしの意識はすぅっと途絶えた。

「……ん……」
目を開けると、白い天井。
ツンとした消毒液の匂いが鼻をかすめて、この場所が病院であることを悟った。
また発作で運ばれちゃったんだ……。
そう理解するまで、時間はかからなかった。
口につけられている酸素マスクを外し、少しばかり余韻の残る、胸の不快感に顔を歪ませながら起きあがった。
とたん、あたしはギョッと目を見開く。
あたしの足もとに、頭を預けるようにして眠っていた翔空の姿に。
なんで、いるの？
気を失う前、翔空のことを考えていたからか、かぁっと顔に熱が集まっていく。
「……ふぁ……？」
突然ムクリと起きあがった翔空に、あわてふためいて布団をバッと顔もとまで引きよせた。
「あ、詩姫」
「な、なんで……」
「目、覚めたー？」
「なんで、ここにいるの……!?」

おだやかに優しく笑った翔空に、あたしは顔を赤くさせたまま尋ねた。
「詩音さんに呼ばれたー」
「お、お兄ちゃんに？」
「うん、深夜に仕事が入ってるんだって。一緒にいられないから、いてあげてくれって言われて飛んできた」
そうだ、今何時だろう……。
「今はねー、んーと……11時半」
あたしの心を読みとった翔空が、ポケットからスマホを取りだして時間を教えてくれた。
それにしても今日は、よく寝る日だ。
はぁ……とため息をついて、先ほどのことを思い出す。
……また、転勤。
１ヶ月後の11月末といっても、まだこの東京に来てから３ヶ月ほどなのに、あまりにも早い。
でもいずれは、こうなることはわかっていたんだ。
だからあたしはずっと、こうなったときどうするか、考えていた。
今までは、転勤が決まったらあたしはお母さんと一緒についていくのが当たり前だった。
でも今、あたしは、この東京から離れたくない。
大切な人たちができた、この場所から……離れるわけにはいかない。
いずれは向き合うときが必ず来る、この問題への結論を出すのに、時間はかからなかった。

もし転勤になっても、この場所に残る。

翔空と付き合うと決まったときにはすでに、あたしの中でその答えは出ていた。

あたしが、あたしでいられるのは、きっとこの場所だから。

翔空をはじめ、なっちゃんや祐介くん、そしてお兄ちゃんもいるこの東京が、あたしのいる場所なんだって気づいたから。

最初からお父さんが許してくれるなんて思っていなかったし、お母さんにも迷惑をかけるのはわかってる。

でもこれだけは、あたしも譲(ゆず)れるものじゃない。

あの日、翔空と逃げないと約束してから、あたしも逃げることをやめたんだ。

ひとりなら絶対に無理なことでも、翔空が一緒なら……きっと、どんなことも乗りこえられる。

心の底からそう思ってるから、出せた答え。

「詩姫ー？」

「……え？」

な、なに？

突然あたしの頬を両手で包みこんだ翔空に、目をぱちくりさせる。

「怖い顔してる」

「ふぇ？」

無意識に、顔がこわばっていたらしい。

むにーっとあたしの頬をつまむ翔空に、マヌケな声をあげると、翔空はおかしそうに笑った。

　つられて頬をゆるませると、今度は優しく頭をなでてくれる。

　翔空の手は、いつも温かい。

　大きくて、あたしのすべてを包みこんでしまいそうで安心する。

「詩姫は、笑ってるときが一番可愛い」

「えー、なにそれ？」

　ふふっと笑うと翔空も笑って、ふたりで顔を見合わせて自然とコツンと額がくっつく。

「ねー、屋上行かない？」

　屋上？

　くすりと笑って言った翔空に、あたしは首をかしげた。

「ほら行こー」

「ええっ!?　……わっ」

　翔空は立ちあがってあたしの背中と膝裏に手を差しこむと、そのままフワッと抱きあげた。

「ちょ、と、翔空っ」

「しー……夜中なんだから、静かにしなきゃ」

　ここは個室なんだから、ちょっとくらいうるさくたって大丈夫なのに！

　あたしの反応で遊んでいるだろう翔空は、あたしを抱いたまま病室を出る。

「さっき、この病院のセンセーと話したんだけど」

　先生……？

「えっと……伊達(だて)センセーって人」

「あ、うん」
　伊達先生は、あたしがこの間この病院に運ばれたときに診てくれた先生だ。
“the爽やか”って感じの若い男性の先生だったけど、じつはお兄ちゃんが東京に出てきてから知り合った友達なんだって。
　それを聞いて、安心した。
「……少し言いにくいんだけど」
　翔空の顔が若干曇(くも)る。
　どうしたんだろう。
　あたしはそんな翔空の様子に首をかしげる。
「……明日、少し検査したいんだって」
「えっ……」
　明日？
　待って、明日は学園祭の２日目だよ？
　そんなの嫌だ。
　今日あんなに楽しかったのに。
「最近、発作多いんじゃない？　詩姫」
　階段をのぼりながら、ちらりとあたしを見て言った翔空に、うっと言葉に詰まった。
　たしかに、一時期おさまっていたと思っていた喘息発作が、最近多い気がする。
　それも、前よりもひどい発作が。
「でも、学園祭……」
「知ってる？　詩姫。星濼学園の学園祭にはね、後夜祭(こうやさい)があるんだ」

ガチャッと音を立て、腕で器用に扉を開けた翔空は、タンッと屋上におり立つ。

冷ややかな風が頬をかすめ、ところどころに星が散らばる、夜の暗い空が視界に入った。

やっぱり都会の空は、星が少ない。

あたしが前にいたところは、田舎だったから灯りも少なくて、星も数えきれないくらいにたくさん散らばっていた。

この空に散らばる星は、それとは比べられないほどに少なくて、弱いのに……。

翔空とふたりきりで見るこの夜空は、すごく特別なものに感じて、トクンと鼓動が跳ねた。

翔空は、屋上のまん中であたしを抱いたままその場に腰をおろし、自分の膝にあたしを座らせる。

「後夜祭では、盛大(せいだい)に花火があがるんだよ」

空を見あげて翔空は口を開いた。

「は、花火？」

あたし、翔空の膝に座っちゃってるけど、重くないのかな……とか思いながら、翔空に聞き返す。

「そー。すごく綺麗なんだ」

「そ、そうなんだ？」

「ここなら、よく見えそうだね」

「……え？」

なにが言いたいんだろう。

あたしは翔空の意図が読めなくて、またもや首をかしげた。

「ここでふたりで見よ？　詩姫」

「え？」

　見る……っていうのは、花火を？

　ここで？

　しかもふたりで？

「えぇ!?」

「詩姫が検査がんばったら、俺とふたりだけでここで花火見よーよ。ね？」

　コテンと首を傾けた翔空に、かぁっと顔が赤くなる。

「やだー？」

「っ……や、やなわけ、ない」

　けど!!

　そ、それって……なんか、デートみたいじゃ……。

　ふ、ふたりきりだし！

　いや、付き合ってるんだから当たり前なのかもしれないけど。

　混乱してあわてているあたしに、翔空はおかしそうに噴きだした。

「あわてすぎ」

「っだ、だって！」

　顔を赤くさせたまま頬をふくらませると、翔空はギュッとあたしに抱きついてきた。

「ホント、かわいーね。詩姫は」

「か、からかわないでよ」

「からかってないよ。俺、いつも思うし」

　もう……とため息をつきながらも、少し風が冷たい秋の夜、翔空の体温が心地よくてそのまま身を委(ゆだ)ねる。
「だから、明日は検査がんばって。俺、絶対来るからさ」
「……わかった」
　うまく言いくるめられたような気もするけど、今日あれだけ楽しめたんだから、明日は我慢しよう。
「……離れたく、ないな……」
　無意識に口にしていたその言葉。
　すごく小さかったけれど、くっついている翔空には聞こえたのか、少しだけ抱きしめる力が強まった。
「……ねー、詩姫」
「ん？」
「やっぱり東京は、星って少ないのー？」
　空を見あげて言った翔空に、小さくうなずいてみせる。
「北海道の明かりがないところは、空一面に星が広がるくらいに、きらきらしてる」
「へー。見てみたいな、そんな星空」
「あ、ほら夏は、夏の大三角ってあるでしょ？　あれを見つけるのも大変なくらいに星があるの」
　小さな星も大きな星も、光が弱い星も強い星も。
　ひとつひとつが、輝いてるんだ。
　見せてあげたいな……翔空に。
「じゃあ、来年の夏はふたりで星のたくさん見えるところに行こーか」
「え？」

「もっとたくさん星が見えるところで、詩姫と一緒に夏の大三角……見つけたいなーって」
「っ……行く！　絶対行く！」
「約束？」
「うん、約束！」
　あたしが小指を出すと、翔空が一瞬キョトンとしながらも、微笑んで小指を絡ませてくれた。
　未来の……約束。
　なんの保証もない、不たしかなものだけど。
　こんなにも、胸が苦しくなるくらいうれしいものなんだ。
　来年の夏が、待ちどおしい。
「その前に、明日の花火見ないとね」
「あ、そうだった」
　忘れてた、とごまかすように舌を出すと、翔空はコツンとあたしの頭を小突く。
「ちゃんとここで待っててよ？　詩姫」
　待ってるに決まってる。
　あたしは学園祭に出られず、残念な気持ちをおさえながらコクリとうなずいた。
　……花火、か。
　お兄ちゃんは、お父さんの転勤のことを翔空に話したのだろうか。
　２ヶ月後を思うと、胸が痛いくらいに締めつけられた。
　苦しさを隠すようにそっと目を閉じると、翔空の体温がすごく温かい。

きっと、こんなにも安心するのは、翔空だからだろうな。

なんでも包みこんでくれるような……お日様みたいな温かさがあるから。

ねえ、翔空?

もしあたしが、この場所にいられなくなったら、翔空はどうしますか?

もし、あたしと翔空が、離れなければならない運命だとしたら……。

さびしがりのキミは、どうするんだろうね……。

【翔空side】

「……あれ?」

ふと腕の中を見ると、詩姫は俺に身を委ねたままスースーと寝息を立てていた。

「……ホント、無防備」

長いまつげが伏せられた、どこか幼さの残るその顔立ちは、人形のように整っている。

詩姫が寒くないように、着ていたジャケットを脱いでかけてあげてから、俺は起こさないように立ちあがり、屋上をあとにした。

さっきの詩音さん……。

いつもと様子がまるでちがった。

あわてて病院に駆けつけたとき、詩音さんの他に詩織さんと、もうひとり……厳格(げんかく)そうな人がいたけど、あの人は状況から察するに詩姫の父親だろうな。
　でも詩音さんは、目も合わせようとしなかった。
　ただ、俺に向かって『詩姫のそばにいてやってくれ。詩姫にはお前が必要なんだよ……』……それだけ言って、仕事だからと足早に病院をあとにしてしまった。
　病室に着くと、そっと詩姫をベッドに寝かせ、ギュッとつかんで離そうとしないジャケットをそのままに、布団をかけてあげる。
「……詩姫が泣いてるところは、あまり好きじゃないなー」
　ぼやくようにつぶやいてから、そっと頬にキスをする。
　一瞬くすぐったそうに顔を歪めたけど、またすぐ規則正しい寝息が聞こえてきた。
「……おやすみ、詩姫」
　それだけ言いのこして病室を出ると、詩姫の様子を見にきたのか、伊達センセーとばったり出くわした。
「今、帰りかい？」
　そう笑顔で聞いてきた伊達センセーにうなずいてから、病室の方をちらりと振り返った。
「……詩姫の検査のこと、伝えておいたので」
「そっか、それはありがたいな。俺から伝えるよりも、先に彼氏くんからの方が不安は軽減（けいげん）できると思うし。俺もあとから詳しく伝えるけどね」
「で……詩姫、大丈夫なんですか」
　我ながら、態度が冷たいなーとは思う。
　あまり人付き合いが好きじゃないから、初対面の人にはたいていこうなるんだけど。

　でも伊達センセーは、そんなこと気にもとめない様子でうなずいた。

「喘息発作に関しては、おそらくひどくなってるね。……東京はあまり空気がキレイじゃないからな。体がついていってないんだよ」

「……薬は」

「明日の検査しだいで決めるよ。ははっ、そんなに心配せずとも大丈夫。ここにいる間は、いつでも対処できるからね」

　ポンッと俺の肩を軽くたたいた伊達センセーは、そのまま横を通りすぎて詩姫の病室に入っていった。

　俺も振り向くことなく、止まっていた足を動かす。

　たまに自分でも二重人格なんじゃないか、と思うときがある。

　詩姫といるときが、たぶん素の俺で、それ以外の俺は、たぶん相当冷たい。

　まぁべつに、俺には詩姫がいればいいんだけどね。

　そう考えてから、わずかに顔を歪めた。

　ただ気になるのは、詩姫の涙の跡を見てから止まらない、この胸騒ぎ。

　涙の跡を見たとき……詩姫の存在が、なぜかすごく遠くに行ってしまうような感覚に襲（おそ）われた。

　目の前にいるのに。

　目覚めてからの詩姫も、心ここにあらずといった感じで、ぼーっとしていて……。

不安になって、気づいたら屋上に連れだしていた。

来年の夏、星を見にいきたいと言ったのは……これからも詩姫と一緒にいるための、約束がほしかっただけなんだよね。

でも、それでもいい。

詩姫が思っている以上に……。

俺が自覚している以上に……。

俺は詩姫のことが好きなんだと、思うから。

正直、自分でも驚く。

女の子を好きになんて、絶対ならないと思っていた。

そもそも人付き合いすら、俺には向いていない。

夏と祐介だけは特別で、波長(はちょう)が合うのか一緒にいても苦痛じゃないけど。

それは詩姫も同じで、苦痛どころか、ぽかぽかしたやわらかい気持ちに包まれるんだ。

そういう魅力があるんだろーな。

詩音さんも同じだし。

最初に会ったとき、失礼なほどにらみつけたのに、詩音さんは気にもせず、俺に接してくれた。

詩姫のことを頼むって、あの整いすぎた顔で笑ってくれたんだよな。

それに、ふたりの歌……。

聞く気がなくても、振り返ってしまいそうなほど魅力的だった。

誰もが惹かれるような、声と容姿。

それを持ち合わせた兄妹なのに、なにかつかめない闇を抱えているような気がする。

詩姫が詩音さんに向ける瞳は、俺や夏、祐介に向ける瞳とはどこか……ちがう。

詩音さんは詩姫を守ることしか考えてなさそうだけど、ね。

そんなことをもんもんと考えているうちに、病院の外に出ていた俺は、一度立ちどまった。

最近、夜は少し冷えるな。

まあもう11月に入るし、当たり前なのかもしれないけど。

空を見あげてみれば、さっき屋上で見た星が見える。

さっきいた場所よりも、ずっと高さ的には低い場所に立っているはずなのに……見える星の大きさは、まるでなにも変わらない。

その中で、あるのかないのかわからないほどに、小さくて弱々しい星が目に止まった。

「……弱いなー」

輝く光が。

まるで、今の自分を見ているようだった。

ひとりでもんもんと考えていたところで、なにか変わるわけじゃない。

ある意味、これも“逃げ”か？

どれくらい前だったかは忘れたけど、夏と祐介に言われた言葉を思い出す。

『あんたって、なにも考えてないようで、いつもなにか考えてるわよね』

『中途半端に、無気力マイペースなんだよな』

そのときは、ただ笑ってごまかしたけど、今考えてみたら的を射ているのかもしれない。

無気力なら無気力。

マイペースならマイペース。

貫きとおせばいいのに、すべてが中途半端なんだ。

勉強もスポーツも、たいして努力しないのにできてしまう。

人生がつまらない、とすら思わない。

いや、思っていたのかもしれない。

そういうことを考えることからすらも逃げていた。

詩姫と出会う前は、毎日がなんとなく過ぎて、なんの変わりばえもしない日々が積みかさなっているだけだった俺の人生。

なにかに心を動かされることもない。

そんな毎日が、ある日、一転した。

詩姫に出会って、俺のすべてが変わったのかもしれない。

考え方も、感じ方も。

変わっていくのも無意識で、俺を変えている詩姫もそんなことには気づいてない。

毎日が現実逃避(とうひ)だった俺のつまらない人生が、たったひとりの女の子にひと目ボレをして、変わった。

……案外、そんなものなのかもしれないな。

変わらない、変われない、なんて悩むより前に、そのときが来たら気づくよりも先に、すべてが変わって新しい色に色づいていく。

　そしておそらく、そういう相手は……。
　自分にとっての、特別な人。
　俺にとっての、詩姫のような存在。
　そこまで考えて、ひとりで苦笑した。
　あたりが静かだからか、いつもよりも思考が冴えわたっていて、止まりそうにない。
　帰るためのタクシーを探すために、また歩きだそうとしたとき。
「翔一空くん」
「え？」
「おつかれ」
　声がした方を振り返れば、車に寄りかかる詩音さんの姿。
　思わず顔をしかめる。
「詩音さん、仕事どーしたの？」
「さっき終わった。気になったからまた来たんだけど、ちょうどよかったな。送ってくから乗ってけ」
「えー、じゃ、遠慮なく」
　助手席に乗らせてもらい、発進した車。
　車内では、しばらくお互い無言だった。
「……なぁ、翔空、ひとつ聞いていいか」
「っ……どーぞ」
　一瞬、ドキッとした。
　なぜかはわからないけど。
「詩姫のこと、どう思ってる？」
「どうって？」

「気持ちだよ、気持ち」
　気持ち、か。
　そんなの……。
「大切、かな」
「大切？」
「もちろん、好きって気持ちもあるけど。俺の中では誰よりも守りたい大切な存在……それが詩姫だから」
　迷うことなく言いきった俺に、詩音さんが「そうか」と小さく笑った。
「俺、ずっと思ってたんだけどさ」
「ん？」
「お前、いつも適当なキャラだけどさ、本当は無気力なんかじゃねーだろ」
「……え？」
　無気力じゃ、ない？　俺が？
「その様子だと、自分でも気づいてねーのか。ま、たしかに無気力な部分もあるだろうけど、俺が翔空と会うときって、“無気力じゃない方”が多いんだよな」
「……そーかな」
「無気力っつか、ただ度が過ぎたマイペースなだけかもしれねーな」
　それは一理あるかもしれない、と思った。
　結局、マイペースに動いているから、無気力になったりそうじゃなくなったりしてる。
　俺自身、そんなの気づいてなかったけど。

「俺もひとつ聞いていー？」
「なんだ？」
　本当はひとつじゃなくて、聞きたいことはたくさんあるんだけどね。
「親の転勤、いつなの？」
「っ……それは、詩姫が話したのか？」
　この様子だと図星、みたいだね。
　ちくりと胸に痛みを覚えながら、軽く首を振る。
「いや。なんとなく、詩姫のこと見てたらわかる」
「……よく見てるんだな、詩姫のこと」
「うん。で、いつ？」
　詩音さんは少しの間黙ったままだった。
　赤信号で止まると、俺の方をチラリと見て言った。
「11月末だ」
　……早いな。
　ついこの間、転校してきたばかりなのに。
「でも、詩姫はついていかない」
「え？」
　予想外の事実に、俺は思わず聞き返した。
「さっきそのことを知った詩姫が、自分で言ったんだ。今まで一度も、父さんに口答えしたことなんてなかったのにな」
「……詩姫が泣いてたのは、それが理由？」
「いや、ちがうな。それもあったかもしれないけど、詩姫が泣いたのは俺の責任だ」
　詩音さんの、責任？

「俺を父さんからかばったんだよ。……詩姫が怒鳴ったところは、俺もはじめて見たけど」

父親が、原因か。

なんとなく予想はついていたけど……。

詩姫が怒鳴るほどというのが、なかなか想像しにくい。

「……まあ、父さんのことはどうでもいい。転勤については、また話し合いになるだろうが……。あの様子じゃ、詩姫はなにがあろうがここに残るだろうな」

「…………」

「心配すんな。家での詩姫は俺が守る。アイツの望むままにさせてやりたいし、こっちにいた方が詩姫にとってもいい」

「……そーだね」

こっちに残ると決めた理由なんて、聞かなくてもわかる。

俺や夏、祐介……そして詩音さんがいるから。

でも、なにかが引っかかる。

このよくわからない不安感と胸騒ぎは……。

気のせい……？

結局それからは、俺の家に着くまでなにも話さずに、ただ静かな時間が過ぎた。

「ありがとー、詩音さん」

「いや、こっちこそ遅くまでありがとな。またなにかあったら、連絡してくれ」

詩音さんと別れて、家の扉を開ける。

「おかえりっ」

「……母さん、起きてたの？」
　玄関まで出てきた母さんに、驚いて目を見開く。
　もう深夜１時を回ってるのに、なんで起きてるんだ？
「詩織から連絡があったのよ。詩姫ちゃんのこと、翔空が見てくれてるからって」
　俺がふたりっきりにしてくれって頼んで、帰ってもらったからか。
「あー、なるほどね」
「で、詩姫ちゃんは？　大丈夫なの？」
　リビングのソファに倒れこむように寝そべった俺に、母さんは心配そうに尋ねてくる。
「とりあえず、今はへーキ。でも明日の学園祭は出られない」
「そう……残念ね」
　詩姫もすごく残念そうな顔をしてた。
　夏と祐介も、きっと心配するだろーな。
　問いただされそうだ……とか思いながら、俺は急に襲ってきた眠気にまぶたを閉じた。
「あ、こら！　寝るんだったら自分の部屋で……」
「……スースー」
「ったくもー！」
　遠くで母さんの声が聞こえるけど、かまわずに俺はそのまま眠りに落ちた。

Chapter 3

憂鬱な時間

【詩姫side】

「……はぁ」

「ねえ、詩姫？」

「……はぁぁ」

「こりゃ、重症ね」

早いもので、11月も半ば。

今から２週間ほど前にあった学園祭の２日目は、病院での検査のため出られず。

もちろん、そのあとのクラス打ちあげも出られず。

ただ唯一の救いだったのは、翔空との約束どおり、後夜祭の花火を病院の屋上で“ふたりっきり”で見られたこと。

そう……ふたりっきりで！

空に咲く花……すっごくキレイだった。

デートと呼べるのかは謎だけれども、それだけでかなり満足したあたし。

き、キスも……した、よ？

いまだにお互い赤くなっちゃうけれど、照れ屋な翔空を見られるのも、あたしの特権だもんね。

そんなこんなで、病院の検査も終えて薬も新しくなり。

それが体に合っていたのか、運動さえしなければ大丈夫なまでに落ちついている。

最近は発作も出てなくて、学校ではいつものとおり４人で楽しく過ごす日々……だった。
　おとといまでは。
「……なっちゃん……」
「わかった、わかったってば。気晴らしに、放課後クレープでも食べにいこ？　それでいいでしょ？」
「なっちゃぁぁん」
　おとといから、翔空たち２年生は修学旅行中。
　４泊５日という、なんとも長旅。
　つまり、もう２日も翔空とは会えてないわけで。
　さすがに３日目の今日、調子が狂(くる)ってきたあたしを見かねたのか、なっちゃんがあきれたように頭をなでてくれる。
「華沢ってば、耐えてんなー」
　そんなあたしを見ておかしそうに笑って近づいてきたのは、委員長の野村くん。
　一緒にいるのは、いつも無表情のクールな東条響(とうじょうひびき)くんだ。
　最近、ふたりとはクラス内ではよく話すようになった。
　東条くんは野村くんと仲がいいから、初めは話していただけだけど。
　クールなイメージがある東条くんだけど、本当はすごく優しいんだよ。
　この間も、あたしが黒板を上まで消せなかったときに、なにも言わずに手伝ってくれたし。
　よく話す野村くんとは、いい相性なのかもしれない。
「あ、ねえふたりとも、甘党(あまとう)だよね？」
　ふと思いつきで、野村くんと東条くんに尋ねてみた。

　顔を見合わせてうなずいたふたり。
　なら……。
「放課後、あたしとなっちゃんでクレープ食べにいくんだけど、ふたりも一緒に行かない？」
　絶対４人の方が楽しいし！
「え、いいの？」
「……行く」
　野村くんが首をかしげ、東条くんは小さくうなずいた。
「もちろん！　ねっ、なっちゃん！」
「私はべつにいいわよ」
　なんだか楽しみになってきた！
　翔空とか祐介くん以外の男の子とは、あまり遊びにいかないしね！
　ワクワクしてあたしは笑みをこぼした。

「詩姫、どれにす……」
「いちごバナナチョコクレープ！」
　最近おいしいと有名なクレープ屋さんの前で、あたしはなっちゃんの言葉をさえぎって言った。
　たくさん種類がある中でも、あたしはこれが好き！
　迷うことなく決めたあたしに、なっちゃんがくすりと笑みをこぼす。
「王道だな」
「……俺も、それにする」
　野村くんが笑って、東条くんはいつもの無表情で同じものを頼んだ。
「樋口はどれにする？」
「……いちごカスタードかしらね」
「んじゃ俺は一……あ、いちごチョコ生クリームにすっかな」
　それぞれ決まり、店員さんによって手際よくクレープが作られていく。
「えっと、いくらだっけ？」
「……華沢の、俺が払うから。弘樹、樋口の払えよ」
「お？　おぉ、了解」
　まさかの東条くんのおごり発言に、あたしとなっちゃんは驚いて目を見開いた。
「えぇっ!?　そんなの悪いよ！」
「え、私、べつに自分で払うからいいわよ」
　首を振るあたしたちに、野村くんが笑ってひらひらと手を振った。
「まあまあ、ここは男におごらせろよ」
　いやいや、最初におごるって言ったのは東条くんだよ！
　とは思ったものの、あたしとなっちゃんは顔を見合わせて、ここはおごってもらうことにした。
「……ん」
　あたしのいちごバナナチョコクレープを手渡してくれた東条くんに、目をキラキラさせながら微笑んだ。
「ありがとう！　東条くんっ」
　おいしそう……！
　手に持ったクレープはまだ温かくて、早く食べたい衝動にかられる。
「……東条じゃなくて、名前で読んで」
「はへ？」
　パクッとクレープを頬張ったところで聞こえてきた東条くんの言葉に、思わずマヌケな声が出る。
「な、名前？」
「……うん、名前」
　と、突然!?
　あたしは目をぱちくりさせながらも、クレープを飲みこみ、東条くんを見あげた。
「ひ、響……くん？」
「……ん、よくできました」
「っ……！」
　わ、笑った。
　東条く……じゃない、響くんが！
　いつも無表情の響くんが、本当に小さくだけど、笑ってくれた！
　なんかうれしいな。
「おいおいおいおい！　響、どうした!?」
　一部始終（いちぶしじゅう）を見守っていた野村くんが、驚いたように響くんに詰めよった。
「……うるせぇ」
　一瞬で消えたその笑顔は、ウザったいと言いたそうな顔に変わる。
「あんた、すごいわね」

「え？　なにが？」

あたしの隣でクレープを食べながら、感心したようにつぶやいたなっちゃん。

「あの東条が笑うところなんて、希少価値（きしょうかち）じゃない？」

「う、うん、たしかにはじめて見たけど……」

人間なんだから、笑うときは笑うよ、ね？

そんなに驚くことだろうか。

いや、あたしも驚いたけど……。

っていうか、このクレープ本当においしい！

甘すぎなくて、とろけるようなクレープ生地に、自然と頬がゆるむ。

「これからどーする？」

４人でクレープを頬張りながら、東京のにぎやかな街中を歩く。

あまりこういう風に遊びにいくことってないから、新鮮だ。

「あ、カラオケでも行くか？」

「カラオケ……あたし、行ったことない」

ぽつりと言ったあたしに、野村くんが驚いたように振り返った。

「マジかよ!?」

野村くん、よくしゃべるなぁ。

対照的に、響くんはまったくしゃべらない。

ただひたすら、クレープを口に運んでいた。

「響くん」

「……どうした？」
「クレープ、おいしい？」
「……ん、うまい。同じのにしてよかった」
　あ、そういえば響くんってあたしと同じやつにしたんだっけ。
　表情からは読みとりにくいけど、おいしいって言ってくれてよかった！
「響、華沢相手だとよく話すよな」
「ここに翔空がいたら、やばいわね」
「視線だけで殺されるだろうな」
「……冗談に聞こえないからやめましょ」
　なっちゃんと野村くんの会話が聞こえてきたけど、よくわからなくて首をかしげる。
「あ」
「……うん？」
　突然声をあげたあたしに、響くんが不思議そうに首をかしげた。
　あたしの視線の先、ビルの大きな広告テレビには、よく知る人物が歌っている姿が映っていた。
「あら、詩姫のお兄さんじゃない」
「うん！　お兄ちゃんね、歌手デビューすることになったんだよ」
「マジか！　すげぇじゃんっ」
　この間の学園祭で、ちょうど取材に来ていた人たちによって、お兄ちゃんの歌はテレビで流されたんだよね。

なにせ有名な星凛学園の学園祭。

毎年テレビの取材が来ているらしい。

それを見たレコード会社の人からオファーが入ったんだって！

あたしも一緒にって言われたけど、それは丁重（ていちょう）にお断りした。

学園祭ではみんなの前で歌ったけど、お兄ちゃんのようにテレビに出るなんて度胸はない。

「お兄ちゃん、さらに忙しくなったみたい」

この間電話で話したとき、すごくうれしそうに報告してくれたんだ。

ずっと、お兄ちゃんの夢だったんだもん。

歌手デビューが決まったって聞いたときは、あたしもすごくうれしかった。

「んー、やっぱり俺、華沢の歌もう一回聞きたい！　ってことで、カラオケ行こうぜ！」

「カラオケ……なっちゃん行ったことある？」

「あるわよ、もちろん」

即答で返ってきた答えに「そ、そうですか」と答えてから、響くんを振り返る。

「響くんはある？」

「……いや、ない」

「ホント!?　なら、あたしと一緒だね！」

なんだかんだ、響くんとは似た者同士な気がする。

響くんのあたしを見る目ってすごく優しいんだよね。

妹でも見てるような、そんな感じ。

響くんもすごく整った顔立ちだけど、クラスの女の子たちは響くんにはめったに話しかけない。

怖いんだって。

こんなに優しいのに、わかってもらえないのは少し心苦しいけど、当の本人はそれが楽らしい。

もったいないなぁ……。

「詩姫ー？」

「あ、ごめん、今行くっ」

いつの間にかぼーっとしていたらしい。

カラオケ店の入り口であたしを振り返った３人に、あわてて駆けだした。

――ボフッ。

家に帰ると、自分の部屋のベッドに倒れこむ。

カラオケで歌いすぎたのか、喉が痛い……。

でも、はじめて行ったカラオケは、すごく楽しかった。

また行きたいな……今度は翔空も一緒に。

ゴロンと仰向けになって、スマホの画面を開くと、もう８時を回っていた。

２週間前の学園祭初日の夜、あのひと騒動(そうどう)があってから、あたしは一度もお父さんと顔を合わせていない。

休日、家に帰ってきても、あたしが避けているから。

お母さんもあたしに気を遣ってくれているのか、いつもどおりに接してくれる。

でも、あたしの心はもうとっくに決まってるんだ。
なにを言われても、ここに残る。
お母さんには本当に申し訳ないとは思うけど、それでもここにいたいから。
転勤まで、もう少しの時間しかない。
お母さんとも、そろそろちゃんと話さないといけないよね。
覚悟を決めて起きあがり、部屋を出る。
お父さんの話はもう聞きたくもないけれど、お母さんは別だ。
ガチャッと音を立ててリビングを開けると、お母さんが音に気づいて顔をあげる。
「……お母さん」
「あら、詩姫」
「少し、いい？」
あたしの様子になにか感づいたのか、一瞬驚いた顔をしたあと、イスに座りなおしてうなずいた。
「どうしたの？」
お母さんの目の前に座り、あたしは小さく息をつく。
「転勤のこと、なんだけど」
「……えぇ」
きっとあたしの答えは、お母さんを傷つけるものだ。
それでも……ちゃんと伝えないといけない。
あたしの気持ちを。
「あたし、やっぱりここにいたい。……星藻学園に通いたいの。お母さんをひとりにするのは……心苦しい、けど」

　無意識にぎゅっと強く手を握っていた。
　言葉にすればするほどに、お母さんを傷つけるんじゃないかって不安が押しよせてくる。
「……詩姫が決めたなら、そうしなさい」
「え？」
　その優しい声にバッと顔をあげると、机に頬杖をついて、お母さんは笑っていた。
「大切な人ができたんでしょう？」
「……うん」
「お母さんは、詩姫が幸せならそれが一番だと思ってる。自分でここに残るって決めたのなら、お母さんは応援するわよ」
「っ……お、母さん……！」
　喉の奥が締めつけられるように、涙がこみあげてくる。
「お父さんのことは、気にしないで。お母さんが説得するから」
「でもっ」
「大丈夫よ。詩姫は迷わずに、自分の決めた道を行きなさい」
　あふれてくる涙を必死に拭う。
　お母さんが、そんなことを言ってくれるなんて思わなかったんだ。
　いやきっと、あたしの意見を尊重(そんちょう)してくれるとは思ってた。
　それでも、背中を押してくれる言葉まで、かけてくれるなんて……。
　お父さんの、ことまで……。

そういえば、お兄ちゃんのときもそうだった。

頭ごなしに怒鳴りつけたお父さんからお兄ちゃんを守ったのは、他でもないお母さん。

結局そのときも、最後までお父さんは認めなかったけど、お母さんは笑顔でお兄ちゃんを送りだしていた。

それが、母親の役目なんだって言っているように。

「あのね、詩姫。お父さんは、悪い人じゃないのよ」

「え……？」

少しさびしそうに目を細めたお母さんに、あたしはとまどった声をあげる。

お母さんがお父さんの話をしてくるなんて、めずらしい。

あたしがお父さんをあまりよく思っていないことを知ってか、今までそういう話は避けているようだったから。

「お父さんの仕事の関係で転校ばかりさせてしまっていること、お父さんも心の中では申し訳なく思ってる。本当はずっと、この家で暮らせていけたらいいんだけどなっていつも言ってるのよ」

あのお父さんが、そんなことを……？

とうてい信じられない事実だ。

今回だって今までだって、一度もそんな様子を出したことなんてないのに。

家族が転勤についてくるのは当然で、あたしたち子供のことなんてまったく考えてくれていなかった。

「詩姫も詩音もいい子だから、何回転勤になっても文句ひとつ言わずについてきてくれたでしょう？　お友達だって、なかなかできなかったことも、作ろうとしてこなかったこともお母さんも、お父さんだって知ってる」
　ウソだ。
　そんなこと、知ってるわけがない。
　お母さんすら、知らないと思っていた。
　だって、たったの一度だって言ったことがないんだから。
　それを知っているのは、唯一お兄ちゃんだけ。
　なのにどうして……お父さんが知ってるの。
「あの人は……お父さんは、不器用なだけ。もう本当に本当に不器用で、子供たちとの関わり方がわからないだけなの」
「関わり方が……わからないって……」
　あたしが、クラスメイトに対して思うことと同じだ。
　どう関わっていいのか、どう関わったらいいのか、それがわからないんだ。
　……お父さんもそうなの？
「あたしと、同じなの……？」
「そうかもね。なんていったって詩姫は、お父さんの娘だもの。お父さんはね、心配なのよ。詩姫はまだ高校１年生だし、ひとり暮らしなんてまだ早いって」
　お母さんに言ってたもの、と困ったように笑ったお母さんに、あたしは呆然とする。
　あのお父さんが、あたしを心配するなんて。
　そんな言葉、一度だって聞いたことないんだもん。
「詩音のときだってそうよ。あの子が上京するって言いだしたとき、お父さんものすごく反対したじゃない？　あれは詩音の将来を心配するあまり、怒ってしまっただけ。自分が転勤ばかりの生活だから、詩音には安定した生活を送ってほしいって思ってたから」
「お兄ちゃんは……お父さんの言葉なんてまったく聞かないで出ていったよね。俺はやりたいことをやるんだって」
　思い出してみれば、昔からお父さんとお兄ちゃんが顔を合わせると、いつも険悪な雰囲気になっていたっけ。
　だからあたしもいつの頃からか、お父さんは怖い人という認識が植えつけられていった。
　ただでさえ顔を合わせる機会が少ないというのもあって、お父さんと向き合って話したことなんてないかもしれない。
　もしかしたらそれが、あたしたち家族の溝（みぞ）を深める原因だった……？
「詩音は昔からお父さんと合わなかったのよねぇ。芯（しん）を持った子だから大丈夫だっていつも言うんだけど、それでも心配みたい。もう大人なんだし、静かに見守るのが親の仕事なのにね」
　お母さんがそんなことを思っていたなんて、知らなかった。
　お父さんとそんな話をしていたことも知らなかった。
　ふたりの子供なのに、なにも……。
「……でも、お母さん。そんなこと今さら言われたって、あたし、お父さんのこと……」
「うん、そうよね。詩姫がお父さんのこと苦手なのは知ってる。あのお父さんが変わるとも思えないし、詩姫の苦手意識もそう簡単にはなくならない。ただね、お父さんが詩姫の思っているような人じゃないってことは知っておいてほしかったの」
「…………」
あたしはうつむいて唇を噛みしめる。
お母さんには、なんでもお見とおしなんだ。
あたしのことだって、お兄ちゃんのことだって、お父さんのことだって。
きっと一番わかってて、黙って見守ってくれている。
「だからね、詩姫。ここに残りたいって思うなら残りなさい。わかってて後悔する道は、選ばなくていいのよ。だって詩姫の人生は、詩姫のものなんだから」
「お母さん……でも、お父さんが」
頭ごなしの否定が、たとえ心配してくれているゆえのものだとしても、きっとあたしがひとり暮らしをすることなんて認めてくれないだろう。
でも、あたしはどうしても、ここに残りたい。
翔空になっちゃん、祐介くん……そしてお兄ちゃんがいるこの場所にいたい。
どうしたらいいの……？
「お母さんね、思ったのよ。ひとり暮らしじゃなければいいんじゃないかなって。で、考えました。詩姫は、詩音と住めばいいんじゃないかなぁって！」
「お、お兄ちゃんと？」

呆気にとられて、あたしはポカンと口を開ける。
お兄ちゃんと暮らす……？
ふたりで？
「詩音にもこの家に住んでもらうのよ。たしかに仕事は忙しいし、なかなか帰ってこられる日も少ないかもしれないけど、それならお母さんも安心だし、詩姫もうれしいでしょ？　お父さんも、それだったらきっと許してくれるから」
それは、たしかにいい考えだけど……。
お兄ちゃんに迷惑かけるんじゃないの？
今お兄ちゃんは、事務所に近いマンションでひとり暮らしをしている。
家からそこまで遠いわけじゃないけど、大丈夫なのかな？
あたしのせいで仕事に専念できなくさせるのは嫌だけど……。
「心配しなくても、詩音にはもう了承してもらってるから大丈夫。お母さんたちが引っこすタイミングで、詩音にはこの家に戻ってもらうわ」
「えぇ!?」
お母さん、行動が早すぎる。
驚きすぎて、しばらく言葉も出なかった。
だけど、だんだんとその事実を理解するにつれて、うれしさがこみあげてきた。
あたし、ここに残れるんだ……!!
「お母さん……！　ありがとうっ！」
「詩音に似て、詩姫もしっかりした子だから。お母さん、応援してるからね。翔空くんのことも」
クスッと笑ったお母さんに、はにかむように笑みを返してから、ホッと息をつく。
なんだか一気に肩の力が抜けた気がする。
これからも、ここにいられるんだ。
ねえ、翔空。
あたし逃げなかったよ。
ちゃんと約束守ったからね。
そう心の中でつぶやいた。
「あ、そういえば……詩姫、覚えているかしら」
突然ガタッと立ちあがったお母さんは、棚の下の方から厚いアルバムを取りだしてきた。
「えっと……あった。ほら、昔ここに暮らしていたときの写真、いっぱいあるのよ」
アルバムを開くと、小さい頃のあたしの写真がたくさん貼られていた。
……こんな風に、あたしの写真、残してくれてたんだ。
そう思ったらまた涙が出てきて、ゴシゴシと服の袖で拭く。
「あたし、ちっちゃいね」
「ホントね～。あ、ほらこの写真とか覚えてない？　近くの公園で遊んでたときの」
「うわ、あたし泥(どろ)だらけだ」
お母さんが指さしたのは、砂場でやんちゃに泥遊びをしている写真。
顔も体も泥だらけなのに、すごく楽しそうにあたしは笑ってピースをしていた。
「お母さん、この写真もらってもいい？」
「もちろん、いいわよ。……はい」
　その写真をアルバムから抜きとって、手渡してくれたお母さんにお礼を言ってから、しみじみとその写真を眺める。
「ふふっ」
「気に入った？」
「うん！　全然覚えてないけど、あたしじゃないみたいに楽しそうだなって思って」
　見れば見るほど、その写真に映るあたしは、満面（まんめん）の笑みだった。
　黒髪は今となんら変わらないけど、今よりも少し短い。
　背景に写る公園は、どこかなつかしい感じがした。
「詩姫も詩音も、お母さんとお父さんの大事な子供。なにがあってもね」
「お母さん……」
「お母さんは大丈夫だから、この場所で詩姫がやりたいこと見つけなさいよ？」
「っ……うん！」
　お母さん、大好きです。
　今までのように、そばにいられるわけじゃないけれど。
　応援してくれるお母さんや、お兄ちゃんもいる。
　これが俗（ぞく）に言うひとり立ち……というやつだろうか。
　それから、お母さんとアルバムを見ながら昔のことをたくさん聞いた。

アルバムを見ていく中で気づいたのは、あたしとお兄ちゃんの写真はあっても、お母さんとお父さんの写真はほとんどないこと。

それは、あたしたちを撮(と)るのはお母さんで、お父さんはいつものようにいなかったから。

だけど、ただひとつ、家族で写る写真があるのをあたしは知っている。

それは、あたしとお兄ちゃんの七五三の写真。

そのときだけは、家族で写っているんだよね。

もちろん、お父さんは笑ってないけど。

それでもやっぱり、家族で写る写真はとても貴重(きちょう)で、大事なものに思えた。

どこに引っこしても、その家族写真はお母さんが可愛らしいフレームに入れて、飾ってるんだ。

あたしたち家族の、繋がりのようなものなのかもしれない。

「お母さん？」

「ん？」

「お父さんのどこを好きになったの？」

ふと気になったことを尋ねてみる。

すると、お母さんはくすっと笑って、人差し指を口もとに持ってきた。

「ひ・み・つっ」

「えーっ！」

まさか、ここで秘密と言われるとは思わなかった……。

あたしが頬をふくらますと、お母さんはおかしそうに笑って、なにか思いついたように身を乗りだしてきた。
「そういう詩姫はどうなの？」
　その言葉にボッと赤くなった顔を隠すように、顔を両手で包みこむ。
　翔空を、好きになった理由……。
　たぶん数えたら数えきれないくらいに、たくさんあると思う。
　それほど翔空は魅力的な人だから。
　でも、どうして翔空が好きなのか、と聞かれたら……。
　わからない、が答えだと思うんだ。
　理由もいらないくらいに、気づいたら翔空が好きだった。
　好きだと、思った。
　……こんなこと、はずかしくて誰にも言えないけれど。
「ひ、秘密！」
「あら、ケチね」
「お母さんの娘だからね」
　そんなやり取りを交わして、どちらからともなくブッと噴きだした。
　お母さんも、そうなのかな。
　あのお父さんを好きになった理由は、あたしにはわからないけど。
　“好き”は突然やってくる。
　考えてわかるものじゃない。
　なにが起こるかわからない。
　それが“恋”だと思うから。

あたしと翔空のように、お母さんとお父さんにも、きっといろんなことがあったんだよね。
「お母さん、あたし部屋に戻るね」
翔空のことを考えていたら、また翔空に会いたくなってきてしまった。
今の時間なら、電話しても大丈夫かな。
自分の部屋に戻ってベッドに座り、スマホの画面を操作する。
……やっぱり、迷惑かな。
迷ったものの、あたしは電話をかけるのをやめてスマホを枕もとに放りなげた。
自分もゴロンと横になって、お気に入りのウサギのぬいぐるみを抱きしめ、静かに目をつむる。
そしてそのまま、どれくらいの時間がたったのか。
電気をつけたまま、あたしは眠りに落ちた。

――ブーッブーッブーッ。
「……んん……？」
どこかでスマホが鳴る音がする。
手探りで探しあて、回転していない頭のままスマホ画面を押した。
「…………」
『詩姫？』
耳に当てたスマホから聞こえてくる声。
ん？

今の声って……。

『ごめん、寝てたー？』

次の瞬間、あたしの頭は一気に冴えわたった。

バネの勢いで飛びおきる。

「と、ととと、翔空っ？」

『ん、ごめん、起こしたっぽいね』

電話ごしに聞こえる翔空の苦笑混じりの声に、あたしはかぁっと顔が赤くなった。

「ぜ、全然大丈夫！」

思いっきり寝てたけど！

寝起きの失態(しったい)をさらしてしまったけど！

心の中で嘆(なげ)きながらも、２日ぶりに聞いた翔空の声にジーンと胸が熱くなる。

『迷ったんだけど、詩姫の声聞きたくて電話しちゃったー』

うわぁ……。

翔空だ、翔空だ、翔空だ！

「た、楽しんでる？」

心の中のハイテンションをおさえ、あたしは尋ねる。

『暑くて死にそーかな。もう帰りたい』

あ、暑い？

そういえば修学旅行って、沖縄(おきなわ)に行ってるんだっけ。

沖縄はこの時期でも暑いんだ。

翔空って見るからに暑いの苦手そうだし、仕方ないのかもしれない。

「祐介くんは？」

『もう寝てるー』
「そっか。あれ、今って何時？」
　いつの間にか寝てたし、今の時間がわからない。
『10時過ぎ。さっき消灯になったんだけど、抜けだして今ロビーにいるんだー』
「み、見つからない？　先生に」
『だいじょーぶだよ』
　なにを根拠(こんきょ)に大丈夫なのかはよくわからないけど、翔空が言うなら大丈夫なのか。
　電話ごしでも相変わらずのんびりしている翔空に、胸があったかくなるのを感じた。
『やっぱ、詩姫も連れてくるべきだった。５日も会えないなんて耐えられない』
　深いため息をついてそう言った翔空に、あたしはくすっと笑った。
「あたしも、翔空に会いたいよ」
　無意識だったけど、なっちゃんによればかなりテンションが低かったらしい。
　みんなでクレープ食べて、カラオケでたくさん歌ったら、だいぶ元気になったけど。
『詩姫ー』
「ん？」
『ちゅーしたい』
「っ……へっ!?」
　と、ととと、突然なにを!?

　やっと引いてきたと思っていた顔の赤みが、みるみるうちにもとどおりになる。
　あたしの反応がおもしろかったのか、電話ごしに翔空が噴きだした。
『あわてすぎ』
「翔空がヘンなこと言うからでしょ！」
　はずかしくて言い返すと、翔空はまた笑って小さく息を吐いた。
『俺、こんなに人を好きになるなんて思わなかったよ』
「と、翔空？」
『たった２日離れてるだけで、こんなにも会いたくなる。抱きしめたくなる。キスしたくなる。そんなの、俺の生涯で詩姫だけってこと』
「っ～～！」
　ほんっとに、心臓に悪い!!
　照れ屋なくせに、そういうことをサラッと言えちゃうんだもん。
　あたしの心臓がもたないよ！
　こうなったら……。
「あ、あたしだって、生涯、翔空より好きになる人なんて、ぜっったいできない！」
『っ……仕返しのつもり？』
　み、見すかされた!?
『……もう、めちゃくちゃにしたい。俺だけで埋まればいいのに』

「も、もう埋まってます！」
　あたしの頭の中は、とっくに翔空のことしかありません！
　このままだと頭がショートしそうだ。
　ほてった顔を冷ますように部屋の窓を開け、ベランダに出た。
　ひんやりとした空気が頬をなでて、ほてった顔がほどよく静まっていく。
「……あたしね、翔空」
『んー？』
　やっぱり星は少ない都会の夜空を見あげながら、電話ごしの翔空につぶやく。
「この世界に生まれてよかったーって、翔空に出会えてから何度も思ったんだ」
　幸せを感じるたび……この世界に生まれて、翔空に出会えて、本当によかったって心の底から思うんだ。
「きっと、何度生まれ変わってもね。あたしはどこにいても、翔空を見つけるんだろうなって」
『えー、そこは俺が見つけなきゃかっこ悪いからダメ』
「翔空が見つけてくれるの？」
『うん。何度生まれ変わっても、詩姫がどこにいても必ず見つけて、何度でも好きになるよ』
　翔空の声は真剣そのもの。
　あぁ……幸せだな。
　たぶんあたしは生涯、翔空だけを求めて生きていくんだろうなって、心の底から思うんだ。

　生涯で愛せる人はひとりだけって、よく言うじゃない？
「あなたにとっての、その相手は誰ですか？」って聞かれたら、迷うことなく答えられる。
　翔空だ……って。
「じゃあそれは、あたしたちの魂の運命なんだね」
『魂の運命？』
「そう。何度生まれ変わっても、惹きよせられる運命なら、それはあたしたちの魂の運命でしょ？　離れることはない、特別なものだって思わない？」
『離れることはない、特別なもの……か。そーだね。きっとそーゆーことだよ』
　ふたりで笑い合って、他愛もない話をして。
　距離は離れているけれど、電話で繋がっている。
　それだけで、心はすごく温かくてくすぐったい。
　早く会いたいな。
　その思いが、よりいっそう強くなった気がした。

あたしを助けてくれた人は誰？

【詩姫side】
「ルルルールルー♪」
　思わず、スキップでもしそうなくらいに機嫌がいい。
　だって今日は……。
　──ピンポーン。
　インターホンが鳴ったとたん、あたしは家を飛びだした。
「翔空っ」
「おはよー、詩姫」
　そのままの勢いで、そこに立っていた人物に抱きつく。
　軽く受けとめた彼は、あたしのことをギュッと抱きしめ返してくれた。
「久しぶりの翔空だ！」
　ふわっと香る翔空の甘い匂いに、自然とあたしの頬がゆるむ。
　４泊５日の修学旅行から、昨日の夜帰ってきた翔空。
　休み明けの月曜日なのに、こんなに朝から機嫌がいいことなんてない。
　自分で自分の翔空効力に驚いた。
「詩姫ってば、甘えんぼさんだなー」
　そう言いながら、あたしに頬ずりしてるのは翔空じゃないか。
　あたしよりも数百倍、翔空の方が甘えん坊だと思うけどね！

　自ら翔空の手を取って、ふたりで並んで歩きだす。

「楽しかった？　修学旅行」

「んー、俺は寝てた記憶しかないな」

　ふわぁ……とあくびをもらしながら返ってきた返事に、あたしはクスクスと笑う。

　やっぱり、この時間が好きだ。

　電話じゃなくて、こうして隣でお互いを感じられる距離。

　それが一番安心する。

「ねー、俺、詩姫不足なんだけど」

「え？」

「５日も会えなかったんだから、今日は詩姫のこと俺がひとり占めするー」

　いつもの調子でそう言った翔空に、きゅんと胸が高鳴った。

「あれ？」

　駅のホームに着くと、ふと星濛学園の制服姿をした男子生徒に目が止まる。

　あのうしろ姿……。

「響くん！」

「……響？」

「……あ」

　隣から低い声が返ってきたけど、気にせずにあたしは翔空の手を引いて、振り向いた響くんのもとに駆けよった。

「おはよう！」

「……おはよ。先輩も、おはようございます」

いつもの無表情だけど、ちゃんとあいさつする響くんはえらい！

だって、絶対……。

「誰？　詩姫」

ほら、きた。

あいさつどころか、男の子ってだけで機嫌がものすごく悪くなるんだよね。

いや、女の子でもだけど。

響くんがあいさつしてるんだから、先輩としてちゃんと返してあげればいいのに。

「同じクラスの東条響くん。翔空！　にらまないの！」

ってなんか、響くんも翔空のことをにらんでるような……？

いや、これはいつもか？

無表情ってわかんないよ!!

「……先輩。……あまり独占欲が強いと、嫌われますよ」

へ？

ひ、響くん？

「そんなのキミに言われたくないなー。残念だけど詩姫は俺のだから、他の男には渡さないよ」

翔空、目が笑ってない。

俺のもん発言、その表情は若干あたし、怖いです。

って電車来た！

チャンス！

「ほ、ほら、乗ろうっ」

翔空と響くんの背中を押して、無理やり満員電車に乗りこむ。

さすがにもう慣れてきたけど、こんなのにひとりで乗ったら確実に潰される。

あれ？

なんか今日は、いつもより余裕があるような……。

ふと見あげてみれば、うしろには翔空、横には響くん。

あ、響くんが立ってくれているおかげなのか。

「……大丈夫か？」

あたしと目が合った響くんが、静かに尋ねてくる。

うなずき返し、あたしはほっこりした気持ちのまま、満員電車内での時間を過ごした。

「ふぁ……」

２時間目の授業が終わり、あたしは大きく伸びをした。

久しぶりに翔空に会えたっていうのに、響くんに会ったとたん、不機嫌になっちゃうし。

相変わらずマイペース王子だよね。

「あ、そうだ。プリント先生に渡しにいかなくちゃ」

すっかり忘れてた。

あたしはプリントを持って、ガタッと立ちあがった。

「あら詩姫、どこ行くの？」

「職員室！　プリント出してくるよ」

「ひとりで平気？」

「うん！　すぐ戻るから大丈夫！」

心配するなっちゃんに手を振り、あたしは早足で教室を飛びだす。

職員室、職員室……。

階段をおりようと足を踏みだしたときだった。

——ドンッ！

「へ……っ」

誰かに背中を押された。

地面に足がついていなかったから、そのまま前に放りだされる。

え、なにこれ？

落ちる瞬間、あたしはうしろを振り返った。

目に捉えたのは、知らない数人の女子。

把握できたのは、そこまで。

転がりおちる、なんてレベルじゃなかった。

“宙に飛んだ”の方が正しいかもしれない。

20段ほどの階段。

一番上から10数段、あたしは宙を飛んでいた。

「……きゃあああっ」

ただでさえ、運動神経はあまりよくないあたし。

着地しようにも、平らな地面ではない階段の上……。

飛んでいる間なんて、1秒かそこらなのに、なぜかものすごく時間がゆっくりと流れていた。

……落ちる！

反射的にギュッと目をつむったときだった。

「……華沢っ」

そんな声とともに、あたしの体はなにかに包まれた。
とたん、訪れた衝撃。
そのまま階段を転げおちて、ダンッというなにかが打ちつけられたような音が響き、体が止まる。
痛い。
けど、おかしい。
この階段を落ちたにしては、痛みが少なすぎるもん。
そして、転げおちている最中の衝撃も少なかった。
ギュッとつむっていた目を開けて、あたしは息をのんだ。
「っ……無事、か？」
なんで……。
なんで、響くんが、あたしを抱きしめてるの……？
あたしを包みこむようにして、抱きしめている響くんの顔は、苦痛に歪んでいる。
「ひ、響くんっ」
あわてて起きあがって、わかった。
あたしが落ちる瞬間、なにかに包まれたと感じたのは、響くんの腕。
つまり、あたしと一緒に響くんは階段を落ちた。
あたしが受けるはずだった、衝撃のほとんどをかわりに受けて。
「ど、どうしよう……っ」
「……これくらい、どうってことない。心配すんな」
どうってことないって顔してないよ!!
なんで、なんでこんなこと……！

「……華沢、ケガしてねぇか」
「あ、あたしのことなんて、今はどうでもいいよ！　とにかく先生呼んでく……っ」
　立ちあがろうとしたとき、右足にズキッとした痛みが走った。
「……華沢？」
「っ……大丈夫！　呼んでくるから、待ってて！　動いちゃダメだよ！」
　痛む足を隠して、あたしは階段を駆けおりる。
　ちょうどそこに先生が通りかかった。
　たしか……初日に、職員室で会った先生。
「先生……っ」
「お？　ってどうした!?　ボロボロじゃねーか！」
　先生の言葉に、自分の体を見てみれば、制服は乱れ、足にはすり傷ができていた。
　ほとんど衝撃を受けてないあたしがこうなんだから、響くんなんて比べ物にもならないはずだ。
「先生、響くんが！　響くんが、階段から落ちた……っ」
「はぁ!?」
　あたしの指さした方向を見て、駆けだしていく先生。
　あたしもさっきよりも痛みを増した足のまま、階段をのぼる。
「大丈夫か!?」
「……俺は平気です。それより華沢を」
「どう見たって平気じゃないだろ！」

起きあがってはいるものの、痛むのか壁に背を預けて座りこんだままの響くん。

あたしをかばったばっかりに……。

涙がこみあげてきて、響くんの横に座りこむ。

「ごめ……っ……ごめんなさい……っ」

「……泣くな。間に合ってよかった」

「なんでっ……あた、しなんか、かばわなくて……いい、のにっ」

泣くなと言われても止まらない涙。

響くんが優しく頭をなでてくれて、さらに涙があふれた。

「とりあえず医務室に行こう。えっと……名前は？」

「……東条です」

「東条だな、立てるか？　手貸すから」

足は大丈夫だったのか、響くんは立ちあがると、先生に首を振った。

「……ひとりで大丈夫です。それより、階段から落ちたのは俺じゃなくて華沢ですから」

「華沢？　たしかにボロボロだけど、なんで」

「突きおとされたんですよ。女子に。突きおとしてすぐ逃げましたけど」

「っ……それは、本当か？　華沢」

普段ほぼしゃべらない響くんが、あたしのかわりに話してくれている。

もうなにがなんだかわからなくて、あたしはただ止まらない涙を、腕で拭うことしかできなかった。

「……ここじゃ、なんだな。とりあえず、他の先生呼んでくるから医務室に行っといてくれ」

先生が走っていくのを確認し、響くんはあたしの目の前にしゃがみこんだ。

そして、心配そうな瞳を向けてくる。

「……怖かったか？」

「こ、怖くっなんて、ないけど……っ」

「……強がるなよ。立てるか？」

なんで、響くんはこんなに優しいんだろう。

立ちあがって、手を差しだしてくれた響くんにつかまり立とうとして、ズキッと足に痛みが走り、顔が歪んだ。

「っ……」

「足、痛むのか」

それだけで気づいたらしく、響くんは黙ってもう一度しゃがみこんだ。

「え？」

かと思ったら、あたしの背中と膝裏に手を差しこんで、いとも簡単に抱きあげた。

「ちょっ、ひ、響くんっ!?」

「……ちょっと我慢して」

お姫様抱っこ状態のまま、響くんは階段をおりて、早足で医務室に向かった。

幸いなことに、そう遠くはない位置にある医務室。

「……失礼します」

「はーいって、詩姫ちゃん!?　どうしたの!?」

　ガチャッと、器用に扉を開けた響くんに抱かれたまま入ったあたしを見た南先生は、驚いて駆けよってくる。

「あ、あたしは大丈夫です！　響くんがかばってくれたから……」

「……いや、俺より華沢の方が」

「いいからふたりとも、とりあえずベッドに座りなさいっ」

「「…………」」

　ふたりして言い返す言葉もなく、響くんはあたしを慎重にベッドにおろすと、自分もその横に腰をおろした。

「そんなふたりしてボロボロになって、なにがあったの!?」

　救急箱片手に尋ねる南先生に、あはは……と笑う。

「あたしが階段から落ちまして……」

「落ちた!?」

「それを響くんがかばって、一緒に」

「……突きおとされた、のまちがいだろ」

　今はそんなこと、どうでもいいよ！

　と言いそうになって、口をつぐんだ。

「まぁ、今はとりあえず治療が先ね。どっちからに……」

「華沢からで」

　さえぎって言った響くんに、南先生は仕方ない、といった顔であたしの前にしゃがみこむ。

「どこが痛い？」

「あたしは足首だけです。落ちたときにひねったみたいで」

「ちょっと見せてね」

足首はジンジンと痛むけれど、他はたいしたことなさそう。
響くんがかばってくれていなかったら、どうなっていたか……。
「うん、骨は折れてないわね。捻挫かしら」
湿布やら包帯やらをテキパキ施していく南先生にお礼を言って、あたしは響くんに視線を向ける。
「響くん、ごめんね」
「謝るな。……無傷で助けてやれなくてごめん」
「そ、そんな！　それこそ、謝らないで！　かわりに響くんがケガするハメになっちゃったし……」
「俺は男だから。女は傷が目立つ」
「っ〜〜〜！」
もう！　誰よ、響くんが怖いって言ったの!!
こんなに優しくて友達思いなのに……。
「よし、できた。じゃあ次は、あなたね。……全身ってとこかしら。脱げる？」
「あ、じゃ、じゃあ、あたしそっちで待ってます」
あわてて立ちあがって、痛む足をかばいながらソファに移動する。
カーテンが閉められて、なんやかんやと南先生の声が聞こえてくる。
響くん、大丈夫かな……？
そもそも、なんでこんなことに……。
落ちる寸前、見た数人の女子たちは知らない人ばかりだった。

あれは、翔空の取り巻きの子たち？
あたしたちが付き合っているのは、結構公認になってきてたはずだけど、やっぱりよく思わない子はいるのか。
それにしても階段の頂上から突きおとすって、やること卑怯じゃない？
打ちどころが悪かったら、ただじゃ済まないし。
「はぁ……」
「……華沢」
ビクッ。
いつの間にかケガの治療が終わっていたのか、響くんが制服のボタンを止めながら、あたしのそばに歩いてくる。
「ケガは……？」
「大丈夫、たいしたことないわよ」
南先生がホッとしたように笑っているのを見て、あたしも安堵の息をついた。
――バンッ！
「詩姫!?」
「このバカ詩姫！」
「詩姫ちゃん、無事か!?」
突然勢いよく開けられた扉から、転がりこむように入ってきたいつもの面々。
翔空、なっちゃん、祐介くんが、肩で息をしながらソファに座っていたあたしに駆けよってくる。
「な、なんでみんなが？」
「先生が知らせにきたのよっ！　あんたと東条が階段から

落ちたって！」

「ケガは!?」

「そもそもテメー、誰だよ！」

う、うるさいよ！

３人まとめてしゃべるな!!

響くんも、あまりのうるささに眉根を寄せている。

「たいしたことないから！」

「なんで落ちたの？　詩姫」

あたしの肩をつかんで鋭い目を向けてくる翔空に、ギクッと体をこわばらせる。

鋭いからな……翔空は。

隠してもすぐわかるだろうし、言わずとも先生から聞きだしそうだし。

あたしがためらっていると、翔空の腕を響くんがつかむ。

「なに？」

容赦なく響くんをにらみつける翔空にオロオロしていると、響くんは臆することなく翔空をにらみ返した。

「……突きおとされたんですよ。華沢は」

静かにそう言った響くんに、翔空の顔が引きつる。

「誰に」

「……さぁ。数人の女子ですけど、俺は知らないヤツでした」

「っ……あ、あたしも知らない子だった」

なんとも言えないこの雰囲気に、冷や汗が流れる。

「あ、あのね、響くんはあたしをかばってくれたんだよ」

「かばった？」

「うん、あたしのケガが軽かったのは、響くんのおかげなの」
「っ……」
　翔空は、一瞬苦しそうに顔を歪めると、バッと踵を返して医務室を出ていってしまった。
「と、翔空？」
　追いかけようにも、この足じゃ走れない。
　あたしがオロオロとなっちゃんと祐介くんを見ると、ふたりは深くため息をついた。
「俺、ちょっと行ってくるわ」
　もう一度ため息をついて、祐介くんは翔空を追って医務室を出ていく。
　なんでこんな大事に……！
「詩姫、あんたケガは？」
「足首少しひねっただけ」
　心配するなっちゃんに、あたしは微笑んで見せた。
「ったく、あんたは……」
「心配かけてごめんね」
　優しく頭をなでてくれたなっちゃんに、申し訳なく眉尻をさげる。
　――キーンコーンカーンコーン。
　ん？
　突然流れた校内放送を知らせる音に、あたしたちはいっせいに頭上を見あげた。
　な、なんかこれは……嫌な予感。
『俺の詩姫に手出したヤツ、今すぐ自主しに医務室へ来るように。……来ないと、どうなるかわかって……』
『おい！　やめろ翔空！』
　――……ブチッ！
　電源が勢いよくぶち切られる音。
「なにやってんのよ……アイツら」
　なっちゃんが頭を抱える。
　響くんもあきれたような顔。
　南先生はなぜか、お腹を抱えて爆笑。
　やることが突拍子もなさすぎるよね!?
　全校に向かって“俺の詩姫”発言だよ!?
　あたし、もうはずかしくて学校歩けないよ！
「……詩姫、顔面蒼白だけど平気？」
「なっちゃん、あたし、もうダメかもしれない」
　はずかしいどころじゃない。
　赤を通りこして白くなるほどだよ。
　だいたい、こんな放送で女の子たちが自ら名乗りでるわけが……。
　――ガラッ。
「し、失礼、します」
「すっ、すみませんでした……っ」
「どうか、どうか退学だけは！」
　恐れるように扉を開けて、そんな言葉とともに入ってきた３人の女子たち。
「……コイツらだよな？」
「へ？　え、あ、えっと……うん」

響くんの静かな声に、あたしはしどろもどろに答える。
ほ、ホントに来た……。
さすがにあたしだけでなく、なっちゃんも響くんも驚いたようで、目を見開いていた。
「へー……来たんだ」
その低い空気をも凍らせるほどの声に、女子たちだけでなくあたしを含め、みんなの顔がこわばった。
「と、翔空……」
「ったくコイツ、また突拍子もねぇことしやがってよ！　あれ、もしかしてキミら？　詩姫ちゃん突きとばしたの」
扉のまん前に立っていた翔空を押しのけて(この空気の中、そんなことができるのは祐介くんしかいない)、あっけらかんとした声をあげた祐介くん。
３人の女子たちは、恐怖からか涙を浮かべて震えてしまっている。
「ごめんなさいっ」
「で、でき心だったんです！」
「あの、私たちシオンさんのファンでっ」
「…………」
「「「「え？」」」」
南先生と響くん以外の、あたしたちの声がハモる。
し、シオンのファン？
お兄ちゃん？
「と、翔空の取り巻きの子じゃ、ないの……？」
思わずあたしが尋ねると、その子たちは顔を見合わせてぶんぶんと首を振った。
「私たちは王子の取り巻きじゃないです。ファンクラブにも入ってないし……」
「う、うらやましかったんです。王子が彼氏で、兄があのシオンで、生徒のみんなにも親しまれてて……」
「ちょっと、脅かそうと思っただけなんです！　ま、まさかこんなことになるなんて、思ってなくて……」
　今にも泣きそうな勢いで言った彼女たちに、祐介くんの「なんだよそれ……」というあきれた声が聞こえてくる。
　シオンの妹のあたしのことが、単純にうらやましかった、だけ？
　まさか原因がお兄ちゃんだなんて、思いもしなかったから、思考がついていかない。
　翔空に関しては、怖い顔のままだし。
「「「ほんっとうに、ごめんなさい！」」」
　３人そろってあたしに頭をさげた彼女たちに、あたしはオロオロと胸の前で手を振る。
「い、いや、大丈夫ですっ！　まさかお兄ちゃんが原因だとは思わなくて、びっくりしたけど……」
　反省してるみたいだし、許していいよね？
　ちらりと翔空を見ると、不服そうながらもあたしの判断に任せる……という顔。
「今後いっさい、こういうことは……」
「「「絶対しませんっ！」」」
　あたしはホッと安堵の息をついた。

「……じゃああとは、先生に任せてもらってもいいか？」

その声に扉の方を向くと、さっきの先生が話を聞いていたのか、腕組みをして立っていた。

「あ、先生……」

「あとは教師の仕事だ。いいな？」

ちらりと翔空の方を見て言った先生に、翔空は知らん顔で顔を背けた。

「お前ら３人、とりあえず俺と来い。詳しい話を聞かせてくれ。華沢たちは授業に戻っていいからな」

「あ、ありがとうございます」

彼女たちを引きつれて、先生は医務室から出ていった。

残されたあたしたちに漂うのは、なんとも言えない気まずい雰囲気。

ただゆっくりとあたしに近づいてきた翔空に、コクリと息をのむ。

「っ……翔空？」

フワッと甘い香りに包まれる。

ギュッとあたしを抱きしめた翔空に、とまどって名前を呼んだ。

「……俺、守れなかった」

「え？」

「詩姫のこと、守るって言ったのに」

もしかして、この足のこと？

あの時間、あの場所で翔空が守れるわけがないじゃない！

不可抗力ってやつだよ！

そんなこと、誰も責めないのに。

「大丈夫だよ、翔空」

安心させるように、あたしは翔空の背に手を回す。

いつもあたしのそばにいてくれるのは、他の誰でもない翔空なんだから。

そう言いきかせるように、あたしはギュッと翔空を抱きしめた。

ゆっくりと離れた翔空の瞳は、やっぱりすごく揺れている。

「……俺、詩姫のそばにいない方がいいんじゃ……」

「っ……」

なに言ってるの!?

そんなの……っ。

「……情けないですよ、先輩」

響くんの声が静かに響きわたる。

そして、顔をあげた翔空と響くんの視線が絡んだ。

「……先輩の想いって、そんなもんですか？」

「…………」

「……なら、俺がもらいますよ。華沢のこと」

ひ、響くん!?

あたしはわけがわからず、翔空と響くんを交互に凝視する。

「華沢」

「は、はいっ」

「……俺は華沢が好きだよ」

「へ!?」

こ、こ、告白……!?

いやいや、突然!?
頭がまっ白になって、硬直する。
「ここで告白かよ、やるな」という祐介くんの声が聞こえてくるけど、それどころじゃない。
こんな状況だっていうのに、響くんはマジメな顔であたしに向き合ってくるし、翔空は表情が読みとれないくらいにうつむいていた。
「……星宮先輩じゃなくて、俺にしない?」
そう言ってあたしに差しだされた手。
この手を取ることなんて、簡単だよね。
あたしが手を伸ばせばいいだけ。
響くんが本気だってことも、ちゃんとわかってる。
わかってるからこそ、迷わない。
だってあたしの中には、答えはひとつしかないんだから。
「ごめんね、響くん」
あたしはケガをしていない左足に重心をかけて立ちあがり、響くんに向き合うと、首を振った。
「あたし、翔空が好きなの」
その言葉に、翔空がバッと顔をあげる。
そんなの、翔空もわかってるはずなのに。
「……心からの答え?」
「もちろん」
「……ん、ならいい」
小さく微笑んだ響くんも、きっとあたしの答えなんて聞かずともわかっていた。

それでも今ここで、あたしに伝えてくれたのは、翔空のためでもあるんじゃないのかな。

なんとなく、そう思った。

「……先輩、いつまでそんな顔してんですか。俺、隙さえあれば、マジで奪いますから」

「っ……うるさいなー。後輩のくせに」

「……覚悟しといてくださいってことです」

「詩姫は、渡さない。俺の大切なカノジョだからね」

いつもの調子に戻ってきた翔空を見て、あたしもホッと安堵する。

「ありがとう、響くん」

翔空のこと、響くんなりに励まして背中押してくれたんだよね。

「……べつに、俺はなにも」

いつもの無表情に戻ってそう言いのけた彼に、あたしはクスッと笑みをこぼした。

和やかな雰囲気になった医務室。

響くんと翔空は相変わらずにらみ合っているけど、さっきみたいな鋭さはなかった。

祐介くんとなっちゃんが、顔を見合わせてため息をつきながらも笑う。

そんなみんなを見ながら、あたしと南先生は微笑んだ。

いろいろ事件はあれど、最後はこうしておだやかな気持ちになれるのが、今のあたしのいる場所なんだよね。

翔空、なっちゃん、祐介くんがいて。

響くんや野村くんみたいな友達もいる。

もうすぐお父さんとお母さんは引っこしてしまうけど、きっとさびしくはならないだろうな……。

なんて思いながら、なぜか清々しい気持ちで、大きく深呼吸をした。

現実と心

【詩姫side】

12月。

早いもので、お父さんとお母さんが北海道に引っこしてから2週間が過ぎようとしていた。

あたしはお母さんがお父さんを説得してくれたおかげで、なんとかこの場所に残れることになった。

お兄ちゃんが今まで住んでいたマンションを引きはらって家に戻ってきてくれたんだ。

あたしがひとり暮らしをするのは、まだ早いからって。

とはいっても、お兄ちゃんは仕事がハードスケジュールで、家に帰ってくることは少ないのだけど。

「さ、寒いっ」

「あんた寒がりねえ。なんか温かい飲み物でも買いにいく?」

「うん、そうする……」

急激に寒くなってきた12月半ば、あたしは校内だというのにマフラーをつけたまま震えあがっていた。

教室を出て購買の自販機に向かう廊下は、さらに寒かった。

なっちゃんと歩きながら思うこと。

あ、今日はトマトが安い日だとか、洗剤そろそろなくなりそうだったっけ……とか。

お兄ちゃんはいないし、毎日の家事は全部あたしの仕事だ。

もちろん前から手伝いはしていたし、日常の家事で困ることはないのだけど。

こんなことを日常の狭間にふと思うんだから、相当環境になじんできてるんだな、あたし。

家にひとりっていうのも慣れてきたしね。

「詩姫、どれにする？」

「ココア！」

「じゃあ、私はホットミルクティにしようかしらね」

ガタンッと音を立てて出てきた温かいココアを早速開ける。

一口飲むと、じんわりと体が温かくなる。

「そういえば、もうすぐクリスマスじゃない？」

教室への帰り道、なっちゃんが思い出したようにつぶやいた。

クリスマス？

そういえば12月に入った頃から、街中は一気にクリスマスムードだ。

ジングルベール、ジングルベール♪って音楽が流れてたし。

「詩姫ならもっとはしゃぐと思ってたけど、案外はしゃがないのね」

なっちゃん、それはあたしが子供っぽいって言いたいのかな？

「あたしんち、クリスマスっていっても、ケーキ食べるくらいだったから」

しかも、お母さんとふたりで。

２年前まではお兄ちゃんもいたけどね。
家族で過ごすなんてことはなかったし、今年に限ってはたぶんひとりだし。
とくに気にもとめてなかったなぁ……。
「あんた、翔空がいること忘れてない？」
「へ？」
「クリスマスといえば、カップルの行事といっても過言じゃないでしょ」
か、カップルの行事……!?
そういえばクリスマスデートとか、プレゼント交換とかするって、誰かが言ってたっけ。
「なっちゃんは、祐介くんと？」
「さぁ、どうかしらね。去年は一応フレンチ食べにいったけど、祐介が食べすぎてお腹くだして、それどころじゃなかったわよ」
ゆ、祐介くん、ムードぶち壊しじゃん！
なっちゃんと祐介くんって、仲はいいけどあまりカップルっぽくないよね。
カップル像なんて人それぞれだから、口出しはできないけど。
ふたりとも部活第一だからなのかな？
「誘われてないの？　翔空に」
「うん」
「なに考えてんだかわかんないわね、アイツは」
いや、なっちゃん。

たぶん翔空は、クリスマスが近いってことすらもわかってないような気がするよ。

でも、そっか！

クリスマスってことは、翔空と思い出作るチャンスだよね！

せっかくだから、なにか誘ってみよう……と意気ごんだあたしを、なっちゃんは苦笑しながら見ていた。

「クリスマス？」

その日の夜。

あたしの家で夕飯を食べながら、翔空がキョトンとしたように首をかしげた。

翔空の家ってお母さん(理事長)も遅いし、お父さんもいないから、食事はいつもコンビニの食べ物らしいんだよね。

だから最近は、あたしもひとりが多いし、家で一緒に食べるようになった。

半ば強制的にだけど。

「もうクリスマスかー」

「うん、だからなにかしたいなって。24日空いてる？　イブだけど」

「俺はいつでも空いてる」

「じゃあ24日、デートしよっ」

とかなんとか自分で言いつつ。

クリスマスのカップルデートって、なにするの!?

そもそも、あたしたちってデートらしいデートもしたことなぃんだよね。

翔空は、休みの日もあたしの家に入りびたってるし。

「詩姫、どっか行きたいところある？」

「へ？」

「ないなら、俺に任せてくれない？」

翔空が考えてくれるの？

思いもしなかった翔空の提案に、あたしは目をキラキラさせてうなずいた。

「楽しみにしてるね」

「うん。あ、ごちそーさま！　今日もおいしかった」

あたしの作ったビーフシチューをきれいに食べおえた翔空は、笑って食器を片づけはじめる。

「あ、食器くらいやるからいいよ」

「いつも作ってくれるんだから、たまにはやらせて？　俺がやりたいだけだし」

やんわりと断わられた。

あたしはお礼を言って、ひとりソファで24日のことを考える。

翔空、どこに連れてってくれるのかな……？

あまり慣れてなさそうだけど。

人ごみとか嫌いそうだしね。

それでも自分に任せてと言ってくれたのが、なんだかうれしくて自然と口角があがる。

「詩姫、ニヤニヤしてるー」

「ニヤニヤなんてしてないよっ」

「えー」
　おかしそうに笑う翔空に、あたしもつられて笑う。
　隣に座って、ぎゅーっと抱きついてきた翔空の髪が頬に当たってくすぐったい。
　なっちゃんや祐介くんがいるときもすごく楽しくて、大好きだけど、ふたりっきりのこの時間も言葉では言いあらわせないくらい好き。
　相変わらずマイペースだし、振り回されてばっかりだけど。
　それでも翔空は、あたしと出会ったときからなにも変わらないでいてくれる。
　こんな時間がいつまでも……続けばいいな。

「どれにしようかな〜」
　23日の夜。
　鼻歌を歌いながらクローゼットの中をあさる。
　だって明日は、翔空と出かけるんだもん！
　いつもはまったくオシャレになんか気を遣わないけど、こういうときはちゃんとオシャレするものだよね！
「……やっぱり、これかなぁ」
　たくさんある服の中、あたしが手に取ったのはまっ白なニットワンピース。
　オシャレなデザインで、腰にはベルト、裾にはフリルがついているもの。
　この間、お兄ちゃんが『絶対、詩姫に似合うと思って買ってきた』とか言って、あたしにくれたんだよね。

着る機会がなくて一度も着られなかった。
少し可愛すぎるような気もするけど、これくらいがちょうどいいのかな？
「うん、これにしよっ」
ワンピースを体に当てて、鏡で確認すると、今さらながらはずかしくなる。
「で、デート……デート、デートだよね……？」
ひとりで何度もつぶやくあたしは、もう末期に近いんじゃないだろうか。
机の上にあるクリスマスデザインで包装された袋。
それをちらりと見てから、ワンピースをハンガーにかけてベッドにダイブした。
なにかプレゼントを渡したくて、この間の休みにこっそり買いにいったんだ。
翔空に似合いそうなマフラー。
だって翔空ってば、こんなに寒いのにマフラー持ってないって言ってたし。
喜んでくれるといいなぁ……。
買うとき、店員さんに「ラブラブですね」なんて冷やかされちゃった。
ってあたし、今からこんなに浮かれてたら、明日どうなっちゃうのよ！
……あれ？
そういえば明日って……。
「あぁ！　あたしの誕生日だってこと、翔空に言ってない！」
　すっかり忘れてた……。
　うーん、今さら言うのも、なんだか気が引ける。
　デートがプレゼントだって思おう！
　明日のことを考えて、また頬がゆるんだ。
　そのとき。
　――ブーッブーッブーッ！
「……ん？　電話？」
　翔空かな？
　バッと起きあがり、スマホを手に取って固まった。
　サーッ……と体から血の気が引いていく。
　スマホの着信の知らせ。
　画面に表示されていた名前は、翔空じゃなかった。
　おそらく、いまだかつて表示されたことのない名前。
《お父さん》
　現実とは思えないほどに、その文字はあたしに大きな胸騒ぎを起こした。
　出たく、ない。
　だってお父さんとは、あの日以来、一度も話していないんだから。
　引っこすときでさえ、会わなかった。
　親子の縁でも切られたのかと思うくらいに。
　お母さんのあの話を聞いても、どうしたってお父さんに対しての苦手意識は薄れない。
　お父さんが、なんであたしに電話を……？

いつの間にか震えていた手を押さえて、あたしは画面に触れた。

「……はい」

かすれるような小さな声。

震えた手がスマホを持ちきれなくて、両手で押さえながら耳に当てる。

『……詩姫か』

「そう、だけど」

電話の向こうから聞こえてきた無機質な声。

心が少しずつ、氷のように固まっていく気がした。

「なにか、用……？」

早く、早く切りたい。

それだけがあたしの頭の中で回っていた。

『……はぁ』

「っ……」

電話ごしにため息をついたお父さん。

「用がないなら……っ」

『詩織が倒れた』

あたしの声をさえぎったお父さんのその声は、さっきとまったく変わらない無機質なもの。

でもその内容は、とてもサラリと聞きながせるようなものじゃない。

「どういう、こと」

お母さんが、倒れた？

意味がわからない。

『そのままだ。昨日、詩織が倒れて病院に運ばれた。まだ意識は戻っていない。検査結果はまだ出ていないが、どんな結果にせよ、しばらく入院になるらしい』
　検査結果が出てないのに、しばらく入院？
「意識が、ないって大丈夫なの!?」
　矛盾したその言葉に、あたしの頭には最悪の事態がよぎる。
『幸い命に別状はないが、入院は長くなりそうだ。いつ退院できるかもわからない』
　お父さんの言葉は、あたしの胸を強く締めつけた。
　なんで、なんでこの人は、お母さんがそんなときに、こんなに普通でいられるんだろう。
　無機質な、感情なんてどこにもこもっていない、声。
　人間なのかさえ、疑わしくなる。
　グッと唇を噛みしめた。
『私は今仕事がとくに忙しい。詩織の世話ができないのはわかるな？　見舞いも行けんし、荷物も届けられない』
　あぁ……そっか。
　やっとお父さんが、あたしに電話をかけてきた理由がわかった。
　お母さんが倒れた報告じゃない。
　いや、それも含まれるだろうけど、本題はきっとこの次だ。
　さっきまでのあたしの心を、一瞬にして黒く塗りつぶす、お父さんの言葉。
　“幸せ”を、壊す……残酷な現実。
「……あたしが、お母さんの世話をしろってことだよね」

『……あぁ。母親だろう、それぐら……』

「わかってるよ」

今度はあたしがお父さんの言葉をさえぎった。

その声は、強くも弱くもない、たぶんお父さんと同じ無機質な声。

「そっちに行く」

『……そうか、悪いな』

あのお父さんが「悪いな」なんて言うとは思わなかった。

でも、そんなことを考えている余裕はなくて、自然と乾いた笑いがこぼれた。

きっと"幸せ"は永遠に続くことはない。

突然やってきたそれは、終わるときも突然なんだ。

あたしの幸せを終わらせたのは"現実"だったというだけ。

『飛行機の手配はこちらでしといてやる。いつがいい?』

いつ、か。

あたしは虚ろな目で、机の上の袋を見る。

とたん、瞳から一粒の涙が流れた。

「……あさっての、朝。一番の飛行機がいい」

『わかった。家の住所はわかるな?』

「わかるよ」

『病院の場所は、またあとで連絡する』

お父さんとの電話が切れて、あたしに残ったのは……喪失感のみだった。

「どう、しよう……かな」

ぽつりとつぶやいて、仰向けに寝ころがる。

「……っ……っく……」
　笑えない。
　こんなの、冗談でも笑えない。
　次から次へとあふれてくる涙は、止まることを知らずに、ただ残酷な現実を、あらわしているだけだった。
「……なんで……なん、で……っ」
　明日は、翔空とデートなのに。
　飛行機の時間をあさってにしたのは、そのためだけじゃない。
　別れを告げるため。
　あたしは翔空のそばに、いられない。
　いつこの場所に帰ってこられるかなんて、きっと誰もわからない。
　離れたくない。
　離れたくないに決まってる。
　けど、あたしの気持ちだけで、今までずっとあたしのことを見守ってくれたお母さんを見すてるわけにはいかないんだ。
　たとえ、この場所を離れることになっても……それは変わらない。
　きっと翔空なら、事情を話せばわかってくれるだろう。
　いつまでだって待つって言ってくれる。
　けど、それでも、待たせるなんて嫌だから。
　あたしは、涙をそのままに机の中からレターセットを取りだした。

　引きさかれた心を隠して、ただ“さよなら”の言葉を書くために……。

【翔空side】

「あれ？」

　詩姫の家が見えてきたところで、玄関前で待っている詩姫の姿を見つけた。

　っ……かわいー格好。

　白い冬物のワンピースに、ブラウンのコートを羽織った詩姫は、いつもよりも可愛く見える。

　いつもかわいーけどね。

「あっ、翔空、おはよっ」

　よほど楽しみにしていたのか、いつもよりテンション高く俺に駆けよってきた詩姫。

「おはよ、かわいー詩姫ちゃん」

「っ……もう！　ね、早く行こ？」

　頬をふくらませたかと思うと、ニコッと笑った詩姫にきゅんとする。

　ホント、なんでこんなに可愛いんだろ。

　でもなんか……違和感がある。

「詩姫、泣いた？」

「な、泣いてないよ！」

　なんとなくまぶたが腫れてるような気がするんだけど、気のせいか？

いつものように笑った詩姫に、そう思うことにして、ふたりで手を繋いで歩きだす。
「どこ行くの？」
俺を見あげながら詩姫は首をかしげる。
あまりの可愛さに、俺はスッと視線をそらした。
……照れ隠しだけど。
「スイーツめぐりとか、新しくできた雑貨屋とか行こーかなって。夜はイルミネーションでもどう？」
普通かもしれないけど、詩姫はそーゆーのが一番喜ぶような気がしたんだよね。
「詩姫？」
「え？　あ、うん！　すごく楽しみっ」
ぼーっとしていたのか、ハッと我に返った詩姫はあわてて笑顔を見せてくれた。
寝不足……？
詩姫のことだから、昨日ははしゃいでて眠れなかった、とか？
少しの違和感を抱えながらも、楽しそうに話す詩姫を見て、温かい気持ちに包まれる。

それからおいしいと有名なスイーツビュッフェに入り、はしゃぐ詩姫とスイーツタイム。
詩姫ってば、あれもこれもって取ったはいいけど、結局食べきれずに残ったのを俺に押しつけてきた。
自分の食べられる量を把握してないらしい。

でも、おいしかったな。

詩姫も、始終笑顔だったし。

「あっ、これ可愛い！」

そして雑貨屋。

女の子はこーゆーところ好きだよね。

俺の手を引っぱって歩きまわる詩姫に苦笑しながらも、喜ぶカノジョを見るのは悪い気はしなかった。

「買ってあげるー」

「えっ」

「かわいーね。あ、俺も色ちがいで買お」

詩姫が手に持っていたのは白いウサギのキーホルダー。

目がクリッとしていて、どことなく詩姫に似ている。

俺の言葉を聞いて、詩姫は迷わずグレーのウサギを手に取って、手渡してきた。

「翔空はこれ！　一番似てる」

「え、似てる？」

ジーッとキーホルダーを見つめてみても、どこが似ているのかわからない。

どちらかというと、このブラウンの方が髪色的に似てるよーな気が……。

とは思ったものの、目の前で満面の笑みを浮かべる詩姫に噴きだした。

こんな笑顔を向けられたら、買うしかないな。

それに、詩姫が選んでくれたものの方がうれしーし。

会計を終えて、ふたりでそのウサギを眺めながら歩く。

「どこにつけようかなぁ」なんてつぶやきながら、隣を歩く詩姫に頬がゆるむ。
「詩姫ー」
「うん？」
「好きだよ」
　ギュッとうしろから包みこむように抱きしめて、いつもと同じように言った。
「……へへっ、ありがと」
　あれ？
　いつもなら「あたしも好き！」って返ってくるのに、今日はちがうんだ。
　俺の腕の中で笑う詩姫が、どこかうつむいてるように見えるのは気のせい？
「翔空、歩きづらいよ」
　もう……と頬をふくらませて見あげてくる詩姫の顔は、いつもどおりだった。
　気にしすぎ、かな。
　実を言えば、昨日俺も寝られなかったんだよねー。
　こんな普通のデートプランでいいのか、とか思いだしたら止まらなくなったし。
　喜んでくれているみたいだから、結果オーライってやつかな。

　東京の街中、めずらしがる詩姫があっちの店こっちの店と寄っていく間に、あっという間に夜になった。

まだ6時だというのに、空はまっ暗で、あちらこちらにクリスマスのイルミネーションが光っている。
「わぁ……すごい！」
公園のまん中に立った大きなツリー。
全体がキラキラとイルミで飾られ、光り輝いていた。
ツリーを見あげながら、感嘆の声をもらす詩姫は、今にもひっくり返りそう。
「あぶなっかしいなー、ホント」
うしろから抱きしめると、詩姫は照れたように「えへへ」と笑った。
「翔空、写真撮らない……？」
「ん、撮ろー」
遠慮がちに聞いてきた詩姫に笑って答えてから、ふたりでツリーをバックにスマホで写真を撮る。
うれしそうに撮った写真を見る詩姫を、グイッと引きよせた。
「写真じゃなくて、俺見てよ」
チュッと唇にキスを落とすと、詩姫はビックリしたように目を見開いた。
かと思うと、次の瞬間、その目が潤みはじめた。
「え、し、詩姫？」
嫌だった……わけじゃないよな？
あわてて涙を拭いた詩姫は、クルッと体を反転させてしまった。
「う、うれしかっただけ！」

　やっぱり、なにかおかしい。
　そう思いつつも、振り返ってもういつもと変わらない笑顔を見せてくれる詩姫に、この感覚が気のせいなのかと思ってしまう。
「これ、翔空にあげる！」
「え？」
　今朝から持っていた袋を、押しつけるように俺に渡してきた。
　きれいに包装されたその袋を開けると、中からグレーのマフラーが出てきた。
「これ……」
「クリスマスプレゼントだよ」
　ニコッと笑ってそう言った詩姫に、今度は俺の目が潤みそうになる。
　こんなにうれしいもの、なんだ。
　なら俺も……。
「詩姫、ちょっと目つむって」
「え？」
　不思議そうな顔をしながらも、素直に目をつむる詩姫。
　俺はポケットに入っていた小さな箱を取りだして、その中からネックレスを出した。
　目をつむっている詩姫にそっと着ける。
「もういーよ」
「っ……え、これ……！」
　詩姫の首に光るハートのリングのネックレス。

事前に俺が詩姫のクリスマスプレゼントに買ったものだった。
「やっぱり、よく似合ってる」
これを見たとき、詩姫に似合うだろうなって思ったんだよね。
「……っ……ひっく……」
「えぇ!?」
キラキラと目を輝かせていたと思ったら、今度こそ本当に泣きだした詩姫。
驚いた俺は、あわてて頭をなでた。
「泣かれると俺、どーしていいかわかんないよー？　詩姫ー」
「だ、だってぇ……ひ、くっ……うれしいんだ、もんっ」
「もー、泣き虫」
こんなに喜んでくれるとは思わなかった。
いつもはうしろからだけど、今日は正面から抱きしめる。
俺の服をつかんだまま泣きつづける詩姫は、いつもよりなぜかすごく弱く思えた。

【詩姫side】
「もー、いつまで泣いてるの」
「ご、ごめん……ぐすっ」
結局家の前に着くまで、あたしは泣きっぱなしだった。
翔空がくれたネックレス……それがうれしくて。

こんなに幸せなのに、離れなければならないこの運命が、辛くて。

翔空はそのことを知らないけれど、泣きつづけるあたしの手をずっと握ってくれていた。

ただ、この家に帰るまでの時間は、翔空との別れが近づく時間でもあって……。

耐えきれなくなった涙は、止まることなく流れつづけていた。

それでも、正面に立つ翔空を見あげる。

あぁ……好き。

翔空が、好き。

どうしようもなく、大好きで仕方ない。

でも今、この想いを伝えたところで、あたしたちを引きさく残酷な現実は、変わらない。

張りさけそうなくらいに痛い胸を隠して、あたしは翔空に抱きついた。

「今日は詩姫の方が甘えたなのー？」

そんなことを言いながら、あたしを抱きしめて頭をなでてくれる翔空。

好きだと言ってくれた翔空に、あたしは答えられなかった。

今日一日、すごく楽しかったけど、楽しかった分、辛かった。

最後の日、それがクリスマスイブなんて、なんでこんなに残酷なんだろう。

それに、翔空は知らないと思うけど、今日は……。

「詩姫、ちょっといい？」
「……え？」
　突然言われた言葉に、翔空から離れると、翔空はあたしの手をつかんでシャラン……となにかを手首に着けた。
　……これ、ブレスレット？
　キラキラした星が連なった虹色のブレスレットに、あたしはとまどって翔空を見あげる。
「誕生日、おめでとー。詩姫」
「っ……」
　やわらかく笑った翔空に、あたしのゆるみっぱなしの涙腺がまた崩壊する。
　なんで、知ってるの……？
　今日があたしの誕生日だってこと、教えてないのに。
「ネックレスはクリスマスプレゼントで、ブレスレットは誕生日プレゼントだよ」
「なんで、なんで知ってるのっ……？」
　またあふれて止まらない涙を必死に拭いながら尋ねると、「俺だからー」というのんびりした答えが返ってきた。
　伝えたい。
　大好きって伝えたい。
「……翔空」
　でも、ごめんね。
　あたしは行かなくちゃいけないから。
　この場所には、いられないから。
「これ、明日の夜……読んで？」

　カバンから取りだした手紙。
　あたしと翔空の、さよならの手紙。
　不思議そうな顔で受け取った翔空に、泣き顔のまま微笑んで見せた。
　ねえ、翔空？
　キミは今、あたしの心が見える？
　いつもは手に取るようにわかるキミも、きっと今は見えないと思うんだ。
　閉ざしたあたしの心は、誰にも知られないところに隠すことにしたから。
　なんでもわかっちゃう翔空だからこそ、今のあたしの心を知ってほしくない。
　だから、ここでさよならしなきゃ。
「明日の夜に読めばいい？」
「うん」
「わかった。じゃー、もう遅いから、ちゃんと寝るんだよー？」
　翔空はあたしの頭をもう一度優しくなでて、いつものやわらかい笑顔を見せてくれる。
「おやすみ、詩姫」
　そう言って、歩いていく翔空の背中を見つめて、また涙がこぼれた。
「……ばいばい、翔空」
　小さく、本当に小さくだったのに、数十メートル先の翔空が振り返った。

聞こえていたのか、聞こえていないのかわからないけれど、翔空はあたしに手を振ってやわらかく笑う。

あたしは、それに微笑んで、また歩きだした翔空に、背を向けた。

「っ……っく……」

さよなら、翔空。

勝手なことをしてるのはわかってる。

翔空への気持ちは、ウソなんかじゃなかったよ。

でも、あたしはお母さんのそばにいてあげないといけないの……。

……もう会うこともないのかな。

行き先なんて書かなかったから。

だって、中途半端に別れたら、きっとあたしは道に迷っちゃうと思うんだ。

強くなくて、ごめんね。

誰よりも大好きなキミと別れる今日は、クリスマスイブ。

……そして、あたしの誕生日。

忘れることはきっとできないけれど、どうか翔空には幸せになってほしい。

あたしに、たくさんの幸せを……たくさんの笑顔をくれてありがとう。

今まで、たくさん、ありがとう。

あたしの瞳からポタッと落ちた涙は、この気持ちに反して、どこまでも透明な気がした。

本当の運命

【詩姫side】

「……お母さん！」

「えっ、詩姫？」

　病室に入ると、ぼーっと外を眺めていたお母さんが驚いて振り返った。

　ここに来る途中で、お父さんからお母さんが目覚めたとメールが来たから、ひとまず安心はしていたけど……。

　本当に、目覚めてよかった。

　だけどその顔は、最後に会ったときよりもずっとやつれていて、胸が締めつけられた。

「あんた、なんでここにいるの？」

「んー？　やっぱりこっちに来たのっ」

「でも翔空くん……」

「翔空とは、別れたよ」

　あたしの言葉に、お母さんの目がとまどったように揺れる。

「あんた……」

「あたしのことはいいの！　お母さんの荷物とか、持ってきたからね」

「待ちなさい！　よくないでしょう。お母さんのために別れたとか言わないわよね？　お母さんはそんなこと望んでな……」

「いいんだってば!!」

思わず声を荒げたあたしに、お母さんが口をつぐむ。
「ご、ごめん……。でも、本当に大丈夫だから」
だって、そんなこと言ってほしくない。
あたしは、翔空よりお母さんを選んだ。
それがどれほど翔空を傷つける答えなのか、わかってる。
もう翔空には会わない。
合わせる顔がない。
それほど大きな答えを、あたしは選んだんだから。
約束を破って、一方的に離れて、今ここにいる。
お母さんが望んだことじゃない。
あたし自身が、望んだ答えなんだ。
「……家に行ったの？」
「……うん。あたしの荷物も置いてこなきゃいけなかったし。お父さんから連絡あって、びっくりしたよ。でも、思ったより元気そうでよかった」
無理やり笑って、あたしがガサゴソとカバンをあさりはじめると、お母さんは複雑そうな顔で黙りこんだ。
きっと、気づいてるんだよね。
あたしの言葉がウソだってこと。
翔空への別れなんて一方的だし、翔空自身はまだこのことを知らないはずだもん。
手紙は今日の夜読んで……って言ったから。
「お父さんになにか言われたの？　……学校は？」
「なに言ってるの、お母さん。お父さんに言われたから来たんじゃないよ。あたしが来たくて、ここに来たの。……

学校は……ね、退学届出してきた。大丈夫だよ、落ちついたらこっちで転校先の高校見つけるから」

ウソじゃない。

お母さんが倒れたのは、あたしの責任でもあるから。

さっきお医者さんから聞いたのは、大きな原因は過労とストレスだってこと。

あたしが東京に残るなんて言わなければ、こんなことにはならなかったはずなのに。

ここに来る前、あたしは速達で退学届を学校に送った。

きっと今頃、受理されている頃だろう。

せっかく厚意で受け入れてくれたのに、理事長にはなんて失礼なことをしたんだろう、とも思う。

けれど、それも……仕方がないことだったんだ。

あたしはどれだけ時間がかかっても、お母さんが元気になるまでそばにいるって決めたから。

「お母さん、あたし毎日来るからね！　病気なんかに負けちゃダメだよ」

「詩姫……」

お母さんはなにか言いたそうだったけど、結局なにも聞かないでくれた。

面会時間が終わって、帰り道を歩きながら空を見あげた。

あたりは雪で覆いつくされていて、突き刺すような寒さがあたしを襲う。

今頃、翔空はあの手紙を読んでるのかなぁ……。

「っ……」

　またあふれてきそうになった涙をこらえて、慣れない道を歩く。

　ひとりって、こんなに怖かったっけ。

　そこまで遅い時間でもないのに、暗い空の下をひとりで歩くことに恐怖を覚えた。

　いつも隣には翔空がいた。

　なっちゃんがいた。

　祐介くんがいた。

　いつの頃からか、それが当たり前になっていた。

　それがなくなっただけで、こんなにも心細くなるなんて思いもしなかった。

「……ごめんね」

　届くはずもない言葉を、夜空に向かってつぶやく。

　東京の空とちがい、田舎だからかすごく星が多い。

　久しぶりに見る綺麗な空に頬がゆるんだ。

　でも、どうしてだろう。

　翔空とふたりで見た夜空の方が、ずっとずっと綺麗だった気がする。

　思い出すのは、全部翔空との思い出ばかりで、あたしはぶんぶんと首を振った。

　……叶わない恋って、あるんだよ。

　そう自分に言いきかせて、すべてを忘れるように大きく大きく息を吸いこんだ。

「お母さんっ」
「あら、詩姫。今日は早いのね」
「うん！　スーパーで果物安売りしてたから、買ってきたよ」
　こっちに来てから、２週間がたった。
　年も明け、毎日お母さんのお見舞いに通う日々。
　週末はお父さんのご飯だけ作って、またお母さんのところに来る。
　相変わらず、お父さんとは会話という会話はしてないけどね。
「ねえ、詩姫？　毎日来なくてもいいのよ？　私の容体もよくなってきてるんだから」
「なに言ってるの、毎日来るよ！　お母さんと話したいし、ひとりで家にいてもつまんないし」
「そう？」
　お母さんと話したいのは本当だよ。
　ひとりでいると、いろんなことを思い出しちゃうから嫌なんだ。
　毎日、夜が怖くて仕方がないの。
　あのアパートでひとりで寝ようとすると、蘇ってくるのは翔空やなっちゃん、祐介くんの顔。
　自然と涙が出てきて、怖くて怖くて仕方がないときは、お兄ちゃんに電話する。
　前に使っていたスマホは、ここに来た日に解約したから、今は新しいのを使ってるんだ。
　新しい連絡先を教えているのは家族だけ。

翔空たちには教えていないから、誰からも連絡は来ない。

どんなに忙しくても、あたしが泣いてるときはずっと電話を切らずに「大丈夫だ」って言ってくれる。

お兄ちゃんもお母さんと同じように、翔空のことや向こうにいたときのことは、なにも触れてこない。

それが、あたしにはありがたかった。

だって思い出すたびに、胸が締めつけられて、苦しくて辛くて仕方がないんだもん。

離れて、あらためてわかった。

もう会うこともないだろう翔空は、あたしの生涯好きな人。

離れていても変わらない。

ううん。

離れてさらに大きくなった。

忘れられるわけがない。

だって、なんの意味もないのに、あたしは翔空からもらった3つの宝物を肌身離さず、毎日持ち歩いてるんだもん。

ハートのリングのネックレス。

星が連なったブレスレット。

そして、翔空とおそろいのウサギのキーホルダーは、スマホにつけて。

どうしても離すことができなくて、身につけているのも忘れるくらいに、あたしの一部となっている。

自分から別れを告げたのに、未練ったらしいなぁ……とも思うけれど。

むいたりんごをお母さんとつまみながら、今日も他愛もない話をする。
それでも、いつもあたしの中から離れないのは翔空の姿なんだ。
記憶の中にいる翔空は、いつもあたしに笑ってくれた。
優しく、のんびりと。
あんなにマイペース王子なのに、本当はすごくさびしがり屋で、甘えん坊で、ときに突拍子もないことをする。
そういえば、翔空の前世はウサギなんだっけ。
あたしが翔空にグレーのウサギのキーホルダーを選んだのには、ちゃんとした理由があるんだよ。
グレーって微妙な色って言われがちだけど、翔空にはぴったりだと思うんだよね。
翔空は白王子なようで白王子じゃない。
だって、たまにすっごく怖くなるし。
敵だと判断したら、容赦ないからね。
そういう部分は黒王子って感じじゃない？
どっちつかずなマイペースな部分が、グレーだなぁってずっと思ってた。
出会ったときから、翔空には抱きつかれてばかりだったな。
前に、なっちゃんと祐介くんが言っていた。
甘えてるんだって。
あたしにすぐ抱きつくクセは、器用なようで不器用な翔空なりの、精いっぱいの甘え方だったのかもしれない。
何度「ベタベタしすぎだ！」って視線を向けられたかわからないけどね。

でも、あたしも、好きだった。
翔空にぎゅーってされるの。
すごく温かくて安心するんだ。
ドキドキしたり、キュンキュンしたりもするけど。
そういえば、翔空って忘れがちだけど、すごく照れ屋なんだよね。
あんな王子様なのにって、最初はびっくりしたっけ。
完璧なようで完璧じゃない。
そこが、翔空らしい。
そんな翔空だから、大好きだった。
……思い出したら、止まらない。
あたしの記憶は、今も翔空で埋めつくされている。
「詩姫、泣いてるの……？」
「え？」
お母さんの声にハッと気づくと、ぽたぽたと目から涙がこぼれていた。
「わ、なにこれ」
なんであたし、泣いてるの……？
「ごめんね、お母さん。ちょっと顔洗ってくる……っ」
「待ちなさい、詩姫」
「な、なに？」
ガタッと立ちあがったあたしを、お母さんは静かに止めた。
「……今のままで、いいの？」
「なに、が？」
「後悔……してるんじゃないの？」

「っ……」
　お母さん、そんなこと言ったって、もう遅いんだよ。
　あたしには、もう翔空に向ける顔なんてないんだから。
　さよならさえ言わずに、別れてきたんだから。
「……大丈夫だよ、お母さん。顔洗ってくるね」

　逃げるように病室を出て、トイレに駆けこんだ。
　バシャッと顔に水をかける。
「……なにやってるの、あたし」
　ひとりそうつぶやいて、また滲(にじ)んできた視界に唇を噛みしめた。
　あたしだって、離れたくなかった。
　ずっとあの時間が続くって思ってたよ。
　でも、ときには受け入れなければいけない現実があるんだって、自分に言いきかせて……。
　あたしはすべてを捨てて、ここに来たの。
　もうどれだけ涙を流したかわからない。
　後悔なんて、してもしきれないよ。
　それでもお母さんを見すてるなんて、できるはずもなかった。
　お父さんのあの無機質な声のせいじゃない。
　ここに来ると決めたのは、あたし自身なんだ。
　いつまでも泣いてばかりじゃダメなのはわかってる。
　わかってるけど……。
「会いたい……会いたいよ……」

届くはずもないその言葉を、何度つぶやいただろう。
「翔空……っ」
聞こえるはずもないその名前を、何度呼んだだろう。
あたしはいったい、なにを迷っているんだろう……。

【翔空side】
「ちょっと翔空、いいかげんにしなさいよ」
「せめてなんか食べろよな」
夏と祐介の心配する声が聞こえてくるけど、食べ物なんて喉を通るわけがない。
あの瞬間……。
あの手紙を見た瞬間……心がなくなった気がする。
なにが書かれていたかって？
なにも書かれてない。
ただ……。
≪あたしはあたしの居場所に戻ります。
今までありがとう。
それからごめんね……。
大好きでした。≫
それだけ。
俺が知っていた電話番号は解約されていて繋がらなかった。
家に行ってもいなかった。
あの日感じた詩姫の違和感。

あのとき、しっかりと聞いていれば、こんなことにはならなかった。

異常なくらいに泣いていた詩姫は、あのときなにを思っていたんだろう。

詩姫に「好き」と言って、「好き」と返ってこなかった時点で気づくべきだった。

なにが、詩姫の心がわかるだよ。

結局、なにもわかってなかったんだ。

その手紙になにがこめられているのかなんて、わかるはずもない。

一方的な別れ。

俺は、詩姫に嫌われたんだ。

何度もそう思おうとした。

なのに、そのたびに、あのデートの日の、詩姫の幸せそうな顔が蘇ってくる。

母さんに聞いてみたら、退学届が送られてきただけで、他は知らないとしか言われなかった。

あの日、最後に詩姫と別れてから、どれくらいの日がたったのかな。

そんなことも思い出せないくらいに、長い時間がたった気がする。

まともに食事も取らず、ただ窓辺で一日中、空を見あげる日々に、俺はどうしてなにも違和感を感じないんだろうね。

詩姫を失った世界は、こんなにも色がない……なにもない世界。

思い出すのは詩姫のことばかり。

夏と祐介が訪ねてきて事情を知ったけど、もちろんふたりも詩姫からはなにも聞いていなかったらしい。

ただひとり、詩音さんなら知っているかもしれない。

そう思ったけど、電話すらもかけられなかった。

こんな現実、すべて夢だ……そう思っていたかったから。

「……詩姫、どうして」

「なにか事情があるんだろ。じゃなかったら、こんなことするような子じゃねぇし」

「行き先さえわかれば……」

夏と祐介がなにか話している。

そういえば、ふたりは制服だ。

ということは、もう学校も始まったのか。

詩姫のいない学校なんて、行ってもなんの意味もない。

生きている意味さえわからなくなる。

ふと、スマホにぶらさがっているウサギが目に入った。

グレーの目がくりっとしたウサギ。

俺に似てるって言ってたっけ。

たしかに似てるのかもしれない。

白でも黒でもない、グレー。

なにに対しても中途半端な俺にぴったり。

「……詩姫……」

無意識にぽつりとつぶやいたその名前。

夏と祐介が顔を見合わせたのがわかった。

——ピンポーン。

　玄関の呼び鈴が鳴る。
　そんなの出る気にもなれなくて、俺は聞こえないフリをしたまま、また窓の外を見あげた。
　外はもう暗くて、相変わらず星の少ない都会の夜空が広がっていた。
「……私、出てくるわね」
　見かねた夏が、立ちあがって駆けていく音が聞こえる。
「えっ」
　かと思ったら、夏の驚いた声が聞こえてきた。
「なんだ？　どうした、なっつん……え、なんでここに？」
　様子を見にいった祐介も、驚いた声をあげた。
　誰だっていうんだろ。
　うまく回転しない頭の中、騒がしい足音が近づいてきた。
　——バンッ！
　勢いよく扉を開けて入ったきたその人物に、俺の目がわずかに見開かれる。
「……詩音、さん……」
「やっぱりな」
　俺の姿を見たとたん、詩音さんの目が鋭くなった。
　つかつかと俺に近づくと、容赦なく胸ぐらをつかみあげられる。
「なにやってんだよ、お前」
「……なにって」
「そんなにやつれた姿を、詩姫が見たらなんて言うんだろうな。たったひとりでがんばってるアイツが、今のお前を見たら、いったいどんな風に思うんだろうな」

　俺はなにも言えないまま、ただ詩音さんを呆然と見あげていた。

「逃げてんだろ。今」

　逃げてる？　俺が？

「逃げてなんか……急にいなくなったのは詩姫の方だよ。なんの相談もしてくれなかった。さよならも言ってくれなかった。……わけ、わかんないんだよ」

　ちがう。

　こんなの言い訳だ。

　詩姫が悪いんじゃない。

　あの詩姫だから、相談もできなかったんだ。

　どんなに辛くても苦しくても、いつも自分より他人を優先する……誰より不器用で、心の優しい子だから。

　……だから、俺が気づいてやらないといけなかったのに。

「……そんなもんかよ」

　そんなもん？

「詩姫に対するお前の気持ちは、こんなに簡単にあきらめきれるもんだったのかって聞いてんだよ!!」

「…………」

　あきらめきれる？

「俺は……っ」

「お前、俺に言ったよな？　詩姫は誰よりも守りたい大切な存在だって。なら守ってみせろよ。男だろ！　……ったく、こっちが連絡待ってやってるってのに、いつまでたっても来ないし」

「は？」

予想外の言葉に眉根を寄せると、詩音さんは乱暴に俺のことを離して、盛大な舌打ちをした。

「これ、詩姫の手紙か？」

ふと机にあった手紙を拾いあげ、それに目を通した詩音さんは、今度は盛大にため息をついた。

「……こんなの書いといて、あれだもんな」

「……あれって」

詩姫のことであろうその言葉に、俺の瞳に色が戻りはじめた。

「俺の質問に答えろよ。翔空」

「…………」

「お前は、まだ詩姫が好きか？」

なんでそんなことを、俺に聞く？

「そんな当たり前なことを、俺に聞かないでよ」

思わずにらみつけて、そう言いはなった。

詩音さんはしばらく俺とにらみ合って、フッと笑った。

「なら、いつまでウジウジしてるつもりだ？」

「……なにが言いたいの？」

「行ってやれ、迎えに。好きだったら、大切だったら、ちょっとやそっとであきらめんじゃねぇ」

「……行けるなら、行ってる」

事情もわからない。

場所もわからない。

　迎えにいきたくたって、行けない。
「地の果てまで探してこい」
「は？」
「って男としては言いたいところだが、今回は詩姫にも非はあるからな。俺から説明する」
　それから俺と夏、祐介に話されたのは、詩姫の母親……詩織さんのこと。
　それからあの父親についても、詩音さんは話してくれた。
「……つまり、詩姫は」
「母さんの入院中の世話と、家のことをするために向こうに行った。父さんに言われて……だけど、たぶん自分の意思で」
　なんだそれ……。
「アイツ、ああ見えて誰よりも不器用なんだよ」
「…………」
「父さんの転勤が決まったとき、この場所にいることを選んだのは、まちがいなく翔空や夏菜ちゃんたちがいるからだ。それが、あのときの詩姫の中の答えだった」
　少しあきれたような顔でため息をついた詩音さんに、夏と祐介が顔を見合わせる。
「母さんのことを聞いたときの詩姫の答えは、たぶん向こうに行くってことしかなかったんだろ。……アイツ、今まで転校しつづけてきて、その場限りの付き合いしかしたことなかったからな」
「あ、つまり、詩姫はこの場所から離れることは、私たちから離れることって思った……ってことですか？」
　夏の言葉に、俺と祐介の目が見開かれる。
「まあ、そんなところだろうな。自分が向こうに行くにあたって、こっちで翔空たちを待たせることはできない……とか思ったんだろ」
「バカじゃないの、あの子」
「んー、だからって一言くらいほしいよなぁ」
　いや、ちがう。
　詩姫は言えなかったんだ。
　心配かけるとか、そんなことをもんもんと考えて。
「……詩姫は今、どんな風に過ごしてるの？」
　俺の言葉に、詩音さんは深いため息をついた。
「泣いてる」
「は？」
「え？」
「泣いてる？」
　いっせいに顔が曇った俺たち。
　そんな俺たちを見て、詩音さんは苦笑した。
「２日に１回はかかってくるぞ、電話。夜中に泣きながら、怖い、帰りたいって」
「…………」
「翔空」
　詩音さんは俺になにかを突きつけてくる。
「これ……」
「行くんだろ。詩姫のところに」

受け取ったのは飛行機のチケット。

それも、今日の夜中の便だ。

「……俺の大事な妹なんだ。泣かせんなよ」

フッと笑った詩音さんに、俺は小さくうなずいた。

俺も、つくづく弱いな。

詩姫が泣いてるのに、俺はいつまでもこんなところで空ばっかり見あげて、なにをしてるんだろ。

深く息を吐いて、目を開けた。

詩姫を抱きしめるのは、俺の特権なのに。

俺の世界が、また色づきはじめたことに気づいたのか、夏と祐介がどこか安心したような顔をしている。

「早くしろよ。空港まで送ってやる」

「っ……ありがと、詩音さん」

俺は近くにあったクッキーを引っつかむと、口に放りこんだ。

詩姫。

離れていて、わかったことがある。

完璧な人間なんてこの世にいないのに、俺も詩姫もずっと自分を偽って生きてきた。

だからこそ、手の届く場所にいないとダメなんだ。

出会ったときから、俺たちはずっと求め合ってきたんだから。

それはきっと、俺と詩姫の運命の繋がりなんだろう。

運命の相手は、どうしたって詩姫なんだ。

だって、離れててこんなに辛くなるのなんて、詩姫以外ありえない。

一方的に別れるなんて、詩姫も相当なマイペースだな。

……俺には、敵わないけどね。

迎えにいくから。

ちゃんと、詩姫がいる場所まで。

どこまでだって、行ってやる。

詩姫からもらったマフラーと、グレーのウサギを持って、ひとりぼっちで泣いているキミのところに。

今度は離れないように、ずっと抱きついていよう。

たまには、かっこいい俺でいられるように。

そう心に決めて、詩音さんとともに家を飛びだした。

【詩姫side】

朝の５時半。

まだ冬の空はまっ暗なのに、目が覚めたあたしは、家の前の公園でただボーッと空を見あげていた。

「こんなに星がたくさん……」

それは何度見ても綺麗だと思うけれど。

心にぽかっと穴が開いたように、すべての星が悲しく光っているように見えた。

夜空を見あげるたびに思い出すのは、翔空との約束。

星のたくさん広がる、こんな夜空の下に、ふたりきりで夏の大三角を見にいくこと。

……こんなに悲しい星たち、見ているだけでも辛くなってくる。
　ねえ、キミたちがそんなに悲しい輝きなのは、あたしの心が悲しんで、泣いているから？
　こんなにも苦しくなるのは、自分の心にウソをついているから？
“♪たとえば世界でただひとり
　キミと繋がる運命の相手がいるのなら♪”
　あたしの好きな歌……。
　あたしとお兄ちゃんが好きな歌。
　気づいたら口ずさんでいた。
　誰もいない静かな公園に、あたしの歌声が小さく響きわたる。
　大切な人へ届けたい想いを歌詞にしたこの歌は、あたしの心に響くもの。
　この歌を誰よりも伝えたい人が、あたしにはいる。
　届くはずもないけれど、あたしは悲しい星たちを見あげながら歌い続けた。
“♪もう届かないこの声に
　それでも伝えたいこの想いをのせて♪”
　ねえ、翔空。
　あたしは今、キミに歌ってるんだよ。
　この歌は、あたしと翔空のためにあるようなものなんじゃないかな。
　だってこんなにも、あたしの……あたしたちの心に重なっているんだから。

“♪逢いたいとつぶやく回数は
　心が好きと叫んでいる回数で
　伝えたいこの想いは
　他の誰でもないキミへの心♪”
　会いたくて、会いたくて仕方がないこの気持ちは、きっといつまでも消えないまま。
　それでも夜空を無意識に見あげてしまうのは、きっと見え方はちがっても、翔空も見ているんじゃないかって思ってしまうから。
“♪キミへ伝えたい想いは
　どれだけ離れても、きっと変わらないから
　愛してる……その言葉を今キミに贈るよ♪”
「……翔空が、好き」
　歌いおわって無意識につぶやいたその言葉。
　そして同時に、あたしの瞳から涙がこぼれ落ちた。
　離れたって、届かなくたって、嫌われたって……好きなんだ。
　あたしは、どうしようもなく、翔空に溺れたままなんだ。
　ねえ、もう一度、もう一度だけでいいから、会いたい。
　会いたいよ……！
　ベンチに座ったまま、うつむいて次から次へとあふれてくる涙を隠すように手で顔を覆う。
「っ……ひくっ……うぇ……っ」
　情けない。
　こんなの誰かに見られたら、ただの変質者だ。

　ゴシゴシと服の袖で涙を拭って、すぅっと息を吸いながら顔をあげた。
　……瞬間。
　止まるはずのない時間が、止まった。
　あたしを含むすべての時間が、止まった。
「……愛してる……の方が、俺はうれしいかなー」
　なんで……？
「って、やっと見つけた。ホント、俺の姫はどこまでもマイペースで泣き虫でー」
　これは、あたしの都合のいい夢だろうか。
　だって、そうじゃなきゃこんなこと……。
「あ、とびきりかわいーんだった」
　……ありえない。
　フワッと包まれた甘い香り。
　止まっていた時間が、動きだす。
「……な、んで」
　ふわふわの明るい茶色の髪。
　まるで絵本の中から飛びだしてきたような、その容姿とオーラ。
「やっとつかまえた。詩姫」
「っ……どう、して……」
　キミが、ここにいるの？
「自分の王子がさびしがりなの忘れたのー？　俺の前世、ウサギなんだから、さびしくさせたら死んじゃうんだからね？」

「なんで……？」
「さっきからそれしか言ってないよ」
……チュッ。
「……っ……！」
突然重ねられた唇。
何度も何度も、まるでもう離さないって言ってるように繰り返されるキスに、あたしはこれが現実だと、やっと認識した。
「っ……ぷはっ……と、翔空……」
やっと体を離した彼に、あたしはもたれるように寄りかかった。
この香り……あたしの、好きな翔空の香り。
「やっと名前呼んだね」
フワッともう一度あたしを抱きしめた翔空に、また涙があふれ出た。
「……翔空ぁ……っ」
「泣いていーよ。もう離れないから」
ポンポンッとあたしの背中をあやすように、軽くたたいた翔空に、ハッと我に返った。
バッと離れて翔空を見あげる。
「ねえ、なんでここにいるの？」
「んー？　迎えにきたから」
「……怒ってないの？」
「怒ってほしい？」
……なんか翔空がイジワルだ。

もうっと頬をふくらますと、翔空はおかしそうに噴きだした。

「ったく、かわいーな、ホント」

「からかわないでよっ」

あたしの頭をなでながら、翔空はいつものようにやわらかく微笑んだ。

あんなに会いたくて、恋しくて仕方がなかった。

合わせる顔がないと、もう二度と会うことはないと思っていた。

それでも、あたしの一番大切なキミが目の前にいるだけで、こんなにも過ぎた時間があっという間に巻きもどされていく。

「で、なんでこんな時間にここにいたの？」

「あ……目、覚めちゃって」

「へー。だから、俺に向けての愛の歌を歌ってたんだ？」

「なっ！」

い、いつから聞いてたんだ……。

かぁっと赤くなった顔のまま、翔空をぽかぽかと殴る。

「バカッ」

「はいはい」

「っ〜〜〜！」

ぷいっと顔を背けると、翔空はあたしの手を取って首をかしげた。

「こんなところにいたら風邪引くから、詩姫の家行こーよ。雪多すぎ。寒い」

「う、うん」
　たしかにこんなところでは、寒いだけだ。
　あたしはすぐ目の前のアパートの部屋に翔空を案内する。

「へー、今はここに住んでるの？」
「うん」
　部屋を見まわしている翔空に、あたしはうなずいた。
「今ココアいれるね」
　キッチンでココアをいれ、部屋に戻ると、翔空は棚に飾られた写真を真剣に眺めていた。
　いくつかある写真の中で、１枚の写真を食いいるように見る翔空に、あたしは首をかしげる。
　それは、あたしの幼い頃の砂場で遊んでいる写真だった。
　お母さんにもらった、お気に入りの写真。
　どうしたんだろう？
「……これ」
「これね、あたしの小さいときだよ」
　その写真とあたしの顔を食いいるように交互に見つめて、「……そーゆーことだったのか」と小さくつぶやいた。
　そーゆーことってなんだろう？
　あたしはさらに首をひねる。
　なぜかスッキリしたような顔でココアを受け取った翔空は、あたしの手を引いてベランダに出た。
　……寒くないようにって中に入ったのに。

そう思いつつも、置いてあった毛布をあたしの肩にかけてくれる翔空に、キュンと胸が高鳴った。
「詩姫に、俺の初恋の話したっけ？」
「初恋？」
「うん、昔、公園で見かけただけの子にひと目ボレしたんだよね。名前もなにも知らなかったし、ホント見とれただけ……なんだけど」
そういえば、前にそんな話を聞いたっけ。
記憶をさかのぼりながら、ココアを口に含む。
「俺の初恋、詩姫だった」
「そっかぁ……ん？　へっ？　あたし？」
聞きながしそうになって、あたしは自分の耳を疑った。
だって今、初恋は公園の見知らぬ女の子って……言ったよね？
「俺の初恋の子、あの写真に写ってる子」
「へ……？」
チラッと振り返って笑った翔空の視線の先は、さっきのあたしの幼い頃の写真だった。
ん？
つまり、翔空の初恋は幼い頃のあたし……？
「え、えぇぇぇぇぇ!?」
「うるさいよー、詩姫」
「だ、だって、そんな、ことってある!?」
初恋は別の人だと思ってたのに、まさかあたしだなんて!?

「俺もびっくりした。けど、なんか納得かも」
「納得？」
　あたしが首をかしげると、翔空は空を見あげて星を数えるように遠くを見ながらつぶやいた。
「だって俺、詩姫以外の子、好きにならないだろーなって思ってたし」
「……あたしも思ってたよ。生涯好きになるのは、翔空だけだろうなって。あれ、あたし言ったっけ？」
「ん？　なんて？」
「あたしの初恋も、翔空なんだよ」
「……うれしいけど、なんとなく知ってた」
　翔空だもんね。
　あたしのことなんて、やっぱり全部お見とおしなんだ。
「俺さ、詩姫と離れてあらためて思った。詩姫は、俺の心そのものなんだなーって。詩姫がいないと、俺が俺じゃなくなっちゃう」
「……あたしも思ってた」
　離れている間、何度も何度も思った。
　翔空も同じことを思ってたなんて……。
「夏の大三角の約束、覚えてる？　詩姫」
「うん、もちろん覚えてる」
　あたしにとっては、未来の大事な約束だもん。
「見にいこーね。ふたりで」
「夏に？」
「これから毎年。夏だけじゃなくて、春も秋も冬も、ふたりで綺麗な星空を見あげにいこーよ」
　プロポーズのようなその言葉に、ドキンッと鼓動が高鳴る。
「でも……あたし、自分勝手なことしたのに。翔空は、あたしのこと許してくれるの……？」
「たしかに、今回はさすがに俺も、結構ダメージ受けたけど」
「うっ……」
「でもね、詩姫」
　あたしに視線を落として、翔空がやわらかく笑った。
「詩姫が優しいのも、お母さん思いなのもよく知ってる。ひとりで抱えこんで突っぱしるクセがあるのもね。ずっと詩姫のこと見てきたのに、気づけなかった俺も悪い」
「そんなこと、ない……。言わなかったのは、あたしだもん」
「いいんだよ。詩姫ならなんだって許せる」
　ほら、いつもこうやって、あたしのことを甘やかすんだ。
「ごめんね。もうしない」
「ホント？」
「っ……気をつける」
　そんな翔空に甘えてしまう、あたしもあたしだけど。
「もう絶対離さないから。俺、詩姫がいないとホント無理みたいだし」
「ふふっ、なんか痩せたもんね」
「なにも喉通らなかったからね」
「あたしも、もう翔空から離れないよ」
　少しばかり明るくなってきた夜空の下。
　そこにまだ輝いている星たちに、さっきまでの悲しい色はどこにもなかった。

　ふたりで見あげたあの日の夜空よりも、ずっときらきらと輝いている。

　ギュッと繋いだ手を離さないように、お互いの存在をたしかめるように、あたしと翔空は深いキスをした。

“運命”

　それはきっと、一生でたったひとりだけしかいない、心から愛せる運命の相手のこと。

　素直になるのは難しいけれど、もし素直に甘えられる相手に出会えたら。

　ほんの少しだけでも、運命を疑っていいのかもしれないね。

　ウサギなキミへ、あたしが贈りたい言葉は……。

「「愛してる」」

　あたしとキミの重なる気持ち。

　どうかいつまでも続きますように……♡

END

☆
☆
☆
☆

文庫限定＊番外編

ウサギなキミと旅します！

暑い暑い夏休み

【詩姫side】

「……暑い……」

「……うん、暑いねー」

７月下旬。

あまりの暑さに、あたしは扇風機の前に寝そべった。

現在、高校２年の夏休み。

隣に同じように寝そべった翔空とは、付き合ってもうすぐ１年になる。

ここまでいろいろあったけれど、今ではなんの隔てもなく、相変わらずのマイペースな日々を過ごしている。

３月にお母さんも退院し、あたしは東京に戻ってきて、お兄ちゃんとの生活を再開した。

なんと受理されていたと思っていた退学届は、理事長が破りすてていたらしい。

北海道にいた間は欠席扱い。

足りない出席日数は試験で免除してくれて、無事進級までさせてもらうことになった。

『事情が事情だもの。それに、翔空と詩姫ちゃんは絶対別れないって思ってた。恋しくなって帰ってくるだろうなぁって。まさか翔空が先に行っちゃうなんて、思いもしなかったけどね～』

理事長に泣きながらお礼を言いにいったあたしに、返ってきた言葉がこれだ。

ありがたいやら、はずかしいやらで、翔空が手伝わされている仕事をあたしも自ら手伝うようになった。

せめてもの、感謝の気持ちだ。

お兄ちゃんは相変わらず、仕事が忙しくて家に帰ってくることは少ない。

とはいっても翔空の家は近いし、ほぼ毎日うちに来てくれているから、ひとりじゃない。

だから、さびしさなんてものは、いっさいないんだけどね！

夏休みに入って、１週間。

ぼちぼちと宿題を片づけながらも、毎日のように、こうしてふたりでぐうたらと怠けた生活を送っている。

「ねー、詩姫ー」

「ん？」

ふいにひょこっと起きあがった翔空が、なにかを思いついたように、あたしの顔をのぞきこんだ。

「夏だね」

「う、うん、夏だね」

そりゃ夏だよ、こんな暑いんだし。

暑くて暑くて死にそうなのに、なんでエアコンのないあたしの部屋にいるんだって話だよね。

この家誰もいないんだし、リビングをキンキンに冷やして涼しい思いを……。

「夏といえば？」

「な、夏といえば？」
　妄想にふけっていたあたしは、翔空の言葉をそのまま繰り返した。
　急に夏といえば？なんて言われても。
　えっと、夏……夏……。
「か、かき氷とかアイスとか？」
　ってあたし、ただ暑いの回避したいだけだ。
　でも、この暑さをしのぐためには冷たいものが欠かせないよね。
　かき氷にアイス、扇風機に冷房。
　……今ここにあるのは扇風機のみだけど！
「……詩姫、もしかして忘れてる？」
「へ？」
　なんのことかと首をかしげると、翔空はなぜかムスッと口をとがらせた。
　な、な、なんだ!?
　あたしはあわてて“夏”というキーワードにもう一度覚えがないか考える。
　夏……。
　夏……夏ね、夏……。
　夏といえば、夏といえば……。
「夏？　夏、夏……？」
　何ヶ月分かの“夏”を繰り返していると、翔空は大げさにため息をついた。
「ねー、詩姫ってバカ？」

「ばっ……!?」
　バカとはなんだ!!
　あたしは翔空をムッとにらみつける。
　これでも今、必死に考えてるんだよ。
　夏でしょ。夏。
　あ、お祭りとか？
　……お祭り？
　とたん、あたしの頭に浮かんだひとつの光景。
「あ」
　思い出した。
「……夏の、大三角のこと……？」
　少し自信なさげにそうつぶやいてみれば、翔空はさらに口をとがらせた。
「やっと？　今さら？　……俺、結構楽しみにしてたんだけどなー。ね、詩姫ちゃん？」
　恨(うら)めしそうに、じとーっとあたしを見る目に、たらりと冷や汗をかく。
「や、いや、だって、先月も星見にいったし……」
　そう、約束。
　去年の星濠学園の文化祭のあと、後夜祭の花火をふたりで見たときにした約束のことだ。
　都会の空は星が少ない。
　暗い空が埋まるくらいに星がたくさんある場所に行ってみたい、と言った翔空。
　そんな場所にふたりで行って、ふたりだけで夏の大三角を見つける。
それがあたしと翔空のした約束。
……だったんだけど！
６ヶ月前、北海道でふたりで空を見あげたとき、翔空が言ったんだ。
『夏だけじゃなくて、春も秋も冬も、ふたりで綺麗な星空を見あげに行こーよ』と。
で、その言葉のとおり……いや、その言葉以上に。
毎月のように、ここより田舎のなにもないところに、ふたりで星を見にいくのが恒例となっていた。
……今さら“夏”ってキーワードを出されても、思い出せないくらいに。
「お、覚えてるよ！　覚えてるけどね！」
なんとか言い訳をしようと、両手をグーにして抗議して、翔空の方に体を乗りだした。
そんなあたしに、翔空はポスッとクッションを顔に押しつける。
「先月とはちがうよ」
「へ？」
先月とはちがう？
ていうのは、先月見に行った星のこと？
クッションを握りながら首をひねるあたしに、翔空はへらりと笑った。
「せっかくの夏休みだよー。詩姫はなんか特別なことしたくないの？」

「特別なこと……って、たとえば？」
特別ってことは、いつもとちがうってことでしょ？
いつも見にいく場所とはちがうところに行くとか？
あたしがさらに首をひねると、翔空は考えるように人差し指を顎に当てた。
「……うん」
「……へっ？」
翔空はにこりと笑うと、あたしの手を取って立ちあがった。
「詩姫ー」
「な、なにか思いついたの？」
こういう表情をするときの翔空は、たいてい予想だにしない突拍子もない発言をする。
なにを言いだすのかと身がまえたあたしに、翔空はやけに楽しそうに、こてんと首をかしげた。
「俺と、駆け落ちしない？」
……は？
翔空の言葉が、何度か頭でリピートされた。
オレトカケオチシナイ……？
「か、か、駆け落ち……!?」
思わずダッと後ずさるけど、逃がすまいと翔空に腕を引っぱられた。
「ってのは口上だけだけど」
「は？」
「だってべつに、俺たち結婚反対されてるわけじゃないし」
「け、け、けっこん……!?」

あれ、なんだろう。

翔空がいつもよりさらに、突拍子もない話をしはじめた気がする。

気のせい？

「まー、詩姫のお父さんはわからないけどね。俺が思いついたのは、駆け落ちという名の“旅行”。現実逃避のために旅行するんだよ」

は、話についていけない。

駆け落ちという名の旅行……？

あたしの頭の上にはいくつものクエスチョンマークが飛びかっていた。

「気ままな旅だよ」

「…………」

「楽しそーでしょ？」

へらっと笑った翔空。

対してあたしは、口を閉じられずに唖然としていた。

「詩姫ー？」

「旅って……」

急にそんなことを言われても、今すぐ行けるようなものでもない。

でも、こういう突拍子もないことをサラリとしてしまうのが、翔空なんだよね。

「ど、どこに行くの？」

とりあえず、そこが問題だ。

どこに行くかにもよるし、お金の問題もあるし……。

　あたしがあれこれ考えていると、翔空は目をぱちくりさせたあと、「うーん」と髪に指を絡ませた。
「せっかくなら……」
「うん？」
「北海道……とかどー？　詩織さんにも会えるし」
　翔空はふわっとやわらかく微笑んで、またその場にストンッと腰をおろした。
　あたしもおずおずと翔空の隣に座る。
　翔空ってば、あたしのこと考えてくれたのかな……？
　お母さんが無事に退院したとはいえ、すぐにこっちに戻ってきてしまったから、約４ヶ月半もの間、お母さんやお父さんとは顔を合わせていない。
　もちろん定期的に電話はしているし、病気から回復して元気なことは知っているのだけど。
　やっぱり少し気になってたんだよね。
　たしかに北海道なら、星が綺麗に見えるところはたくさんあると思うけど……。
「ありがと、翔空」
　なにも考えていなそうに見えて、じつは誰よりもいろいろなことを考えている。
　……そんな翔空だからこそ、あたしのことに関しては本当になんでも手に取るようにわかってしまうんだ。
「んー？　俺は星が綺麗に見られるところに行きたいだけだから、詩姫にお礼言われるよーなことはなにもないよ」
　いつものとおりフワッとやわらかく笑って、翔空はヨイショと立ちあがった。
「俺、星が見られるところ探しとく。飛行機のチケットも取らないとだね」
「翔空に任せっぱなしでいいの？」
　あたしもなにか……。
　そう思ったけど、翔空はゆるゆると首を振ってあたしの頭をなでる。
「いーの。こーいうのは男の仕事だからね。詩姫は詩織さんに連絡しといてよ」
「……わかった」
　少々申し訳ない気もするけど、この翔空がめずらしくやる気になってくれてるんだし。
　そう思って笑ってうなずくと、翔空も満足そうに微笑み返してくれた。
「じゃー、俺は一回帰るかな」
「あ、チケット取れたら電話してね。行く日にちもお母さんに伝えたいから」
「りょーかい。なるべく早く取るよ」
　翔空を外まで見送りながら、あたしはお父さんのことを考えていた。
　向こうに帰るということは、必然的にお父さんとも顔を合わせることになるかもしれない。
　お母さんが退院して、東京に戻ると言ったときも、「そうか」の一言だけだった。
　お父さんにとって、あたしはいったいどういう存在なんだろう。

なんて、今さらながらに考えてしまう。

あたしだけじゃない。

お兄ちゃんやお母さんもそうだ。

お父さんにとっての“家族”ってなんなんだろう。

幼い頃から変わらない、この関係性。

家族という形に、正解なんてないのだろうけれど。

あたしたちは、家族なのだろうか。

本当の家族のはずなのに、どこよりも冷たくてバラバラで。

いや、あたしとお兄ちゃん、お母さんは申し分なく家族と言えるはずなんだ。

ただそこに、もうひとり……。

まぎれもなく家族のはずの、父親がいないだけ。

お父さんとの、絆(きずな)がないだけ。

「詩姫？」

「え？」

ハッと顔をあげると、翔空が心配そうにあたしの顔をのぞきこんでいた。

「どーしたの。難しい顔してるよ」

「あ、ううん。なんでもない」

あわてて顔の前で手を振ると、翔空は小さくため息をついてあたしの頭をなでた。

「そーやっていつも自分の感情隠そうとするのは、詩姫の悪いクセだね」

「か、隠そうとなんて……」

「詩姫はひとりじゃない。俺がいる。ちがう？」

　ちがくない。

　ヤケドしてしまいそうなほど、温かい。

　太陽みたいな温もりを持った翔空がいる。

　あたしの帰る場所は、ちゃんとここにある。

　そんなの、とっくにわかってるよ。

「あたし、あの日、星にお願いごとしたの」

「あの日？」

「北海道にあたしを迎えにきてくれた日」

　会いたくて仕方がなかった。

　もう耐えられない、とも思った。

　そんなときに、キミはいつものやわらかい笑顔であたしを迎えにきてくれた。

　ああ、あたしは一生、この人の隣にいたい。

　なにがあっても、ずっと翔空と手を繋いでいたい。

　心から、そう思ったから。

“これからもずっと、あたしの帰る場所が翔空の隣でありますように”

　そう、星に願ったんだ。

「なんてお願いしたのー？」

「言わないよ。叶わなくなったら嫌だもん」

「ふーん。なら俺も言わないでおこっかな」

　思わずキョトンとして、翔空を見る。

「翔空もなにかお願いしたの？」

「ん、ナイショ」

き、気になる……けど。

お互い内緒も悪くないかな、なんて思ってしまうあたしは、どこまでもやっぱりキミに溺れている……。

あたしは自分に苦笑しながら、翔空に手を振った。

手で顔をあおぎながら、歩いていく翔空の背中。

クリスマスデートの日……。

あたしが見送った背中と同じだけれど、あのとき見えた背中より、今見ている背中の方がずっと……。

ずっと、たしかな形で触れられる。

どうしようもなく好きで。

どうしようもなく愛しくて。

だからこそ、この場所を大切にしていかないといけないんだ。

もう二度と離さないように。

翔空と繋がれた手も、あたしのいるべき場所も、すべてが宝物だから。

「駆け落ち旅行……か」

駆け落ちなんて、どうかしてる。

結婚を反対されているわけでもなく、その前に結婚の話すらしていないのに。

でも、それくらいの気持ちを、翔空も持っていてくれているってことだよね。

受けとめて、その倍返せるように。

もう二度と、さびしがりなキミを泣かせないようにしなきゃ。

それが、あたしの一番の幸せなんだから。
「あ、お兄ちゃん？」
『おー、久しぶりだな。詩姫』
その日の夜。
お兄ちゃんに電話をかけると、なにやらがやがやとした雑音も一緒に聞こえてきた。
「今、平気？　……なんかすごく騒がしいけど」
『あー今な、レコーディング終わって打ちあげやってんだよ。抜けてきたから問題ない。で、どうした？』
お兄ちゃんが歌手デビューをすることになって、もうずいぶんたつ。
今ではさらに人気が出て、本当に忙しそうなんだよね。
会える回数も極端に少なくなったけど、たまにひょっこり家に帰ってくるからさびしくはない。
「あのね、今度、翔空と北海道に行くんだけど……」
『母さんのとこ帰るのか？』
「顔は出してこようと思ってるけど、目的は別だよ。……りょ、旅行行くの」
『……青春、楽しんでんなー』
苦笑したお兄ちゃんに、あたしは「からかわないでよ！」と赤くなった顔を片手で覆った。
『あーでも、ちょうどよかったかもな』
「へ？　なにが？」
『俺も仕事で北海道行くんだよ。そんときに時間があれば母さんのところに顔出してこようかと思っててさ』

「そうなの!?」
『あぁ。だから、母さんに連絡するなら俺からしといてやるよ。どうせ今日かけようと思ってたし』
　ナイスタイミングだったわけだ。
　あたしはひとりコクコクとうなずく。
「じゃあ伝えてくれる？　お母さんに」
『おうよ、任せとけ』
　お兄ちゃんの了承の声を聞いて、他愛もない会話のあと電話を切った。
　お母さんに顔を出すのも重要だけど、一番の目的は翔空との旅行だ。
　わざわざ北海道まで見にいく星空。
　準備万端で見られるように、いろいろそろえていきたい。
　そう思いたって、あたしはスマホである人に電話をかけた。

　次の日。
「……買い物に付き合うのはいいんだけどさ」
「うん？」
「あんた、さっきから食べてばっかりじゃない。どんだけ食べるのよ」
　そんな引いた目で見ないで、なっちゃん！
　クレープとベビーカステラとかき氷しか食べてないのに。
　あ、今からたこ焼きも買おうとしてるけど。
「詩姫って、そんなに食べる子だったっけ」

「お祭りは別だよ。屋台とかならいくらでも入る」
「なに、そのおやつは別腹みたいな言い回し」
　なっちゃんに買い物に付き合ってほしいと頼んだのだけど、ショッピングモールで買い物の最中、近くでお祭りがやってることを知ったんだ。
　もちろん行きたい！　となっちゃんにねだり、買い物は中断して、ただ今お祭り堪能中。
「なっちゃん、かき氷しか食べてないよ」
「この祭り来る前にモールでクレープ食べたでしょうが！」
　せっかくのお祭りなのに……と唇をとがらせると、なっちゃんはため息をついた。
「たこ焼きなら食べるわよ。もう甘いのは無理」
　なっちゃんってば、口は悪いけど本当はすごく優しいんだよね。
　だからあたしは、いつも迷惑かけちゃってるわけだけど。
　それでもなっちゃんは、帰ってきたあたしに言ってくれたんだ。
『気づかなくてごめん』
『おかえり』
　温かすぎるその言葉に、あたしはまた泣いてしまった。
　本当に、あたしの周りは優しい人ばかりだと思う。
「久しぶりに、なっちゃんとふたりで出かけられたんだもん。あたし、うれしい！」
「はいはい。ほら、順番来てるわよ」
　姉御肌（あねごはだ）って、きっとなっちゃんみたいな人を言うんだろうな。

　同い年とは思えないくらいしっかりしてるし、お姉さんって感じ。

　なによりイケメンだし。

　本当に自慢の親友だ。

「は、はふぃっ」

「ほら！　もうそうやってすぐバカやるんだから！　できたてなんだから熱いに決まってんでしょ」

　買ったたこ焼きを口の中に放りこんで、あまりの熱さに飛びあがったあたしに、なっちゃんはあわてて口に水を流しこんでくれた。

　あー……熱かった。

　自分が猫舌だったの忘れてたよ。

「舌がひりひりする〜〜〜っ」

「自業自得ね。まったく……ほら、もう十分食べたでしょ？買い物の続き戻るわよ」

　なっちゃんは、口を開けてひーひー言っているあたしの手を引っぱって、人ごみの中を抜けだした。

　ホント、なっちゃんってば、あたしの保護者みたい。

　なんて頼りになるんだろう。

　あたしが男だったら、まちがいなくなっちゃんに告白してたって本気で思うくらいだ。

「あーあ、祐介くんがうらやましい」

「はぁ？」

　気づけば心の声を口に出していて、なっちゃんが怪訝そうに振り返った。
「こんなできた子が彼女なんて、祐介くん、ホントうらやましいなって。誇れる彼女だなぁって。あたし、なっちゃんみたいにしっかりしてないし……」
「……どうかしらね」
　返ってきた声はどこか陰りを見せていて、あたしは「どうしたの？」と首をかしげた。
「……詩姫は、私と祐介がなんで付き合ったのか知ってる？」
「え？　んーと……知らない」
　知らないけど、お互いが好きだから付き合ったんだよね？
　だって見てればわかるもん。
　なっちゃんと祐介くんは、たしかにカップルらしくないところもある。
　けど、ちゃんとなっちゃんは祐介くんが好きだし、祐介くんだってなっちゃんのことが大好きだ。
「私と祐介と翔空が、幼なじみなのは知ってるわよね？」
「うん」
「でも実際は、私と祐介の方が付き合いは長いのよ。私たちって、それこそ物心ついたときからの仲だから」
「えっ、そうなの!?」
　知らなかった……。
　てっきり３人とも、幼い頃からずっと一緒なのかと思ってた。

「翔空とは小学校が同じでね。祐介と翔空が仲よくなって、私とも遊ぶようになった。その頃からね、３人でいるようになったのは」

　そっか、ひとつ年上の祐介くんと同い年の翔空が仲よくなった。

　そして、なっちゃんとも。

　３人の幼なじみの関係は、祐介くんが繋いだってことなんだ。

「その頃はまだ幼かったし、難しいことは考えないで、ただただ３人で仲よく遊んでたわね」

「……その頃は？」

　時間がたったら、ちがうものになってしまったの？

　今の３人を見ていても、とくに変わった様子はないと思うのに。

「祐介の家って、結構大きな病院なのよ。で、私の家は祐介の家と連携(れんけい)して研究を行ってる」

「え、え、ちょっと待って」

　あの祐介くんが、医者の家育ちなの!?

　なっちゃんの家は、連携している研究者ってこと？

「まぁ、いいから聞きなさいよ。だから私と祐介の家はお互い仲がよくてね」

「う、うん」

「離れたくても、離れられない関係っていうのかしらね。私と祐介の場合は、離れたいわけじゃないから穏便に済んでるけど」

なんだか難しい話らしい。

あたしはなっちゃんのなんともいえない顔を見あげながら、首をひねる。

でも、ちょっと待って。

「なっちゃんと祐介くんの関係はよくわかったんだけど、ふたりはお互い好きだから付き合ってるんだよね？　お家の関係ってわけじゃないんでしょ？」

「……まあ、ね。たぶん。最初は親に言われてだったけど、あたしたちにそういう気持ちがないわけじゃない。でもその関係性があるから、いろいろ不都合があるのよ」

たしかに祐介くんの家となっちゃんの家の関係性からしたら、今のふたりの関係は大変なのかもしれない。

もし崩れでもしたら、家にまで影響が出かねないわけだ。

「んー、でもなっちゃん」

こんなことをあたしが言っていいのかは、わからないけれど。

「なっちゃんは、祐介くんのこと好きでしょ？　祐介くんだって、なっちゃんのこと大好きだもん。難しいこと考えなくても、このままでいいんじゃないかな？　翔空も言ってたよ。なっちゃんと祐介くんの関係は、きっとずっと崩れないって。今までだって、ケンカばかりだけど、いつもいつの間にか仲直りして、ふたりは俺のそばにいてくれるんだって」

「翔空がそんなことを？」

驚いたという顔で目を見開くなっちゃんに、あたしは笑ってうなずいた。

「翔空にとっても、なっちゃんと祐介くんは大切な幼なじみだから。あたしはまだみんなとの付き合いは長くないけど、なっちゃんも祐介くんも一番の友達だって、今なら言えるよ」

ふたりは、あたしと翔空よりもずっとお互いのことをわかり合っているってことも。

それは、そばにいれば、少なからず伝わってくるから。

とくに祐介くんは“俺はなっつん一筋だから！”の言葉どおりに、いつもなっちゃんのこと見てるんだよ。

「大丈夫だよ、なっちゃん。祐介くんはちゃんと、なっちゃんのこと好きだから」

「……詩姫に言われると、なんでも大丈夫だって思えてくるのはなんでだろうね。でも、ありがと」

なっちゃんもボーイッシュだけど、意外と女の子なんだよね。

あたしと同じ、恋する乙女ってやつだ。

なっちゃんの祐介くんに対しての対応は、結構つんけんしてるけど、それもなっちゃんの愛情表現なんだ。

「私にもたこ焼きちょうだい」

「あ、うん！　おいしいよ！」

あたしも、祐介くんに負けないくらい、なっちゃん大好きだけどね！

屋台を見てまわったあと、ショッピングモールに戻って、あきれながらもずっとあたしの買い物に付き合ってくれたなっちゃん。

　こっそり買った色ちがいのイヤリングを、帰り際になっちゃんのカバンに忍びこませておいたことは内緒です。

北海道

【詩姫side】
「翔空！　急がないと飛行機行っちゃうよ！」
　重い荷物を肩からさげて、大きなあくびをしながらうしろを走ってくる翔空を急かす。
「なんで寝坊するのー!!」
「昨日の夜、母さんに書類処理手伝わされてたら寝るの遅かったのー」
「飛行機の中で寝ていいから、今は走って！　せっかくチケット取ったんだから！」
　あたしがこんなにも翔空に大きな声をあげることはめずらしい。
　だけど、今日は待ちに待ったふたりでの旅行の日だ。
　これで飛行機に乗れず行けなくなった……なんて笑えない。
「翔空っ！」
「わ、わかったから前向いて！　転ぶから！」

　なんとか荷物を預け、飛行機に乗りこんだあたしたちは、ホッと息をつき、脱力してイスに座りこんだ。
「じゃ、俺寝るね」
「ホントに寝るの？　……でも、あたしもなんか、眠くなってきた」

「寝てたらあっという間だし、詩姫も寝よー」
　どんなときでもペースを崩さない翔空に苦笑しながら、あたしも背もたれに寄りかかった。
　意外と座り心地がいい。
　じつは昨日、ワクワクしてあんまり寝られなかったんだよね。
　あくびとともに眠気が襲ってきて、あたしは目を閉じた。

「着いたー!!」
「うわ、涼しい。俺、こっちに引っこしたいかも」
　無事、北海道に到着したあたしたちは、ふたりして大きく伸びをした。
　カラッとした涼しい風が頬をなでる。
　なんて涼しいんだろう。
　さすが北海道。
　涼しいというより、むしろ肌寒いとすら感じるくらいだ。
「翔空、行こ！」
「うん、よく寝られたしね」
　飛行機に乗っている間はずっとふたりで寝ていたからか、向こうを出る前の眠気はもうどこかに行ってしまっている。
　お互いスッキリした顔で向かう先は、あたしの家……正確には、今あたしのお母さんとお父さんが住んでいるアパート。
　アパートといっても、そこまで狭いわけじゃないから、あたしと翔空が寝泊りするくらいは余裕がある。

節約のために、ホテルや旅館には泊まらずに、家に泊めてもらうことにしたんだ。

「北海道も久しぶりだけど、雪がないだけでこんなに印象ちがうんだね。あたし、なんかびっくりしちゃった」

前にここにいたときは、冬のまっただ中だったから、一面雪で埋めつくされていた。

今はそんな影すら見せずに、のどかで綺麗な景色が続いている。

都会に慣れてしまったあたしからしたら、この雰囲気はなんだかとてもなつかしい。

「空気が綺麗だね！」

スーッと息を吸いこみながら翔空を見あげると、翔空も気持ちよさそうに涼やかな風に身を任せていた。

「ホント、都会とはちがうなー。俺、あんまり外に出たことなくって、こういうところ来ると、どれだけ都会に人が多いのかってあらためて実感するよね」

「最初に東京の人ごみを見たときは、あたしすごくびっくりしたもん。ここよりももっと田舎に住んでたあとだったから、余計にだと思うけど」

バスに乗りこんで腰をおろしたあたしたちは、乗りだすように窓から外を眺める。

森に田んぼ、あたしたちの向かっている先には小さな住宅街。

なにより都心を覆うあの高いビル群がないだけで、こんなにも開放的なんだ。

あたしは今までいろいろなところを見てきたから、こういう場所もたくさん知っているけれど、どうやら翔空は見えている景色がめずらしいみたいで。

まるで小さい子供のように、外を指さしてはあたしを振り返ってくる。

「ねー、詩姫ー。あれ田んぼだよね？」

「うん。田んぼはね、カエルがいるよ」

「……んー、入るのはやめよーかな」

意外とそういう系は苦手なんだ……と思わず、くすりと笑ってしまう。

そういえば昔、家の近くの田んぼにひとりで行って夢中になっていたら、泥だらけになってしまったことがあったっけ。

そのあとお母さんにさんざん怒られて、大変だった。

そんな昔のなつかしい思い出が蘇ってきて、あたしは翔空の手をぎゅっと握った。

「ん？　どーしたの？」

「思い出！　たくさん作ろうね！　たくさん息抜きもして、翔空の肩から力が抜けるようにのんびりしよう」

笑って振り向いた翔空に、あたしも笑ってそう返した。

だって、これからしばらく翔空と関われない日が多くなるかもしれないんだもん。

さびしくないように、たくさん思い出を作っておきたい。

「俺はいつものんびりしてるけど。でも、ありがとー、詩姫」

　あたしをぎゅっと抱きよせた翔空は、そのままもたれるように、あたしの頭に自分の顎をのせた。
「翔空の受験、早く終わらないかなぁ」
　頭に軽い重みを感じながら、唇をとがらせるあたし。
「俺、一応推薦は取れてるからだいじょーぶだって。じゃなかったら旅行なんて来られないよ」
　そう、あたしよりひとつ年上の翔空は、今年大学受験がある。
　つねに学年トップの成績を取るほど頭がいいから、大学の推薦は確実らしいけど。
「でも、医学部って試験あるんでしょ？」
「うん、だから勉強はしてる」
　軽く言っているけど、寝る間も惜しんで勉強しているのをあたしは知ってるんだ。
　あたしの家にいるときですら、参考書は手放してないもんね。
　そんな翔空の邪魔は、あたしもしたくない。
　カノジョとして、しっかり支えないと……！
「それに、俺の受験が終わったら、今度は詩姫が受験なんだからね」
「うっ……」
　痛いところをつかれ、あたしは顔を曇らせる。
「翔空が、将来お医者さんかぁ」
「うん、意外でしょ？」
「……意外って言ったら意外かもしれない。翔空がお医者さんなんて想像できないもん」
　あたしの言葉に翔空はくすりと笑う。
「祐介の家が病院なのは知ってる？」
「うん、なっちゃんから聞いた」
　祐介くんは医者の道には進まずに体育大学に進むらしい。
　サッカーを続けたいって気持ちが強いんだって。
「俺と祐介も幼い頃からの付き合いだからさ、祐介の父親と関わることが多くて。すごくいい人で、父親のいない俺にとっては本当の父親みたいな存在だったんだ」
「祐介くんのお父さん……」
「祐介にそっくりだよ」
　きっと明るくて、思いやりを持った人なんだろうな。
　翔空がこんな風に言う人だもん。
「祐介が体育大学に行くって決めたときも、本当は病院を継いでほしいのに、反対するどころか応援してた。それで進路を決められていない俺に、医者はどうだってすすめてくれたんだ」
　翔空は相変わらずあたしにくっついたまま、視線だけを窓の外に移す。
　ちらりとその横顔を盗（ぬす）み見ると、それはすごくすがすがしいもので、あたしが今まで見てきた中で一番まっすぐだった。
「やりたいこと、見つけたんだね」
　そう微笑んで言えば、翔空も優しく笑ってわずかにうなずいた。
「こんな俺に医者なんてできるのかって不安だけど、祐介の父さんにもお世話になったし、俺が医者になってなにか恩返しができるなら、それでいいんじゃないかなーって」
　きっと、心のどこかにあったんだろう。
　医者になりたいって気持ちや、祐介くんのお父さんに対する感謝。
　翔空が今向き合っている現実が、これからの翔空の目指す場所になるなら、あたしは……。
「翔空なら大丈夫」
「え？」
　それを一番近くで見ていたい。
　一番近くで応援したい。
「あたしは、翔空が見えない場所でたくさん努力する人だって知ってるから。お医者さんだってなんだって、翔空なら絶対になれるって信じてるから」
「過大評価だよ、詩姫」
「そんなことない。だってあたし、ずっと見てきたもん」
　のんびりで誰よりもマイペースだけど、誰より心が繊細で温かい。
　勉強だって、他のことだって、なんにもしていないように見えるけど、本当は裏でたくさん努力しているから、なんでもないようにこなしてしまう。
　もとから頭がいいのもあると思うけど。
「大丈夫。途中で失敗したって、立ちどまったっていい。

今つかめる光を必死につかもうとすれば、それがいつしか翔空の生きがいになるかもしれない。それがどんな道でも、あたしは翔空を応援するから」

ギュッと翔空の手を握った。

その手を握り返して、翔空はあたしを抱きしめる力を強めた。

「……ありがと、詩姫」

小さな声でそう言った翔空にうなずきつつ、あたしは身をよじらせる。

「ちょっと翔空、苦しいよ」

「詩姫が悪いー」

これからもずっとこんな関係が続けばいいなって、心から思うから。

「あ、翔空、着いたよ」

あたしたち以外に誰も乗っていないバスが止まる。

あわてて翔空を立たせ、荷物を持った。

最近では都会のシステムに慣れてしまって、少しばかりちがうこの田舎のシステムにとまどいながら、お金を払っていると……。

「仲がよろしいですね」

突然バスの運転手さんに話しかけられて、あたしはかぁっと顔を赤くした。

誰もいないと思ってたけど、運転手さんはいたんだった。

……なんて当たり前のことを頭の中で巡らせながら、あわあわと翔空を振り返る。

「俺の大事なカノジョなんだー」

「ちょっ、翔空!?」

「はっはっは！　いいですねぇ、青春だ。お嬢さんも幸せですね」

なんだか、とてつもなくはずかしい。

あたしはうつむきながら、コクコクとうなずいた。

気さくな運転手さんと別れ、家までの道のりを歩きながらあたしは小さくため息をつく。

「……はずかしかった……」

「詩姫のはずかしがりー」

「なんで翔空は平気なの」

へらへらと笑う翔空に、あたしは唇をとがらせる。

いつもはあたしに負けないくらい、翔空だってはずかしがりやなくせに。

「なんでかなー」

……まったく。

相変わらず、翔空はマイペースでわからないことだらけだ。

でも、翔空と過ごす時間が積もれば積もるほど、あたしの気持ちは大きくなっていくことに変わりはない。

隣をのんびりと歩く翔空が、いつだってそこにいてくれる愛しさがきっとこれからもあたしには必要だから。

あたし以上にさびしがりな翔空を、いつだって包みこめる、そんな人になりたいと思うようになった。

「……ねぇ、翔空？」

「んー？」

翔空が高校を卒業して、一緒にいられる時間が減って、今みたいにいつだって隣にいられるわけではなくなっていく。

同じ時間は続かない。

どんどん変わって、追いかける間もなく過ぎていく。

それでもキミは、あたしの隣にいてくれるだろうか。

「……なんでもない」

あたしが聞けないことだって、きっと翔空のことだからわかっているんだろう。

キミはいつだって、あたしのことを見ていてくれるから。

「詩姫、笑ってよ」

「え？」

思わぬ返事に、あたしはうつむいていた顔をあげて目を瞬かせる。

「前にも言ったでしょ？　俺は詩姫が笑ってるときが一番好きなんだって。ほら、にーって」

「ぷっ……ヘンな顔〜！」

指で口の端をあげて見せた翔空に噴きだしながら、あたしもマネをして笑った。

……そう、きっと翔空なら。

いつだって、こうやってあたしのことを笑わせてくれる。

少しばかり下を向いていた自分を追いやって、あたしは空を見あげた。

これからのことは、今は考えないようにしよう。

だって、せっかくの翔空との旅行なんだから。

「早く行こう！　翔空！」
「あ、ちょっと詩姫、待って」
　あわてて追いかけてくる足音を聞きながら、あたしは胸に小さくうずいているモヤモヤを吐きだすように目をつむった。

　――ピンポーン……。
　何ヶ月ぶりかのアパートの扉の前で、あたしと翔空はふぅと息をつく。
　荷物を抱えて歩いていたからか、いつもより体力の消耗(しょうもう)が激しかった。
　翔空はなんてことなさそうだけど、もともと体力がないあたしにとってはきつい。
「だいじょーぶ？　詩姫」
　途中からあたしの荷物まで持ってくれた翔空が、心配そうにのぞきこんでくる。
「大丈夫。ごめんね、あたしの荷物まで……」
「そんなの気にしないのー。それにしても、誰も出てこないね。詩織さん、いないのかな」
　そういえば、インターホンを押してからしばらくたつのに、誰も出てくる気配がない。
　お母さん、出かけてるのかな？
　今日泊まるということは伝えていたはずなんだけど。
　あたしと翔空が首をひねっていると。
「あら、詩姫」

うしろからのんびりした声が聞こえてきて、あたしたちは驚いて振り返った。

「お母さん！　……え？」

喜んだのもつかの間、あたしは振り返った体勢のまま固まった。

なんで？

だって今日は、平日なのに。

「お父さん……？」

お母さんのうしろには、両手に買い物袋を抱えて立つお父さんの姿。

いつものスーツ姿ではなく、私服で髪も固めていないお父さんは、あたしの記憶にあるその姿とまったく一致しない。

「久しぶりー、詩織さん。えっと……詩姫のお父さん、こんにちは。星宮翔空です」

そっか、お父さんと翔空って、ちゃんと話したことないんだ。

「あぁ、詩織に話はよく聞いているよ。……よく来たな、ふたりとも」

……え。

お父さんの返しにあまりにも驚いて、あたしはポカンと口を開けた。

翔空も驚いたようで、目をぱちぱちと瞬かせている。

ニコニコと笑っているわけではないけれど、お父さんの顔はあたしが今まで見てきた中で一番優しかった。

思わず、なにがあったの？と口から滑りでてしまいそうになって、あたしはゴクリと唾を飲みこんだ。
「ほらほら、こんなところで立ち話もなんだから、早く中に入りましょ。今ね、お父さんとふたりで買い物行ってたのよ〜」
　お母さんに押しこまれるように家にあがったあたしたちは、とまどったまま、ソファに腰をおろした。
「……翔空、あたし夢見てる？」
　真顔で隣に座る翔空に尋ねると、翔空は苦笑いで首を振った。
「現実、だと思うんだけど」
　そんなこと言われたって、不可思議な現象が多すぎる。
　おもに、お父さんなのだけど。
　そもそも、平日なのにどうして家にいるのか。
　キッチンでお母さんとお父さんが話している声が聞こえるけれど、あたしの頭の中はぐるぐると回ってそれどころじゃない。
　そうこうしているうちに、お母さんとお父さんがキッチンから戻ってきた。
　その手には、均等に切られたスイカがのったお皿を持っている。
「さっきね、スイカ買ってきたのよ」
　ニコニコと笑ってそれを机に置くと、ふたりは正面のソファに座った。
「あ、え……っと」
　どうしよう。

　なにを話せばいいの……？

「お、お父さん……なんでいるの？」

　思った以上に小さな声になってしまって、体がこわばっていく。

　一緒に暮らしていたときでさえ、顔を合わせることは少なかったのに、もう何ヶ月も会っていないのだ。

　緊張なんてものじゃない。

「お父さんね、今日詩姫たちが来るからって、お仕事休んだのよ～」

「おい、言わなくていい」

　ニコニコとうれしそうに言ったお母さんに、お父さんは少しはずかしそうに眉間に皺をよせた。

「仕事を……休んだ……？」

　唖然呆然と目を見開いたあたしに、お父さんは小さく息をついて気まずそうに目をそらした。

「……有給だ。心配するな」

　そんなことを気にしているわけじゃない。

　いや、お父さんが有給を使って休んだってだけでも十分驚くけれど。

　あたしたちが来るからって……。

「お父さん……あたしのこと、心配してくれてたの……？」

　だって、このお父さんがそんなことするなんて、ありえない。

　そう思ったけど、前にお母さんが話してくれたときの記憶が蘇ってきたんだ。

“お父さんは不器用なだけ”

あの話を聞いたときは、信じきれていなかった。

だって今までだって、ずっとぶつかってきたんだもん。

あたしだけじゃない。

お兄ちゃんだってそうだ。

それなのに……。

「……星を、見にいくんだろう」

「え……？」

「少し距離はあるが……よく見えるところを知っている。車で近くまで送ってやろうと思ってな」

今になって、そんな優しくされたって、とまどうだけだよ……!!

「なんで？」

「…………」

「だって今まで、あたしのことなんかどうだってよかったでしょ？　なんで、急にそんな……っ」

「ちょっと詩姫、お父さんは……」

かばおうとしたお母さんを、お父さんが手で制した。

立ちあがったあたしの手を翔空がつかむのがわかったけれど、あたしはうつむいて唇を噛んだ。

なにやってるんだろう。

ずっと、うらやましかった。

学校で、クラスメイトがお父さんの話をして楽しそうに笑っているのを見るのが辛かった。

あたしのお父さんは、みんなのお父さんとちがうんだって、あたしもみんなみたいなお父さんがほしかったって、幼心に何度も思った。
……それなのに、どうして今、お父さんの優しさを受け入れることができないんだろう。
「……ずっと、なにもしてやれなかったからな」
「……っ」
「働ける間に働いておかないと、いずれ私が働けなくなったときに詩織が苦労するし、お前たちになにかあったとき、金銭面で困らせるわけにはいかないだろう。……私は、一応、詩織の夫で、詩音と詩姫の父親だから」
なに、それ。
声が出なかった。
視界が歪んで、お父さんとお母さんの顔がわからない。
「……でも、そんなのは詩姫にとっては言い訳なんだろうな。父親らしいことなんて、なにひとつしてやれなかった。詩姫にも、詩音にも。……悪かったって思ってる」
お父さんが、そんな風に思っていたなんて知らなかった。
知るはずもなかった。
だって、こんな風に言葉を交わすことだってしてこなかったんだから。
耐えきれずポタリとこぼれた涙は、吸いこまれるように床へと落ちていった。
ぎゅっと繋がれた手に力がこもって、あたしは翔空を振り返る。
「……だいじょーぶ。泣いていいよ」

　優しく笑った翔空の笑顔が胸にしみて、次から次へとあふれてくる涙をそのままに、もう一度お父さんに向きなおる。
　ふと、視界の端に見えた姿にあたしの目が見開かれた。
「お、お兄ちゃん……!?」
　あたしの声に、その場の全員が扉の方を振り返った。
「詩音、あんたいつからそこに？　なんでいるの？」
　お母さんが驚いて声をあげ、お父さんでさえ驚いたように固まっていた。
　翔空だけは気づいていたように表情を崩さずに、あたしの頭をなでる。
「……父さん」
　お兄ちゃんは扉に寄りかかっていた体を起こし、あたしの隣に来ると、まっすぐにお父さんを見すえた。
「俺は、父さんがそういう人だってわかってた」
「…………」
「上京するとき、母さんが俺にくれた金は、父さんが用意したものだってこともな」
「……そんなの」
「知らないわけないだろ、父さんの子供なんだから」
　サッと目をそらしたお父さんに、お兄ちゃんはかまわず続ける。
「それが、父親らしいことっていうんじゃないのか？　父さんは自分で気づいてないだけだよ。俺は父さんのこと、自慢の父親だって思ってる。……不器用すぎるけど、な」
　チラッとあたしを見て優しく微笑んだお兄ちゃんに、とまどって瞳を揺らす。
　だってあたしは、なにも知らなかったし、気づかなかった。
　お兄ちゃんみたいに思うことさえできなかった。
「詩姫は、父さん似だからな」
「え？」
　あたしがお父さんに似てる？
「不器用なところとかそっくりじゃん。な、翔空」
「うん、よく似てる」
「と、翔空まで……」
　面食らって眉を落とすと、お兄ちゃんは笑いながらあたしの頭をがしがしとなでて、目の前のスイカを手に取った。
「このスイカ、甘いな」
「え、あたしも食べる」
「詩姫、俺にも取ってー」
　お兄ちゃんにつられるようにスイカを口に運んだあたしたちは、その甘さに驚いて顔を見合わせた。
「ホントだ、甘い！」
「スイカとか食べたの、久しぶり」
「ちょっと翔空、種ついてる」
「え、どこー？」
　泣いていたのを忘れて、ケロッと意識がスイカに移ったあたしを見て、お兄ちゃんは苦笑した。
　お母さんはホッとしたように笑って、お父さんは微妙な顔をしながらスイカに手を伸ばした。
「……スイカか」

「ど、どうしたの？」

　スイカを食べるのに、そんなに微妙な顔をしなくても……。

「いや、何年ぶりだろうと思ってな」

　そう言いながらスイカを口に運んだお父さんは、小さくうなずいて二口目を口に運んだ。

「たしかにうまいな」

　しみじみと言うお父さんがなんだかおかしくて、ぷっと噴きだしたあたしに、お父さんは不思議そうな目をした。

「なんだ？」

「ううん、だってなんか、お父さんじゃないみたいで」

　あたしの見てきたお父さんも、今見ているお父さんも変わりない同一人物。

　それでも、全然ちがったように見えるのは、あたし自身の見方が変わったからだろう。

「お父さん」

「……どうした？」

　もう遅いかな。

　……ううん、遅くないよね。

　まだあたしたち家族の時間は始まったばかりだもん。

「星、見にいきたいんだ。……送ってくれる？」

　家族だってすべてわかり合うことなんてできないから。

　それでも、これまでも、これからだって、変わらずあたしたちは家族なんだ。

　それがどんな形であったとしても。

あたしはひとりなんかじゃない。

お母さんがいて、お父さんがいて、お兄ちゃんとあたしがいる。

あたしの隣には、翔空だっていてくれる。

なにがあろうと、怖くない。

そうだよね、お父さん。

「……あぁ、もちろん」

目を細めたお父さんに、あたしは涙を浮かべたまま笑い返した。

夏の長い昼が終わり、空が月明りと輝く星に包まれる。

あたしと翔空は、お父さんの車で人影のない田舎の道を走っていた。

道を照らすには少なすぎる電灯の横を通りすぎ、お父さんの車はゆるやかな斜面になっている坂の下で停車した。

「ここをあがると小さな丘に出る。そこは灯りもないから星がよく見えるはずだ」

「ありがとう、お父さん」

お父さんが用意してくれた懐中電灯を手に取って、車からおりたあたしたちは、窓から顔を出すお父さんにお礼を言う。

「ありがとー、詩姫のおとーさん」

「足もとが暗いから気をつけるんだぞ、ふたりとも。ゆっくり見てくるといい。帰りはまた迎えにくるから」

お父さんの言葉にうなずいて、ゆるやかな坂をのぼりだす。

「翔空くん」
　お父さんの呼びかける声に、翔空は足を止めて振り返った。
　お父さん……？
　つられるように振り返ったあたしは、お父さんと翔空を交互に見つめる。
「……詩姫のこと、大事にしてやってくれ」
　思いもしなかった言葉に驚いて固まっていると、翔空はめずらしくマジメな顔で小さく……でもしっかりとうなずいた。
「絶対守るし、大事にする」
　翔空の答えにお父さんは満足そうに目を細めた。
　な、な、なにこの状況……！
　なんだか無性にはずかしさがこみあげてきて、あたしは翔空の手を引っぱった。
「うん、行こっか」
「お、お父さん、行ってくるね」
「あぁ、気をつけろよ」
　今度こそお父さんに背を向けて、ゆるやかな坂をのぼっていく。
　あまり整備されていない道なのか、転ばないようにするのがひと苦労だったけど、なんとかあがっていくと、お父さんの言っていたとおり、小さな丘に出た。
「うっわぁ……」
　思わず駆けあがって頂上で空を見あげると、ほうっと息を吐いた。

小さな星も大きな星も、そのすべてがひとつひとつの輝きを帯びて、夏の夜空を一面に埋めつくしている。

「東京の空とは……比べ物にならないね」

「すごい……すごいね……！」

手を伸ばせば今にもつかめそうなほどに、たくさんの星がまるであたしと翔空を包みこむように果てしなく広がっていた。

こんな……こんな空が。

あの日、翔空と再会して見あげた空も綺麗だったけれど。

ふたりで見にいった、いろいろな場所の星空も綺麗だったけれど。

それとは比べ物にならないほどの星空に、あたしたちはしばらく声もなく見いっていた。

どちらからともなく腰をおろし、寝そべって肩を並べたあたしたちは、ぎゅっとお互いの手を握った。

懐中電灯の光も消し、まっ暗な空間があたしたちを包みこむ。

「…………」

「…………」

繋いだ手から伝わってくる温もりが、この星空にとけていってしまいそう。

この世界に、あたしと翔空しかいなくなってしまったように感じる。

今ここにはあたしたちしかいないから。

「……このまま、さらいたい」

なんの音もしない空間に翔空の声が響く。

「あたしを？」

「詩姫以外、誰がいるの」

「あはは、そうだね」

だってね、こんな空の下でそんなことを言われたら、あたしだってさらわれたいって思っちゃうんだよ。

「さらっていいよ、どこまでだって」

こんなことだって、本気で言えてしまう。

「っ……バカだな、詩姫は」

自分でもバカだって思うけれど。

こうして翔空とふたりっきりで見あげる星空の下では、不安なことなんてすべて吹きとんでしまうんだ。

「詩姫」

「ん？」

「詩姫の夢、教えてよ」

夢、か。

あたしはスッと目を閉じた。

未来なんてまだわからないけれど、あたしが望むその場所は今と同じくらい……ううん。

今以上に、温かい場所だ。

「翔空と、ずっと一緒にいること」

いつだって隣にキミがいて。

いつだって笑い合って。

「……それから、家族を作ること」

どこよりも温かくて、笑顔が絶えない……そんな家族を。

「あたしと翔空と……できたら、あたしたちの子供も連れて。……家族でまたここに来たい」
　夢……というよりは、あたしの望みかもしれないけれど。
　そんな未来が来たら、どんなに幸せだろうか。
「……ずるいよね、詩姫は」
「そう？」
　クスリと笑うと、翔空はギュッとあたしの手を握る力を強めて、包みこむように抱きよせた。
「もう、離さないから」
　そういえば、翔空とはじめて出会ったときも、こうして抱きしめられたっけ。
　あのときも、他に誰もいない花園でふたりっきりだった。
　思い出してみれば、ここまで来るのにいろいろあったけれど、あっという間だった。
　かけがえのない……そんな存在だって気づくのに、時間はかからなかった。
　あたしも、きっと翔空も。
　甘え合って、伝え合って、繋がった心だから、なによりも温かくて愛おしい。
　あたしたちの繋がりがどんなに脆(もろ)いものであっても、簡単には切れやしない、たしかな時間があるから。
「翔空」
　あたしはいつだって、いつまでだって、キミの隣でキミの手を握っている。
「「一生、愛してる」」

これまでも、これからも、重なる心は変わらないし、誰にも変えられないだろう。

そんな相手に出会えたこと……それはきっと、なによりも幸せなことだから。

必然と過ぎてゆくこの時間の中で、あたしたちはこれからも、ともに笑って生きてゆく。

そうだよね？

……翔空。

ウサギなキミと旅します！　END

あとがき

☆ afterword

はじめまして、琴織ゆきです。このたびは、たくさんの書籍の中から『キミと初恋、はじめます。』を手に取ってくださり、本当にありがとうございます！

マイペースな翔空と詩姫の、甘く切ない物語はいかがだったでしょうか？

今作は琴織ゆきのデビュー作となります。

わたしとしては至らない点ばかりで、翔空の甘さや詩姫の心の揺れを表現しきれていたか不安が残りますが、こうして１冊の本として皆様の手もとに届いていること、心からうれしく思います。

わたしは、どんな作品を書くときにも心がけていることがあります。モットーと言ってもいいかもしれません。

“読んでよかったと思える作品を”

“読後、心に温もりを届けられるような作品を”

そしてなによりも“夢”を見られる、そんな作品を書こうと心に刻みながら日々、執筆しています。

この作品は、詩姫の複雑な心の揺れに大きく物語が左右されていますが、その中には恋や友情、家族愛がたくさん込められていたと思います。

とくに書籍限定の番外編は、詩姫にとっても翔空にとっても、これから先ふたりが一緒にいるうえで欠かせないものになりました。

きっと誰でも悩みは抱えているでしょう。苦しくて抱えこんでしまうことだってあると思います。でも、ひとりでがんばり続けなくていいんです。大きな荷物を運ぶのはひとりじゃ大変ですし、なにより疲れてしまいます。

詩姫がひとりで抱えこんでいるとき、翔空は頼ってほしいと思っていたことでしょう。頼るのは悪いことじゃありません。迷惑なんて思いません。少なくともわたしは、すごく温かい気持ちになります。

時にはがんばることも我慢することも必要かもしれませんが、甘えることだって、人の心には大切なんです。この作品を読んで、そのことが少しでも伝わったらこんなにうれしいことはありません。

ここからは、この本を手に取ってくださったあなた様へ。

いつも、お疲れさまです。大変なこと、辛いこと、苦しいこと、たくさんありますよね。その中で今日も生きているということ、本当にすごいと思います。そして貴重な時間の中で、この本を手に取ってくださって本当にありがとうございます。この気持ちが少しでも伝わりますように。

最後になりましたが、担当の渡辺さん、スターツ出版の皆様、この本の出版に携(たずさ)わってくださったすべての方々。公私ともに支えてくれた家族。そして、この本を手に取ってくださったすべての皆様に心から感謝いたします。

本当にありがとうございました！

2016.10.25　琴織ゆき

この物語はフィクションです。
実在の人物、団体等とは一切関係がありません。

琴織ゆき先生への
ファンレターのあて先

〒104-0031
東京都中央区京橋1-3-1
八重洲口大栄ビル7F
スターツ出版（株）書籍編集部 気付
琴織ゆき先生

キミと初恋、はじめます。

2016年10月25日　初版第1刷発行
2017年 4 月11日　　　　第2刷発行

著　者　琴織ゆき

発行人　松島滋

デザイン　黒門ビリー＆大江陽子（フラミンゴスタジオ）

ＤＴＰ　株式会社エストール

編　集　渡辺絵里奈

発行所　スターツ出版株式会社
〒104-0031　東京都中央区京橋1-3-1　八重洲口大栄ビル7F
TEL 販売部　03-6202-0386（ご注文等に関するお問い合わせ）
http://starts-pub.jp/

印刷所　共同印刷株式会社

Printed in Japan

ISBN 978-4-8137-0161-3　C0193

ケータイ小説文庫　2016年10月発売

『闇に咲く華』新井夕花・著

高1の姫乃は暴走族『DEEP GOLD』の元姫。突然信じていた仲間に裏切られ、楽しかった日々は幻想だったと知る。心を閉ざした姫乃は転校先で、影のある不思議な男・白玖に出会う。孤独に生きると決めたはずなのに、いつしか彼に惹かれていく。でも彼にはある秘密が隠されていた…。

ISBN978-4-8137-0160-6
定価：本体560円＋税

ピンクレーベル

『どんなに涙があふれても、この恋を忘れられなくて』cheeery・著

高１の心はクールな星野くんと同じ委員会。ふたりで仕事をするうち、彼の学校では見られない優しい一面や笑顔を知り「もっと一緒にいたい」と思うように。ある日、電話を受けた星野くんは、あわてた様子で帰ってしまった。そして心は、彼の大切な幼なじみが病気で入院していると知って…。

ISBN978-4-8137-0162-0
定価：本体570円＋税

ブルーレーベル

『キミがいなくなるその日まで』永良サチ・著

心臓病を抱える高２のマイは、生きることを諦め後ろ向きな日々を送っていた。そんな中、病院で同じ病気のシンに出会う。真っ直ぐで優しい彼と接するうち、いつしかマイも明るさをとり戻していくが…彼の余命はあとわずかだった。マイは彼のため命がけのある行動に出る…。号泣の感動作！

ISBN978-4-8137-0163-7
定価：本体550円＋税

ブルーレーベル

『かくれんぼ、しよ？』白星ナガレ・著

「鬼が住む」と噂される夕霧山で、１人の女子高生が行方不明になった。ユウイチは幼なじみのマコトとミクと女子生徒を探しに夕霧山へ行くが、３人が迷い込んだのは「地図から消えた村」で、さらに彼らを待ち受けていたのは、人を食べる鬼だった…。ユウイチたちは、夕霧山から脱出できるのか⁉

ISBN978-4-8137-0164-4
定価：本体570円＋税

ブラックレーベル

ケータイ小説文庫　好評の既刊

『お前、可愛すぎてムカつく。』 Rin・著

真面目で地味な高2の彩は、ある日突然、学年人気NO.1のイケメン・蒼空に彼女のフリをさせられることに。口が悪くてイジワルな彼に振り回されっぱなしの彩。そのくせ「こいつ泣かせていいのは俺だけだから」と守ってくれる彼に、いつしか心惹かれていって…!?

ISBN978-4-8137-0148-4

定価：本体 580 円＋税

ピンクレーベル

『キミじゃなきゃダメなんだ』 相沢ちせ・著

高1のマルは恋に不器用な女の子。ある朝、イケメンでクールで女子にモテる汐見先輩から、突然告白されちゃった！　いつも無表情な先輩だけど、マルには優しい笑顔を見せてくれる。そしてたまに見せる強引さに、恋愛経験のないマルはドキドキ振り回されっぱなし。じれったいふたりの恋は、どうなる？

ISBN978-4-8137-0149-1

定価：本体 590 円＋税

ピンクレーベル

『イジワルな君に恋しました。』 まは。・著

大好きな彼氏の大希に突然ふられてしまった高校生の陽菜。嫌な態度をとる大希から守ってくれたのは、学校でも人気ナンバーワンの翼先輩だった。イジワルだけど優しい翼先輩に惹かれていく陽菜。そんな時、別れたことを後悔した大希にもう一度告白され、陽菜の心は揺れ動くが…。

ISBN978-4-8137-0136-1

定価：本体 570 円＋税

ピンクレーベル

『いいかげん俺を好きになれよ』 青山そらら・著

高2の美優の日課はイケメンな先輩の観察。仲の良い男友達の歩斗には、そのミーハーぶりを呆れられるほど。そろそろ彼氏が欲しいなと思っていた矢先、歩斗の先輩と急接近！　だけど、浮かれる美優に歩斗はなぜか冷たくて…。野いちごグランプリ 2016 ピンクレーベル賞受賞の超絶胸キュン人気作！

ISBN978-4-8137-0137-8

定価：本体 580 円＋税

ピンクレーベル

ケータイ小説文庫　2016年11月発売

NOW PRINTING

『私、逆高校デビューします！』あよな・著

小さな頃から注目されて育ったお嬢様の舞桜。そんな生活が嫌になって、ブリッコ自己中キャラで逆高校デビューすることに！　ある時、お嬢様として参加したパーティで、同じクラスのイケメン御曹司・優雅に遭遇。とっさに「桜」と名乗り、別人になりきるが…。ドキドキの高校生活はどうなる!?

ISBN978-4-8137-0172-9
予価：本体500円＋税

ピンクレーベル

NOW PRINTING

『制服で一晩中（仮）』榊（さかき）あおい・著

紗帆は口下手なため、入学したばかりの高校で“無言姫”と呼ばれている。ある夜、図書室でいちゃいちゃするカップルに遭遇‼　紗帆を助けたのは、いつも寝てばかりの“真夜中くん”こと新谷レイジ。紗帆はレイジに惹かれていくけど、彼には好きな人が…。ぼっち少女×猫系男子の切甘ラブ‼

ISBN978-4-8137-0173-6
予価：本体500円＋税

ピンクレーベル

NOW PRINTING

『1センチ（仮）』琴鈴（ことり）・著

高2の結衣の唯一の楽しみは、絵を描くこと。ひとりで過ごす放課後の美術室が自分の居場所だ。ある日、絵を描いている結衣のもとへ、太陽のように笑う男子・翔がやってきた。自分の絵を「暗い」と言う翔にムッとしたけれど、それから毎日やってくる翔に、少しずつ心を開くようになって…。

ISBN978-4-8137-0175-0
予価：本体500円＋税

ブルーレーベル

NOW PRINTING

『最後の瞬間まで、きみと笑っていたいから』あさぎ千夜春（ちよはる）・著

高1の雨美花は、大雨の夜、道に倒れている男の子を助ける。翌日学校で、彼が転校生の流星だと知る。綺麗な顔の彼に女子は大騒ぎ。でも雨美花は、彼の時折見せる寂しげな表情が気がかりで…彼が長く生きられない運命だと知る。残された時間、自分が彼を笑顔にすると誓うが—。まさかの結末に涙！

ISBN978-4-8137-0174-3
予価：本体500円＋税

ブルーレーベル

書店店頭にご希望の本がない場合は、
書店にてご注文いただけます。